The Womanizer

Ich, der Fremdgeher 3

AF205963

The Womanizer

Ich, der Fremdgeher 3

Die letzten Geheimnisse des Womanizers

Bibliografische Informationen der Deutschen Nationalbibliothek
Die Deutsche Nationalbibliothek verzeichnet diese Publikation in der
Deutschen Nationalbibliografie; detaillierte bibliografische Daten sind
im Internet über dnb.dnb.de abrufbar.

Printed in Germany

ISBN 978-3-7460-1524-8

Herstellung und Verlag: BoD –Books on Demand, Norderstedt

Ich, der Fremdgeher 3

The Womanizer

Inhaltsverzeichnis

Kapitel 01

Ich, der Fremdgeher

Als neuer Firmenchef leite ich nun seit wenigen Wochen die Geschäfte unserer TV-Produktionsfirma. Mein ehemaliger Chef hat sich in den wohlverdienten Ruhestand verabschiedet und entschied sich für mich als seinen Nachfolger. Seine Wahl war eine gute, denn ich arbeite schon so lange für die Company, stieg immer weiter auf, und weiß genau, wie der Laden läuft.

Die Abschiedsparty des weisen alten Mannes war ein Spektakel. Nun ja, firmenintern gab es nur eine kleine Zeremonie mit Ansprache und Champagnerrunde, doch privat ließ er es richtig krachen. Über 200 Menschen waren geladen auf sein Anwesen im schönen Starnberg. Er wollte unbedingt, dass ich meine Frau Andrea mitbringe, aber die entschied sich, bei unseren Kindern John Paul und Anna Lina zu bleiben und wünschte mir einen schönen, feierlichen Abend.

In meinem noblen BMW fuhr ich zur Party und staunte nicht schlecht: Das Anwesen war der Wahnsinn! Ein schlossähnliches Haus stand mitten auf einer parkähnlichen Anlage. Sehr exklusiv. So möchte ich auch wohnen, schoss es mir durch den Kopf, doch so hoch war meine Gehaltserhöhung zur Nr. 1 doch nicht gewesen, dass ich mir das eines Tages leisten könne.

Egal. Ich suchte meinen Ex auf und gratulierte ihm zum neuen Lebensabschnitt. Er war sehr rührselig und hatte Tränen in den Augen, als wir uns über die Firma unterhielten. Gute, alte Zeiten. Er hatte sie vor über 30 Jahren aufgebaut, es war sein Baby. Muss schon schlimm sein, eines Tages dies loszulassen und irgendwie zu verlieren. Aber ich denke, die fünfstellige Summe, die er monatlich noch als „Berater" rausbekommt, entschädigt für einiges.

Ich kannte einige der Gäste, zahlreiche Kolleginnen und Kollegen waren ebenso geladen wie ich, die meisten waren mit ehelicher Begleitung da. Um Punkt 21 Uhr war es dann soweit: Der Hausherr bat zur Versammlung und nahm das Mikro in die Hand. Es war eine bewegende Rede, die er hielt. Viele nette Geschichten baute er ein, die Stimmung war köstlich.

Er bedankte sich bei allen Gästen und bei seiner Familie. Und da war sie: Eine bildhübsche Blondine, die er als seine Tochter Alexa vorstellte. Alexa konnte nicht älter als 25 sein. Sie war etwa 1,75 m groß und äußerst schlank. Sie gefiel mir auf den ersten Blick. Sie trug ein schickes Abendkleid, das ihren knackigen Po sehr schön in Szene setzte.

Als Chef fertig war, suchte ich seine Nähe und lobte ihn für die erstklassige Rede. Er umarmte mich fast zärtlich und meinte: „Kennst Du überhaupt mein Küken?" „Nein", erwiderte ich. „Alexa, komm mal!", rief er durch den Raum, und schön wie ein Schwan stolzierte die hübsche Blondine auf uns zu.

„Das ist Alexa, meine Jüngste", stellte er mir stolz Miss Beauty vor. „Angenehm", begrüßte ich sie herzlich mit einem Handkuss. Wir kamen ins Gespräch. Daddy wurde woanders gebraucht, also konnte ich ungestört mit ihr reden. „Du bist also der Nachfolger meines Vaters", musterte sie mich genau. „Ja, er hat mir die Firma übergeben. Wir haben viele Jahre zusammen gearbeitet und er hat mir immer voll und ganz vertraut." „Eine gute Wahl", grinste Alexa und musterte mich weiter. „Noch einen Champagner?" „Ja", schlürfte ich mein letztes Glas aus und stieß mit ihr neu an.

Wenig später wurde getanzt. Das ließ ich mir natürlich als Startänzer nicht nehmen und zerrte meinen neuen Fang mit auf die Tanzfläche. Wie ein eingespieltes Team legten wir eine flotte Sohle aufs Parkett. Alexa tanzte gut und wir harmonierten prima miteinander. Meine Hand auf ihrer Hüfte störte sie nicht, im Gegenteil: Ich hatte das Gefühl, sie drücke ihren Körper immer mehr dagegen. Nicht schlecht, vielleicht wird das ja was, dachte ich still bei mir. Lust auf sie hatte ich allemal.

In den letzten Monaten hatte ich meine Frauengeschichten etwas ruhen lassen. Der berufliche Aufstieg erforderte viel Konzentration und Leistung, es blieb wenig Zeit für mich, und die, die ich hatte, investierte ich in meine geliebte Familie Andrea, John Paul und Anna Lina. Familie ist mir heilig. Es ist wunderschön, zu sehen, wie mein eigen Fleisch und Blut aufwächst und wie ich als Familienoberhaupt die Strippen ziehe, damit alle glücklich sind. Sex mit meiner Frau Andrea war selten geworden, aber wenn, dann war er befriedigend und wunderschön.

Der Tanz mit Alexa neigte sich dem Ende. Sie schlug vor, mir mal das Anwesen zu zeigen, sollte es mich interessieren. Natürlich tat es das, aber nicht des Anwesens wegen, sondern um Alexa näher zu kommen. Ich merkte, sie fand mich gut, also dranbleiben! Wir verließen die Party und gingen durch Gänge, wo sie mir nacheinander einige stilvoll eingerichtete Zimmer ihres Elternhauses zeigte. Beeindruckend.

Schließlich landeten wir im zweiten Stock, wo sie mir ihr ehemaliges Kinderzimmer präsentierte. „Schau, hier bin ich groß geworden. Hier lebte ich von meinem 4. bis zu meinem 22. Lebensjahr. Seit 2 Jahren wohne ich nun in einer 5-Zimmer-Wohnung in Dachau." Ah, sie ist also 24, wurde mir klar. Ein perfektes Alter für mich 35-Jährigen.

Ich blickte in ein rosa angestrichenes Zimmer mit einem kuscheligen Bett, auf dem sich einige Stofftiere aufhielten. Das Zimmer war groß, mit Anschluss an ein eigenes Bad. Sie führte mich hinein und ich durfte mir alles genau ansehen. Echt, ich fühlte mich wohl hier drin. Doch plötzlich merkte ich, dass meine Blase unruhig wurde. „Darf ich mal schnell auf Toilette eine Runde pinkeln?", fragte ich sie etwas verschämt. „Klaro, fühl Dich wie Zuhause", lächelte sie, während ich im Nebenraum verschwand und mich erleichterte.

Nachdem ich gespült und mir die Hände gewaschen hatte, erwartete mich zurück in Alexas Zimmer eine kleine Überraschung: Sie war verschwunden! „Alexa? Alexa?", rief ich verunsichert, doch sie war nicht anwesend. Komisch, schoss mir durch den Kopf, was ist denn nun los? „Alexa? Wo bist Du?" Keine Antwort. Traurig sinnierte ich und überlegte, ob es mit mir als Womanizer zu Ende geht.

Habe ich es nicht mehr drauf? Kann ich nicht mehr so gut flirten wie früher? Missverstehe ich auf einmal für mich eindeutige Gesten? Solche Gedanken verstörten mich und ich wollte nur noch den Raum verlassen, doch die Tür war abgeschlossen. Ich drückte und zog am Henkel, doch nichts tat sich. Die Tür war abgeschlossen. Verdammt! Was soll das?!

„Alexa? Machst Du bitte auf? Lass mich raus!", rief ich, doch es kam keine Antwort. Die Türe eintreten wollte ich nicht, per Handy meinen Ex-Chef anrufen ebenso nicht, also setzte ich mich erstmal aufs Bett, zog mein Sakko aus und überlegte. Just in dem Moment knarrte die Holztür des großen beigen Schrankes und Alexa kam kichernd herausgestiegen.

„Hahaha", lachte sie köstlich über meine erstaunte Miene. „Sag mal, was soll das?", fauchte ich sie an, „so einen blöden Scherz habe ich lange nicht mehr erlebt. Du bist doch kein kleines Kind mehr!" Sie grinste immer noch blöd. Ich stand auf und schritt entschieden auf sie zu: „Kannst Du mir erklären, was das soll?" Als Antwort bekam ich einen Kuss auf den Mund gedrückt. Der machte mich sprachlos.

Bevor ich etwas sagen konnte, noch einer. Diesmal saftiger. Lecker. „Naja", strahlte sie, „ich habe abgeschlossen, damit wir hier ungestört sind, oder ist das nicht in Deinem Sinn?" Ich verstand. „Doch, schon, die Überraschung ist Dir echt gelungen. Ich dachte, Du lässt mich einfach hier zurück und haust ab." „Quatsch", flötete sie, „ich mag solche Spielchen, die sind das gewisse Etwas."

Recht hatte sie, besonders war das schon. Und besonders gut war auch der dritte Kuss, den sie mir auf meine Lippen aufsetzte. Diesmal mit Zunge. Und eine gefühlte Minute lang. Ihre Hand arbeitete an meiner Hose, ich ließ es zu, schließlich wollte ich es ja auch. „Sind wir hier wirklich ungestört?", fragte ich unsicher nach. „Klar, hier oben ist keiner, nur wir", küsste sie mich weiter, „außerdem ist ja abgesperrt, aber allzu laut stöhnen sollten wir nicht, meine Eltern haben einige meiner Freunde hier schon gehört."

Wenn´s weiter nichts ist, dachte ich, Hauptsache es wird ein geiler Fick. Schnell rutschte meine schwarze Hose abwärts und mein weißer Slip folgte. Schon war sie auf ihren Knien und lutschte an meinem Penis herum. Es fühlte sich göttlich an. Ich schaute auf sie hinab, ihre langen blonden Haare wippten mit ihrem Kopf hin und her, als sie begann, mir einen Blowjob der Extraklasse zu geben.

Steifer als steif wurde er schon nach der ersten Minute. Diese Frau konnte so gut blasen wie mein Ex-Chef die Firma geführt hatte. Ich spürte schon meinen Saft brodeln, da hörte sie auf und zog mich aufs Bett. Ich verstand. Ich lüftete ihr Kleid, und sie hatte nichts drunter! Eine blanke Paris-Hilton-Muschi strahlte mich an. Sauber war sie und aalglatt.

Voller Elan begann ich ihre Schenkel zu küssen und wanderte weiter zu ihrem magischen Dreieck. Tief stöhnte sie auf, als ich ihre Klitoris das erste Mal erwischte. „Nicht so laut", raunte ich ihr zu und begann mit meiner Arbeit. Katjas Lecktechnik war immer noch das Beste, was ich je von einer Frau gelernt hatte, also durfte nun auch Miss Alexa dieses Zungenspiel genießen. „Ah, Ah", stöhnte sie leise und unterdrückt vor sich hin.

Ich erhöhte meine Intensität und wie ein Erdbeben zitterte Alexas schöner Körper, als sie kam. Sie biss in ein Kissen, um nicht alle Gäste der Party auf sich aufmerksam zu machen. „Junge, Junge, das hat mächtig gekribbelt", grinste sie und bat mich, meine Kunst zu wiederholen. Sehr gerne. Diesmal dauerte es nicht mal 2 Minuten, bis sie bebend zu ihrem zweiten Orgasmus kam.

„Ficken oder blasen?", fragte sie mich dann mit großen Augen. Ihr Blowjob war sensationell gewesen vorhin, doch gekommen war ich ja noch nicht. Ich wollte es unbedingt in ihren Mund erledigen. „Blasen", schoss es aus mir heraus. Sie zog mich wieder hoch und kniete sich in dieselbe Position wie vorhin. Und schon war er wieder in ihrem gierigen Mund verschwunden. Sanft und gleichzeitig stark blies sie ihn, er wurde erneut knallhart und ich bereitete mich auf meinen Höhepunkt vor.

„Jetzt", knurrte ich und beobachtete, wie ich ihr Ladung für Ladung in den Mund spritzte, und wie sie schluckte und schluckte. Brav machte sie das, wie ein Engel. Immer weiter, bis ich leer war und mein Dong wieder seinen schlaffen Normalzustand erreicht hatte. Das mag ich besonders, wenn man noch ein bisschen nachlutscht und nicht sofort aufhört, wenn das Sperma alle ist. Gut gemacht, Alexa! Die weiß, was ein echter Mann will. Als Belohnung leckte ich sie noch zu 2 weiteren Orgasmen, doch dann klingelte ihr iPhone und Daddy fragte, wo sie stecke.

„Bin gleich da, Vater", antwortete sie höflich, was bedeutete, dass wir unsere Intimitäten einstellen mussten. „Schade, ich hätte gerne noch mit Dir geschlafen", gestand sie und schaute mich traurig an. „Hey, nicht traurig sein, Mädchen. Nach 4 Orgasmen müsstest Du eigentlich strahlen."

Schon grinste sie und küsste mich auf den Mund. „Versprichst Du mir, dass wir das nachholen?" „Ja", bestätigte ich ihr Vorhaben, und zusammen gingen wir zurück auf die Party. Alexa bekam von Daddy noch ein paar Aufgaben aufgetragen, um die sie sich fleißig kümmerte. Nach einer gigantischen Eisbombe knallte um Punkt 24 Uhr ein mächtiges Feuerwerk in die Runde. 40.000 Euro hat das gekostet, erfuhr ich später. Wahnsinn!

Um 1 Uhr morgens wurde ich müde und verabschiedete mich von meinem ehemaligen Chef und seiner bildhübschen Tochter mitsamt ihrer Handynummer im Gepäck nach Hause.

Kapitel 02:
10 Jahre Andrea & ich

Als ich vor 10 Jahren Andrea kennenlernte, hätte ich es nicht für möglich gehalten, dass wir heute verheiratet und Eltern zweier wundervoller Kinder sind. Andrea war von Anfang an meine absolute Traumfrau gewesen, aber wie viele Beziehungen gehen trotzdem überraschend in die Brüche?

Die meisten meiner Kollegen sind bereits wieder geschieden und leben in Patchwork-Familien. Wie armselig. Eine solide Basis zu Hause ist für mich der Schlüssel zum Glücklichsein. Und solide ist meine Beziehung mit Andrea allemal. Wir lieben uns über alles, sie ist die beste Ehefrau, die es für mich auf der Welt gibt. 2 gesunde Kinder schenkte sie mir, um die sie sich liebevoll kümmert. Bald möchte sie wieder arbeiten gehen, aber solange Anna Lina noch so klein ist, bleibt sie selbstverständlich und auch gerne Zuhause. Welch ein Glück!

Andrea kümmert sich um die Erziehung und den Haushalt, ist liebevolle Mutter, meine beste Freundin und gleichzeitig sexy Ehefrau für mich. Diese solide Basis gibt mir die Kraft, mein Leben zu leben, eine Firma erfolgreich zu führen und so viel zu arbeiten, wie ich es tue, um uns ein schönes Leben zu finanzieren. In den 10 Jahren haben wir uns zusammen weiterentwickelt.

So erfüllend für mich Familie auch ist, eines kann sie mir trotzdem nicht geben: Eine andere Muschi. Andrea ist und bleibt Andrea. Ich kenne sie in- und auswendig, ihre Reaktionen, ihre Sprüche, ihr Bett- und Sexverhalten. Zum Glück haben wir es geschafft, unsere Sexualität lebendig zu erhalten über all die Jahre, trotz zweier Schwangerschaften und Kinder, trotz ihres älter werdenden Körpers, trotz der wenigen Zeit, die wir füreinander haben, trotz der vielen Stressoren, die tagtäglich auf uns einprasseln.

Es ist wirklich etwas sehr Erfüllendes, was mir da geschenkt wurde. Und doch brauche ich mehr. Ich bin nun mal ein Womanizer, der ständig den Trieb nach Neuem hat.

Nach anderen Frauenkörpern, nach anderen Mündern, nach anderen Muschis, nach anderen Ficktechniken, nach anderen Gesichtern. Dieser Kick ist mein Extra. Das gönne ich mir dafür, dass ich so hart arbeite. Andrea weiß bis heute nichts von meinen Frauengeschichten, und sie würde wohl sofort die Scheidung einreichen, wenn sie es erfahren würde, aber im Laufe der Jahre habe ich gelernt, wie das Verschleiern optimal funktioniert und wie ich mir Freiräume für Freificks schaffen kann.

Da mir Andrea voll vertraut, habe ich eine Menge Freiheiten. Als Chef einer eigenen Firma arbeite ich echt hart, kann mir aber natürlich meine Zeit so einteilen, wie ich es gerade brauche. Und was ich brauche, hole ich mir. Geld dafür will ich nicht bezahlen, na gut, ein paar nette Puffbesuche und Hostessen zwischendurch sind immer mal dabei, wenn ich unterwegs bin und schnellen Sex möchte, aber lieber sind mir die echten Gefühle, wo es mit Flirten und Blickkontakt losgeht und dann ekstatisch im Bett endet. Darauf stehe ich.

Zum 10-jährigen Jubiläum mit Andrea spendierte ich uns allen eine siebentägige Kreuzfahrt mit der AIDA. Andrea jubelte und wir freuten uns auf eine fantastische Woche mit vielen besonderen Erlebnissen.

Kapitel 03:
Grit & Hanna

Die Zugfahrt war lange und anstrengend. Als wir mit unseren Koffern am Starthafen Hamburg eintrudelten, fiel uns das Kinn runter: Die AIDA ist ein Monster! So ein großes Schiff hatte ich noch nie gesehen. Kann das überhaupt schwimmen bei dem Gewicht? Tausende Menschen waren nervös aufgeregt und hatten dasselbe Ziel wie wir.

Auf dem Dampfer erwarteten uns ein kulinarisches Verwöhnprogramm, Schönwettergarantie im Beach Club, ein Activity-Deck mit Doppel-Wasserrutsche, eine Saunalandschaft mit Meerblick, über 30 Fitnesskurse, Entertainment der Spitzenklasse, fantastische Kids & Teens Angebote und vieles mehr. Wie eine eigene Stadt muss man sich das vorstellen, wo es alles gibt, was man möchte.

Zur Route: Von Hamburg nach Paris – in die Stadt der Liebe. Spaziergang entlang Champs-Élysées, weiter zum Arc de Triomphe. Dann Brüssel mit Betrachtung des Manneken Pis und des Atomiums. Außerdem London und Rotterdam. Da gibt es viele Sehenswürdigkeiten. Wir freuten uns tierisch auf die Reise, die ich uns redlich verdient hatte.

Unsere Kabine war sehr schön, etwas eng, aber niedlich und kindgerecht eingerichtet. Einen halben Tag brauchten wir, um uns einen Überblick zu verschaffen auf dem Schiff. Das Abendessen war lecker und wir sanken in die Stühle, die erste Erholung setzte ein. Schön! Während die Kinder immer müder wurden, begann eine Band zu spielen. Nette Instrumentalmusik. Soundtracks diverser Filmmusiken waren es, die live zauberhaft vorgetragen wurden.

Mittendrin eine hübsche Geigerin, ich schätzte sie auf Ende 20. Sie hatte eine normale Figur, aber ein sehr hübsches Gesicht. Und sie lächelte so süß beim Musizieren. Mit diesen Gedanken im Kopf verließen wir den Saal und torkelten in unser Zimmer, wo wir uns bettreif machten und erschöpft einschliefen.

Am nächsten Vormittag machten wir die Wasserlandschaft unsicher. Während John Paul die Rutschen ausprobierte, plantschte die kleine Anna Lina im Minibecken wild umher. Andrea und ich passten auf sie auf und genossen jede Sekunde unseres Beisammenseins.

Paris mussten wir uns unbedingt ansehen und erkunden. Während John Paul fit war, war Anna Lisa überraschend lästig und müde. Es machte keinen Sinn, sie auf die Tour mitzunehmen. Im Happy-Kinderclub gaben wir sie ab. In Empfang nahm sie Grit, eine 19-jährige Brünette aus Schweden. Sie sprach perfekt Deutsch und trug ein hautenges T-Shirt und eine enge Hot Short, die ihre weiblichen Rundungen sexy präsentierte. Sie war mir sehr sympathisch und wir wünschten ihr viel Spaß bei der persönlichen Betreuung unseres Schatzes.

Paris ist wirklich wunderschön. Andrea und ich schlenderten durch die Straßen und spazierten durch die Stadt. Viele Eindrücke und Fotos später mussten wir wieder zurück an Bord, denn die AIDA wollte weiter. John Paul wollte unbedingt nochmal die Wasserwelt auf den Kopf stellen, also erfüllte ihm Andrea den Wunsch.

„Ich hole derweil die Anna Lina", sagte ich und machte mich auf den Weg. „Ich werde mir ihr noch ein wenig an Deck gehen, damit sie frische Luft tanken kann, wir treffen uns dann in 1 Stunde im Zimmer, ok?" „Passt", lächelte meine Frau und bog mit JP um die Ecke. Ich zum Kinderhort und fragte nach Grit und AL.

5 Minuten später stand Grit vor mir und übergab mir meine kleine Lady. „Hier, sie war so lieb und brav", lächelte mich Grit extravertiert an und meinte, sie habe jetzt fertig für heute. „Danke, dass Du Dich so lieb um sie gekümmert hast, darf ich Dir als Dankeschön einen leckeren Cocktail spendieren?", lockte ich sie zu einem „Ja". Wir treffen uns in 5 Minuten an der „Lody Bar" hier ums Eck, strahlte sie, „bestell mir doch schon mal etwas Spritziges!"

Gesagt, bestellt. Und da kam sie auch schon, in Privatklamotten, erneut in einem sexy engen Top und einer Hot Pants, die Lust auf mehr machte. Wir stießen saftig an und schlürften genüsslich unsere Cocktails.

„Wo ist Deine Frau?", fragte sie mich. „Die ist gerade mit unserem Sohn in der Wasserwelt toben, in 1 Stunde sind wir auf dem Zimmer verabredet." „Und was machst Du so lang?", wollte sie neugierig wissen. „Keine Ahnung", meinte ich achselzuckend und starrte sie an. „Nun, ich hätte da eine Idee", hauchte sie mir zu. „Ach ja, welche denn?"

Sie kam mir näher und flüsterte mir etwas ins Ohr. Etwas Verruchtes. Ich traute meinem Hörsinn kaum. Hatte sie das wirklich zu mir gesagt? „Nochmal bitte", stammelte ich. Sie grinste frech und wiederholte ihr unmoralisches Angebot. Ein schneller Fick, während sich ihre Kollegin Hanna um Anna Lina kümmert. „Puh", war das einzige, was ich herausbrachte.

„Ich bin verheiratet", das zweite, doch das scherte sie nicht. „Mir ist egal, ob ein Typ verheiratet ist oder nicht, ob er 5 Kinder hat oder keines – für mich zählt einzig der Mann als solcher." Recht hatte sie doch! So handhabe ich es ja auch mit den Frauen, mit denen ich Sex habe. „Mein Angebot steht, Großer: Hast Du Lust?"

Ich nickte und folgte ihr zurück zum Kinderhort, wo sie ihre ebenso hübsche Kollegin Hanna instruierte und ihr Anna Lina sanft in den Arm drückte. An Hannas Blick konnte ich erkennen, dass Grit ihr den wahren Grund für diese Leihmutterschaft erzählt hatte. „Zimmernummer C 346", folge mir unauffällig", befahl sie. Und so kam es, wie es kommen musste:

Ich befand mich allein in einer kleinen Kabine mit einem schönen, aber durchtriebenen 19-jährigen Teenie. Grit hatte es eilig, schließlich tickte ja meine Uhr runter. Schell knutschte sie mich und ließ sich von mir aufs enge Bett drücken. Ihre Küsse schmeckten ein wenig nach Mundgeruch, aber da musste ich jetzt durch. Egal. Ihre Brüste waren schön, nein, doch nicht. Ihr Push-up war es, der eine sexy Form vortäuschte. Schlaffe Rohre hingen da herunter. Schade. Und das mit 19.

Ich wanderte tiefer und schob meine Hand in ihr Höschen, was sehr feucht war. Moment Mal, irgendwie roch es auf einmal komisch. Ich streifte meine Hand wieder heraus und sie war etwas rot. Blut! Sie hatte wohl ihre Tage. Verdammt! Das mag ich nicht gern. Ficken in Blut ist nicht mein Ding.

„Leck mich mit der Zunge", bat sie mich, doch das wollte ich nicht, so rubbelte ich ihre Klitoris, bis sie einen Orgasmus bekam. „Und jetzt mach es mit der Zunge bitte", stöhnte sie, doch ich wollte erneut nicht. „Was ist denn los?", ächzte sie mich an. „Warum leckst Du mich nicht einfach?" „Weil Du Deine Periode hast, Deine Tage, Mädchen, deshalb", gab ich erklärend zurück.

„Na und? Du kannst mich trotzdem lecken!" „Möchte ich aber nicht so gern", gab ich ihr zu verstehen. „Machen andere aber auch!" „Ich aber nicht", antwortete ich und wartete auf ihre Reaktion. „Dann fick mich. Hier ist ein Kondom." Hm, dachte ich, ich will eigentlich nicht, aber ihr zuliebe mache ich mal eine Ausnahme. Während sie sich in einem Ruck ihr rotgetunktes Tampon rauszog, verging mir die Lust.

In eine rot blutende Vagina einzudringen gehört nicht zu meinen Top-3-Lustanregern. Das spürte auch mein Penis, der zu erschlaffen drohte. Grit sah das und griff nach ihm. Aha, ihre Hand fühlte sich mega an! So jung und klein war sie, und doch so erfahren. Sie umfasste meinen 15 cm langen Dong gut und gefühlvoll. Und dann wichste sie ein wenig herum, bis er bereit war. Ich streifte mir das weiße Kondom über und drang als Missionar in sie ein.

Ich konzentrierte mich auf den Fick, und das war gut so. Grit stöhnte wie eine Schwedin und ihre Schläuche schüttelten sich kräftig durch. Sie kam zu einem Orgasmus, der wiederrum meinen Samenerguss beschleunigte. Es war ein mittelmäßiger. Aber immerhin. Eine 19-Jährige ist schließlich immer etwas Besonderes, vor allem für einen Mitt-Dreißiger.

Als ich meinen Helden rauszog, schoss mir ein wenig Blut entgegen und ich tat mich schwer damit, das nun rote Kondom anzufassen. Das erledigte sie fachmännisch und bedankte sich mit einem Lobeskuss auf die Backe. „So, und nun ab zu Deiner Frau, Deine Frist läuft in 10 Minuten ab." Ja, schnell jetzt, ich musste zurück zu Andrea. Ein letztes Bussi für Grit, dann ab zu Hanna, um Anna Lina abzuholen.

Hanna grinste mich schief an. „Und, wie war´s?", fragte sie mich rotzfrech und zwinkerte mir dabei zu. Ich war fassungslos. „Hör zu, Mädel, halt Dich im Zaum, sonst bekommst Du Ärger wegen Deiner spitzen Zunge", drohte ich ihr. „Was willst Du denn von mir?", fragte sie trocken zurück. „Mir drohen? Hey, Du bist es doch, der seine Frau betrügt. Nun gut, ich

habe Dir dabei geholfen, aber ich lass mich echt nicht blöd an-
machen von Dir." „Ist schon gut", ruderte ich ein, „es war ok,
mehr nicht. Verstanden?"

„Jawohl, Sir", kicherte sie und stand stramm für mich.
„Meine Lippen bleiben versiegelt. Übrigens: Das, was die Grit
kann, kann ich auch." Wie bitte? „Wie meinst Du das?", fragte
ich unsicher nach. „Na, solltest Du nochmal eine freie Stunde
oder so haben, kannst Du die auch mit mir verbringen", lächelte
sie. Seid ihr alle denn Nutten, wollte ich schon fragen, doch ich
begriff schnell, dass ich mir damit ja ins eigene Fleisch schnei-
den würde. Ich hatte gerade ein neues unverbindliches Sex-An-
gebot einer hübschen 20-Jährigen erhalten!

Hanna hatte kurze schwarze Haare und einen sehr fre-
chen Mädchenschnitt. Sie hatte was an sich. „Ok", konzentrierte
ich mich, „gib mir Deine Arbeitszeiten für die Woche, dann
schaue ich, ob etwas geht." Die nächsten 2 Tage ging leider gar
nichts, es bot sich keine Minute Auszeit und Freiheit für mich.
Und wenn, dann musste Hanna arbeiten. Mist!

Am fünften Tag unserer Reise, Brüssel und London lagen hinter uns, kam meine Chance. Es war ABBA-Abend, und
da ich ABBA liebe, schlug ich Andrea vor, uns die musikalische
Darbietung anzuhören. Andrea steht aber nicht so sehr auf die
schwedische ABBA-Pop-Musik, daher lehnte sie ab: „Hör Du
Dir das ruhig an, ich bleibe bei John Paul und Anna Lina und
wir gehen früh schlafen. Komm Du einfach nach dem Konzert
und genieße die Musik." Was für eine tolle und verständnisvolle
Frau ich doch habe!

Ich hätte mir wirklich gerne das Konzert angehört, doch
bevorzugte ich natürlich ein Date mit der direkten Hanna. Auf
meine WhatsApp kam zurück: „C 355, 20 Uhr, 3x klopfen, ich
erwarte Dich!" Nach dem Abendessen brachte ich meine Leute
aufs Zimmer und verabschiedete mich zum ABBA-Abend. Genau. Ich klopfte 3x an der Tür C 355 und Hanna öffnete mir. Sie
hatte nur noch ihren BH und einen Slip an, schloss hastig hinter
mir die Tür und legte sich aufs Bett.

„Worauf wartest Du noch, Tiger?", rief sie mir zu. Das
ließ ich mir nicht zweimal sagen. Schnell war ich ausgezogen
bis auf meine Unterhose und machte es mir neben ihr auf der
Matratze gemütlich. Aus neben ihr wurde auf ihr, dann unter ihr.

Diese Hanna war echt durchtrieben. Ihr schöner Körper war hell und straff, ihre Fingernägel lang und bunt. Mit diesen kraulte sie mir in die Hose hinein und meine Eier hart. Nun fielen die Höschen. Zum Vorschein kam ein Hasen-Playboy-Tattoo über ihrer blank rasierten Pussy.

Nach ein wenig Petting spendierte sie mir ein Noppenkondom, das ich überstreifte und ihr mit Inhalt von hinten Doggy Style reinsteckte. Sie hielt mir ihren Po so lasziv und mit starker Rückendehnung entgegen, was von großer Gelenkigkeit zeugte. Meine Stöße waren zuerst langsam, wurden dann härter. Sie mochte es, hart genommen zu werden. Ich rammelte mehr und mehr, bis es ihr zu viel wurde. „Alter, nicht meine Gebärmutter killen", maulte sie und drückte mich weg. Nun war sie an der Reihe, Intensität und Tiefe zu bestimmen. Let´s ride!

Sie hockte sich auf mich und begann, vorsichtig auf mir Rodeo zu spielen. Sehr gut fühlte es sich an, ein Glück, dass sie nicht auch ihre Tage hatte, so wie die verrückte Grit. Als Hanna kam, wurde es saftig. Sie hatte eine weibliche Ejakulation. Es lief aus ihrer Scheide heraus, sie hatte ihre Augen dabei offen und starrte mich an. Geil!

Die meisten Frauen kommen mit geschlossenen Augen, sie mit offenen. Ja, törnt mich an. Plötzlich überschritt ich den point of no return und kam auch schon. Es war ein guter Orgasmus, doch leider hörte sie zu schnell auf mit dem Reiten. „Weiter, weiter", schnaubte ich, doch sie war schon abgestiegen und kuschelte sich auf meine starke Brust. Ich ergriff selbst meinen Schwanz und drückte mir den Restsamen heraus. Ich hasse es, wenn Frauen ihre Arbeit nicht vollenden! Das Eintreten des Orgasmus bedeutet doch nicht, dass schon alles aus ist! Ein Mann will so lange Reizung da unten haben, bis er komplett leer ist und der Penis erschlafft. Keine Sekunde davor darf aufgehört werden!

Ich lag da, etwas unzufrieden, und das merkte die kleine Maus. „War der Fick nicht gut?", fragte sie mich. „Doch, aber das Ende hätte schöner sein können. Warum hast Du nicht weitergemacht, bis ich fertig bin? Einfach während des Orgasmus aufzuhören, ist nicht so toll", belehrte ich sie. „Sorry", meinte sie, „darf ich es gleich nochmal besser machen?" „Klar", freute ich mich und brachte mich mental wieder in Stimmung.

„Und Du fick mich bitte nicht so tief, das hat vorhin etwas weh-getan." „Sorry", meinte ich zurück, „ich pass besser auf." Lang-sam kamen wir wieder in Stimmung und aus dem Gefummel wurde mehr. Ein zweites Kondom hing plötzlich vor meiner Na-se. Es wollte entpackt und benutzt werden. Ich startete erneut oben, diesmal stieß ich vorsichtiger und kontrollierter zu, nicht mehr so tief, dafür in einem guten Rhythmus.

Hanna stöhnte ordentlich, sie winkelte die Beine hoch an, sodass sie mich noch intensiver spüren konnte. Dann wollte sie. Reiten wieder. Diesmal wollte und konnte sie es besser. Mit offenen Augen ritt sie mich und wartete regelrecht auf meinen Orgasmus. Der kam dann auch nach knapp 10 Minuten. Sie ritt beherzigt und mutig weiter, so lange, bis ihr ihr signalisierte, dass es jetzt gut sei.

Erhobenen Hauptes stieg sie von mir ab und strich sich durchs Haar. „Besser so?" „Ja, diesmal war es prima", lobte ich sie, „Du hast schnell gelernt." Sie strahlte und machte es sich wieder auf meiner Brust gemütlich. Es war schön. Ihre langen bunten Fingernägel kraulten meine behaarte Brust und meinen gut trainierten Bauch. Ich wurde langsam müde.

„So, meine Süße, ich muss jetzt gehen, aber zuerst darf ich bitte noch duschen, Du verstehst?" „Klar", grinste sie und ließ mich in ihr klitzekleines Badezimmer. Ein letzter Kuss, dann ging es angezogen zurück zu Andrea. Ich trat ganz ruhig ein, doch weckte ich sie natürlich. „Und, wie war´s?", wollte sie wissen. „Toll", strahlte ich, „es war ein schönes Konzert. Aber jetzt bin ich müde und möchte schlafen." Arm in Arm schliefen wir mit den Worten „Ich liebe Dich" ein.

Rotterdam war auch absolut sehenswert, und schon war unsere Reise zu Ende. Nach der langen Zugrückfahrt nach Mün-chen landeten wir erschöpft und dennoch glücklich in unseren Betten und schliefen ein.

Kapitel 04:
Der Womanizer Pro

Andrea hatte bald Geburtstag, doch was sollte ich ihr diesmal schenken? Mein geschätzter Kollege Anton, gleichzeitig ein guter Freund, empfahl mir den „Womanizer Pro".

„Was ist das?", fragte ich ihn. „Das genialste Sex Toy, das es gibt", erklärte er fachmännisch mit einem breiten Grinsen. Stimmt, irgendwas hatte ich davon gehört. „Pass auf, meine Frau und ich benutzen regelmäßig den Womanizer, das ist ein Sauggerät, das über Schwingungen funktioniert.

Der arbeitet nicht wie die typischen Vibratoren mit Vibrationen, sondern mit Druckwellen. Der Womanizer wird einfach auf die Klitoris gesetzt, der Aufsatz saugt diese leicht ein und stimuliert den Kitzler sanft, aber intensiv. So wird die Klitoris nicht überreizt, ein heftiges Lustgefühl entsteht. Multiple Orgasmen sind problemlos möglich."

Wow, dachte ich, das klingt fantastisch! „Aber stell Dir vor: Der neue Womanizer Pro ist noch besser. Meine Frau erlebt so krasse Orgasmen wie nie zuvor. Und das beflügelt nicht nur ihre, sondern auch meine und unsere gemeinsame Sexualität."

Das musste ich auch haben! Am nächsten Tag brachte mir Anton das Teil mal zur genaueren Begutachtung mit. „Das sieht so harmlos aus, und wenn Du Deinen Finger drunter legst, spürst Du kaum etwas, aber bei Frauen wirkt das Teil einfach Hammer!", protzte er und ließ tief in sein Bettleben einblicken: „Meine Frau und ich haben alles ausprobiert, von den klassischen Vibratoren über Massagegeräte, Rabbits, Liebeskugeln und das alles. Aber der Womanizer stellt das alles in den Schatten.

Meine Frau hat sich immer schwer getan mit Orgasmen, aber der Womanizer schenkt ihr einen nach dem anderen, und sie will dann gar nicht mehr aufhören, sondern macht sich einen Höhepunkt nach dem anderen. Das ist das Beste, was ich je erlebt habe." Diese Worte überzeugten mich. Ich vertraute Anton und bestellte mir so einen Womanizer Pro in Magenta.

Wenige Tage später kam er an, ich verpackte ihn lieb und warte-te. Nun kam er, Andreas Geburtstag. Wir gönnten uns einen freien gemeinsamen Tag. Eine gute Freundin von uns, gleich-zeitig unsere Nachbarin, selbst 2 kleine Kinder, nahm uns unse-re ab und ermöglichte uns somit eine wundervolle Relaxauszeit in der Therme Erding.

Ich liebe die Therme Erding. Schon seit vielen Jahren gehen wir dorthin, wenn uns nach Kurzurlaub ist. Wir lieben die gigantische Saunawelt mit den spektakulären Themensaunen, das heilende Thermalwasser, die vielen niedlichen Beckengrot-ten und einfach das Flair, das diese Therme einzigartig macht.

Eng umschlungen kuschelten wir auf bequemen Liegen und genossen stundenlang die Nähe und Zweisamkeit, die wir so sonst nur noch selten haben. Während Andrea in meinem Arm einschlief, ließ ich es mir natürlich nicht nehmen, ein we-nig in die Runde zu blicken und viele nackte Frauenkörper unter die Lupe zu nehmen. Schöne, hässliche, junge, alte, große, klei-ne, knackige, faltige – für jeden war etwas dabei.

Nach ein bisschen heißem Saunamarathon genossen wir noch eine schöne Zeit im Wasser, bis es Zeit für unser Abendes-sen war. Ich führte sie in ihren Lieblingsitaliener „Il Rialto" aus, wo wir lecker dinierten. Wir strahlten und ich wünschte Andrea von ganzem Herzen alles Gute zu ihrem 31. Geburtstag. Aus dem unschuldigen 21-jährigen Mädel war über die Jahre eine wundervolle Frau gereift. Sie sah aus wie 25, trotz zweier Kin-der, ihr Körper war immer noch knackig und megasexy. Ich Glückshase!

„Und nun mein Geschenk für Dich", überreichte ich ihr den verpackten Womanizer. „Danke, mein Schatz, das ist so lieb von Dir", küsste sie mich zärtlich und begab sich daran, die Ge-schenkverpackung zu öffnen. „Nein", kreischte ich, „nicht jetzt, öffne es bitte Zuhause." „Warum nicht jetzt?" „Wenn Du es ge-öffnet hast, wirst Du wissen, warum", antwortete ich ihr mit einem süßen Lächeln. Das überzeugte sie und sie legte das Ge-schenk beiseite.

Eine halbe Stunde später kamen wir nach Hause und Andrea war in Sex-Stimmung. Lasziv entkleidete sie sich vor mir und legte sich nackt aufs Bett. „Komm zu mir", hauchte sie mir zu und drehte das Licht ab. Ich drehte es wieder an: „Hey, das wirst Du brauchen, wenn Du sehen willst, was Dein Geschenk ist." „Juhuu!", rief sie stürmisch und schnappte nach der Box.

Das obligatorische Geschenkpapier war schnell entsorgt und voller Staunen schaute sie auf die Womanizer-Verpackung. „Was ist denn das, Schatz?", fragte sie mich erstaunt. Dann verstand sie. „100 Prozent Orgasmus-Garantie", las sie vor und kugelte mit ihren Augen. „Glaube ich nicht", sagte sie trocken, das kann kein Gerät der Welt. „Andererseits, die Miri hat mir letztens schon darüber berichtet, wie geil das Teil sei. Vielleicht stimmt es ja doch."

„Es gibt nur einen Weg, das herauszufinden", behauptete ich und gesellte mich mit meiner Latte zu ihr ins Bett. Doch während sie den Womanizer entpackte und freudig bestaunte, las ich in der Anleitung sofort, dass der Akku natürlich leer ist und erst aufgeladen werden muss. Schnell an den Strom damit! Die Lust auf Sex war aber immer noch da, also fing Andrea an, meinen Dude sanft zu streicheln und mich dabei zu küssen. Schnell waren wir mittendrin und es entwickelte sich ein wunderschöner, leidenschaftlicher Sex, den wir mit Orgasmen im Beischlaf beendeten.

Unsere beiden Kinder blieben nebenan über Nacht, sodass wir ungestört den weiteren Abend planen konnten, doch die liebe Andrea hatte wohl andere Pläne: Wohlig müde von der Therme schlief die Maus in meinem Arm ein. Ich schaltete den Fernseher an und schaute leise einen Spielfilm, bis ich sah, wie der Akkuknopf am Womanizer auf einmal Grün leuchtete. Jetzt ist er ready!

Vorsichtig entknotete ich mich von Andrea, die ruhig und selig weiterschlief, und holte das Teil vom Strom. Ein kurzer Druck auf den Startknopf, und ein leises Summen ertönte. So, jetzt mal ran an die Bouletten! Andrea lag auf ihrem Rücken, ich spreizte langsam und behutsam ihre Beine, las mir die Gebrauchsanweisung durch und legte den Saugknopf des Womanizer Pro sanft auf ihre Klitoris.

Dann schaltete ich das Gerät an. Auf die niedrigste Stufe. Es begann zu arbeiten. Andrea schlief noch tief und fest, aber das änderte sich ganz schnell. Plötzlich zuckte sie auf und orientierte sich. „Was ist los?", lallte sie mir entgegen, dann sah sie den Womanizer an ihrer geilen Möse und spürte wohl auch die wunderschönen Gefühle, die dieses Teil erzeugte. „Ah", genoss sie und starrte gebannt auf ihre Muschi. Auch ich starrte gebannt hin.

Auf niedrigster Stufe leistete der Womanizer schon gute Arbeit. Mal eine Stufe hochschalten. Das hielt Andrea keine 10 Sekunden mehr durch und kam zu einem echt krassen Orgasmus. Ich hatte Mühe, den Womanizer in Stellung zu halten, da ihr Becken wie verrückt zuckte. Als sie fertig war, drückte sie den Womanizer weg und atmete tief durch. „Das war der Wahnsinn!", frohlockte sie, „ein wirklich mega Orgasmus!"

Ich freute mich mit und nahm sie fest in meinen Arm. „Gib mal her das Ding", orderte sie an und nahm den magentafarbenen Apparat in die Hände. Sie betrachtete ihn ganz genau und drückte dann aufs Start-Knöpfchen. Wieder begann er leise zu surren. Voller Neugierde hielt sich Andrea nun selbst den Womanizer Pro an ihre Klitoris und fand schnell die richtige Stelle.

„Oh, Ah", stöhnte sie mit geschlossenen Augen, während ich zusah, wie sie den Womanizer fest im Griff hatte. Ihr kleines Büschel Schamhaare über dem Hot Spot sah so niedlich aus, während sie immer lauter wurde und innerhalb von 4 Minuten erneut zu einem mächtigen Orgasmus kam. Und das auf der niedrigsten Stufe. Das Teil ist echt der Wahnsinn, dachte ich mir und jubelte innerlich.

Nach dem Dropdown küsste sie mich fest und sagte: „Schatz, danke für dieses geile Geschenk. Danke! Es ist echt der Wahnsinn. Danke!" Doch vorbei war der Abend noch lange nicht. Nach nur 5 Minuten Pause drückte sie mir das Teil in die Hand: „Nochmal!" Neben ihr liegend küsste ich ihre Brüste und hielt den Womanizer dorthin, wo er hin muss. Andrea wurde so erregt, dass sie nach meinem Dong griff und ihn masturbierte.

Je erregter sie wurde, desto schneller wichste sie. Ich nutzte die Gelegenheit und erhöhte auf Stufe 2. Und schon kündigte sich ihr nächster Orgasmus an. Bebend kam sie erneut und kurz darauf auch ich. Mein Sperma spritzte hoch und bekleckerte ihre Hand. Etwas unangenehm wurde es, weil sie echt ohne Rücksicht auf Verluste wichste. Hoch, runter, bis an die Grenze der Belastung des dünnen Bändchens. Das war wohl ihrer eigenen Erregung geschuldet. Egal, nichts passiert. Erschöpft und glücklich schliefen wir dann eine halbe Stunde später ein.

Sonntag, 8:15 Uhr. Ich wachte auf. Weil neben mir eine schrie. Es war Andrea, die gerade kam. Den Womanizer in ihrer rechten Hand, haltend an ihre Pussy, stieß sie spitze Schreie aus und schüttelte das Bett kräftig durch. Ich wurde wach und verstand: Das geile Luder hatte es sich soeben selbst besorgt. Und das schon zum zweiten Mal, gestand sie mir. „Ich war so geil und neugierig, und weil Du fest schliefst, habe ich halt selbst Hand angelegt", meinte sie schamhaft.

„Stell Dir vor, diesmal habe ich mich bis Stufe 3 vorgetraut, der Orgasmus war der Irrsinn!" Hatte ich in der Beschreibung nicht gelesen, dass das Ding 7 oder sogar 8 Intensitätsstufen hat? Was würde denn wohl passieren bei Stufe 6 oder 7? Wenn die Stufen 1 bis 3 schon so heftig sind. Genau das wollte ich ausprobieren. „Komm Schatz, jetzt entspanne und lass mich machen", befahl ich und begab mich kniend zwischen ihre Beine in Position.

Sie öffnete bereitwillig ihr Paradies und ich startete mit Stufe 1, schaltete aber schon kurz darauf hoch auf 2. Andrea lechzte und gierte. Schnell drückte ich weiter auf Stufe 3 und merkte, dass diese bereits das Ende vom Lied einläutete. Also schnell auf Stufe 5 hoch, da kam sie auch schon. „Ah, Ah, Ah!", schrie sie mir entgegen und krampfte ihre Hände zu kleinen Fäusten. Das war der brutalste Orgasmus, den ich bis dato je von ihr gesehen hatte. Über 30 Sekunden dauerte er an, bis sie sich langsam fallen ließ und ihr Becken sich beruhigte. Ich war stolz und geil wie Oskar.

„Oh Mann, Schatz, das Teil ist echt genial! Die Orgasmen sind so krass wunderschön. Ich könnte ewig weitermachen, nichts ist überreizt. Ich möchte gleich nochmal!" Den Wunsch erfüllte ich ihr gerne. Gebannt beobachtete ich sie, wie sie auf die Stufen 1 bis 3 reagierte. Ihre Erregtheit steigerte sich schnell wieder in Richtung Orgasmus. Schnell hoch auf 4, dann auf 5. Andreas Körper wurde unruhig und nervös, ich wusste, jetzt kommt sie gleich. Also drückte ich weiter auf Stufe 6, dann 7. Dann kam sie.

Gnadenlos drückte ich weiter hoch auf die Finalstufe 8. Ihre Zuckungen waren ebenso gnadenlos und final. Ich dachte, sie elektrisiert sich gerade selbst. Nach ihrem Orgasmus-Getöse richtete sie sich auf, nahm mir den Womanizer aus der Hand, umarmte ihn frech und lächelte: „Meiner! Mein Schatz!"

Ich verstand. Sie meinte es nicht böse. Ich verstehe ja ihren Humor, und sie war einfach nur überglücklich über diese geniale Orgasmus-Maschine. Küssend kuschelten wir noch ein wenig, bis wir unsere Kinder abholten und den Restsonntag als glückliche Familie genossen.

Absolut überzeugt von den Leistungen des Womanizers, bestellte ich mir dasselbe Teil nochmal und schloss es bei mir im Büro in meiner Schublade ein. Für künftige Abenteuer würde es ganz sicher einen neuen, geilen Kick bedeuten!

Kapitel 05

Das Glory Hole

Ich habe in meinem Leben ja schon wirklich viel erlebt im sexuellen Bereich: Dreier mit 2 Frauen, Vierer mit 3 Frauen, habe Jungfrauen zur Frau gemacht, die schönsten Muschis geleckt und mir von hunderten Mündern einen blasen lassen, einiges davon sogar gefilmt und/oder fotografiert. Aber ein Glory Hole hatte ich noch nie ausprobiert.

„Glory Hole" bedeutet Klappenloch oder Schwanzloch, und ist ein Loch in einer Wand zum Zwecke anonymer Sexualkontakte. Hier steht die sexuelle Befriedigung im Vordergrund, die Identität des Gegenübers bleibt nebensächlich. Ein spannender Reiz also. In Deutschland gibt es so etwas kaum, nur in entsprechenden Sex Clubs, aber so wichtig, es mal auszuprobieren, war es mir nie gewesen.

Nun stand ein Trip in die USA an, wo wir eine internationale TV-Show produzieren sollten. Mit meiner Clique an besten Mitarbeitern flog ich nach Florida, um für die United Film Production Ltd. ein neues Konzept einer Action-/Reality-Show zu realisieren. Unser Hotel „Grand Flo" war der Wahnsinn. Erschöpft nach dem langen Flug checkten wir ein und jeder von uns erhielt ein genial eingerichtetes Zimmer im 12. Stock mit Blick auf die City.

Florida ist eine interessante Stadt. Sie besteht aus der Halbinsel Florida sowie dem Festlandteil Florida Panhandle und liegt im Südosten der Vereinigten Staaten. An der Ostküste befindet sich der Atlantische Ozean, an der West- und an der Südküste der Golf von Mexiko. Der Bundesstaat besitzt am südlichen Ende eine Inselkette, die „Keys".

Mit einer Gesamtfläche von 170.304 km² belegt Florida den 22. Platz unter den Bundesstaaten. 30.634 km² des Staatsgebietes sind Wasserflächen. Florida hat knapp 20 Millionen Einwohner, davon sind 78,1 Prozent Weiße. Seit 2014 ist Florida der drittbevölkerungsreichste Bundesstaat der Staaten. Genug geschwafelt über Land und Leute.

Bevor es am nächsten Tag ernst wurde, saßen Herbert, Mike, Andreas, Jim und ich beisammen und genossen bei einem Glas Wein das gute Abendessen. Wir alle hatten unsere Frauen bereits angerufen und von der erfolgreiche Ankunft berichtet. Per WhatsApp hatte ich Andrea ein paar Fotos geschickt, sie freute sich sehr und schickte mir all ihre Liebe.

Nach den kräftigen Steaks schlenderten wir durch die Straßen, bis wir an einem rotlichtigen Milieu vorbeikamen. Jim meinte plötzlich: „Schaut mal, dort drüben ist eine Glory Hole Bar!" „Was ist eine Glory Hole Bar?", fragte Mike sichtlich verwundert. Er war der Jüngste von uns und kannte sich sextechnisch wohl noch nicht so gut aus.

Der 42-jährige Jim gab ihm gerne ein wenig Unterricht und erklärte uns allen, was es mit einem Glory Hole auf sich hat. Seine Beschreibung war detailliert, er musste das schwarze Loch irgendwoher kennen. Spontan entschlossen wir 5, dieser Bar mal einen „Männerbesuch" abzustatten. „Das bleibt aber unter uns", schlug Herbert vor und führte uns an. Nach einem Security Check durften wir rein.

Da drin war es randvoll und wir setzten uns erst mal an die Bar und bestellten je ein Bier. „Auf uns, Jungs", zischte Herbert in die Runde und wir machten uns Schaumbärte. Ich verschaffte mir einen Überblick, aber von Glory Holes konnte ich hier nichts sehen. War es nur eine plumpe Werbeaktion, oder was? Und doch bemerkte ich, wie immer mehr Leute nach hinten verschwanden, und wie andere von hinten kamen, die überaus glücklich dreinschauten. Da musste es wohl eine Geheimtür geben!

Schließlich entschuldigte sich Mike, weil er auf Toilette musste. Jaja, mir war gleich klar, dass er auskundschaften wollte. Nach 5 Minuten kam er zurück und berichtete aufgeregt: „Jungs, da unten ist es: das Paradies! Dort sind die Glory Holes! Einmal für Männer, einmal für Frauen." „Wie meinst Du das, fragte ich ihn? Einmal für Männer und einmal für Frauen …".

„Na, es gibt einen Eingang für Schwule, dort sind nur Männer aktiv, auf beiden Seiten der Wand, und hinter dem anderen Eingang wird gemischt gemacht." „Das ist was für uns!", juchzte Jim und schaute uns alle neugierig und fordernd an. Wir blickten uns alle kreuz und quer an.

„Das bleibt aber unser Geheimnis, ok, Jungs?", stotterte Jim. „Klar, Jim, mach Dir keine Sorgen", beruhigte Herbert ihn. Wir alle nickten. Als unsere Biere alle waren, zahlten wir und gingen down South, die Treppe hinab und erst mal auf Toilette. Nach dieser Erleichterung sollte der Spaß kommen. Wir wählten natürlich den gemischten Mann/Frau-Bereich und landeten in einem Raum, in dem es sehr chillig zuging.

Einige Damen und Herren saßen auf eleganten Polstermöbeln und unterhielten sich angeregt. Am Ende des Raumes konnten wir im etwas Dunkeln die Glory Hole Wand erkennen, wo Platz für etwa 10 Männer bestand. 4 der Löcher waren besetzt. Wir konnten Männerhintern erkennen, mit heruntergezogenen Hosen, die sich an die Wand lehnten und scheinbar verwöhnt wurden. Aber von wem?? Wie mögen diese Frauen wohl aussehen? Spannend, spannend …

Wie setzten uns erst mal aufs Sofa und starrten gebannt zu. So etwas hatte ich noch nie gesehen. Kurz darauf stöhnte ein Mann laut auf, er war wohl gekommen. Kurz darauf latschte er glücklich an uns vorbei, gefolgt von einer dicken ca. 45-Jährigen. Igitt! Diese Dreckstante möchte ich nicht an meinem Penis nuckeln lassen! So viel stand fest.

Auch die zweite Gina, die hinter der Wand nach vollendetem Job hervorgekrochen kam, entsprach nicht meinem Niveau, aber Jim gefiel sie. Er plauderte sie an, beide kamen nett ins Gespräch. Nun kam eine hübschere Frau ins Zimmer, die sich der gute Herbert schnappte und bezirzte. Mike und ich saßen da und schwiegen.

Dann kam der Sonnenschein: Ally und Abby hießen sie, wie wir später erfuhren. Diese 2 sexy Ladies, beide Anfang 30, hatten Lust auf Dongs. In kurzen Röcken stolzierten sie ins Zimmer und schauten sich um. Ich muss ihnen sofort gefallen haben, denn sie gesellten sich schnurstracks zu uns und stellten sich brav vor. Zu 8 flirteten wir schnell in 4 Zweierteams.

Die Ladies waren alles andere als schüchtern und wussten, was sie in einer Glory Hole Bar wollten: Schwänze. Ally war zuckersüß, 32 Jahre schön und hatte einen ansprechenden Körper. Ihre Titten waren gemacht, eigentlich nicht mein Ding, aber es gibt Schlimmeres. Wie auf Kommando standen dann plötzlich Jim, Mike und Herbert zusammen mit ihren Damen

30

auf und verschwanden in Richtung Lochgestell. Die Jungs öffneten ihre Hosen, während die Damen hinter der Wand verschwanden. Und dann ging es los.

Nun zog mich auch Ally hoch und führte mich – sicher nicht zum ersten Mal in ihrem Leben – zur Schwanzwand. Auch ich ließ meine Hosen fallen und steckte meinen mittelsteifen Dick durch das Loch ins Nichts. Da war die erste Berührung! Dann der erste Zungenkontakt! Ich vertraute darauf, dass es auch tatsächlich Ally ist, die mich da verwöhnt. Geschickt spielte sie meinen Dong USA-steif und bearbeitete ihn mit einem Wechsel aus Wichsen und Blasen.

Da standen wir 5 Gigolos nun und schauten uns an. Wir grinsten wie 5 Honigkuchenpferde. Bei Jim wurde es wohl nun schon ernst, er drückte ein „Jetzt" heraus und schüttelte sich etwas. Nun war Herbert dran, der zweimal gegen die Wand klopfte, was sein Zeichen für das Finale war. Kurz darauf war Mike fertig.

Nun merkte ich, dass auch die Ally ihr Präsent abholen wollte. Schneller wurden ihre Strokes, tiefer ihr Gebläse. Ich krampfte zusammen und ließ meinen Cumshot raus. Es war echt geil! Als ich fertig gestöhnt hatte, zog ich meine Hose hoch und wir Männer setzten uns zurück auf unsere Plätze. Nach und nach kamen die Damen aus dem Black und gesellten sich zu uns. Ally hatte noch etwas Sperma an der Wange hängen, ich wischte es ihr weg. Abbys Lippenstift war verschmiert und ihr Anblick sorgte für einen lauten Lacher bei Jim.

Ich muss schon zugeben: Diese meine erste Glory Hole Erfahrung war eine echt gute! Ich war positiv überrascht. Der Abend entwickelte sich produktiv und flüssig. Wir 8 kamen gut ins Gespräch miteinander und nach weiteren Getränken waren wir bereit für Runde 2. Diesmal schlug Jim vor: „Jungs, was haltet Ihr davon, wenn die Ladies intern entscheiden, wen sie diesmal verwöhnen? So wissen wir nicht, mit wem wir es zu tun haben. Findet Ihr das nicht spannend?"

Doch, fanden alle. Auch ich. Zwar war Ally die Hübscheste von allen, aber auch die anderen waren nicht aus der Gosse. Insgeheim wünschte ich mir diesmal Abby, aber wer weiß, was kommt … „Let´s go!", diktierte uns Gina, die eigentlich Lisa hieß, hinter die Wand. Wieder ergatterten wir 4 Plätze nebeneinander, andere 3 waren belegt. Gerade war so ein ekelhafter Fettsack am Kommen. Als er neben mir seinen Schniedel wieder einzog, musste ich diesen suchen. Nichts da. Armselige kleine Ratte.

So, erneut zippten wir die Reißverschlüsse runter und steckten unsere Penisse ins Loch. Jim hatte echt einen Riesigen, das konnte ich aus dem Augenwinkel deutlich sehen. Egal, ich konzentriere mich auf mich. Da war die erste Berührung! Und dann auch der erste Zungenkontakt! Eines war mir klar: Das fühlt sich anders an als vorher bei Ally. Aber es fühlte sich auch sehr gut an.

Meine Unbekannte entpuppte sich als Freihandbläserin. Die Hand setzte sie nur ein, um ihn am Schaft festzuhalten. Sonst bewegte sie ihr Gummigenick vor und zurück, als ob sie eine Dauernickerin wäre. Ein bisschen komisch war es schon, denn sonst stehe ich auf die bewährte Wichs-/Blas-Kombination. Der Einsatz der Hände ist immer wichtig und sehr effektiv, finde ich.

Mike war diesmal der Erste, der belohnt wurde. Er kam laut und gut. Das könnte Ally gewesen sein, schoss es mir durch den Kopf. Meine Freihandbläserin blies freihand weiter und immer im selben Rhythmus. Überaus spannend war das nicht. Nun kam Herbert. Er klopfte vor Aufregung gleich viermal und winkelte sein rechtes Bein etwas an, was für einen intensiven Orgasmus sprach. Jim und ich hatten unsere Highlights noch vor uns, und wir durften sie gleichzeitig erleben.

Ich spürte meinen Orgasmus kommen und das Mündlein hinter der Wand stoppte, als mein erster Spritzer frontal herausschoss. „Weiter, weiter", rief ich, doch zu spät begriff ich, dass Miss Unbekannt ja kein Deutsch verstand. Da waren schon 6 Ladungen raus und der Orgasmus so gut wie gelaufen. Mist, dachte ich, wie armselig, so doof kommen zu müssen. Jim neben mir strahlte mich an, sein Cumshot war wohl intensiver gewesen.

Ausgelutscht schlenderten wir zurück aufs Sofa, bis die Ladies 1 bis 4 zu uns kamen. Die Kröte grinste mich an. Oh Mann, ausgerechnet sie war es, dachte ich mir und mir verging jede weitere Lust. Darauf erst mal ein Bier. Prost!

Plötzlich war es 1:30 Uhr nachts und uns war klar, dass wir bald schlafen mussten, weil der nächste Tag sehr anstrengend werden würde. „Mag noch jemand?", fragte ich in die Männerrunde, doch Jim, Mike und Herbert winkten ab. „Hey, zweimal reicht doch", riefen sie wie im Chor mir zu. Ich aber wollte unbedingt die geheimnisvolle Abby noch testen.

Zufällig saß ich gerade neben ihr und fragte sie: „Abby, you and I?" Sie hatte wohl auch schon darauf gewartet, lächelnd zog sie mich hoch und mit sich mit. Was mich erwartete, war der beste Job des Abends. Abby, 31, groß, blond, schlank, Rehaugen, 90-60-90-Maße, schenkte mir einen Hand- und Blowjob der Extraklasse. Mal Hand, mal Mund, mal beides.

Ich drehte mich zu meinem Team um und gab ihnen ein Thumbs up. Alle jubelten. Ich genoss den Moment und merkte, dass Abby langsam aber sicher auf die Zielgerade einbog. Nun blies sie, während sie gleichzeitig mit einem Daumen-Zeigefinger-Ring meinen Schaft hoch und runter putzte.

„Now!", stieß ich noch heraus, dann kam ich zum dritten und besten Mal durchs Hole. Abby hatte meinen Abend gerettet und wir 4 Helden zogen glücklich nach Küsschen rechts, Küsschen links und „Goodbye Ladies" von Dannen zurück ins Hotel.

Kapitel 06

Ella

Schnell geschlafen, die Arbeit nahte. Wir fuhren nach der doch kurzen Nacht ins Headquarters, mit dem Mietauto knapp 30 Minuten durch die City. Dort erwarteten uns unsere amerikanischen Kolleginnen und Kollegen. Matt, der Crewchef, war ein 2-Meter-Hühne mit Muskeln und Glatze. Er war in Amerika bereits für einige namhafte TV-Konzepte verantwortlich und freute sich sehr, mich, sein deutsches Pendant, kennenzulernen.

Sein Team umfasste 7 Leute, unter anderem die niedliche Ella. Ella war die PR-Marketing-Verantwortliche und machte optisch den Eindruck, gerade mal 21 zu sein. Derweil war sie schon 28. Sie war klein, knappe 1,60 m, und äußerst schlank, vielleicht 45 kg. Sie wirkte mehr Mädchen als Frau, fast schon zerbrechlich, und doch sexy. Ihre mittellangen hellbraunen Haare hatte sie zu einem Pferdeschwanz zusammengebunden, ihre hellblauen Augen funkelten wie Kristalle.

Doch jetzt war keine Zeit um zu flirten. Arbeit stand an. Nach der obligatorischen Jeder-schüttelt-jedem-die-Hand-Vorstellungsrunde und einer kleinen Führung durch die Räumlichkeiten setzten wir uns an den Mastertisch und starteten mit der Planung. Matt war ein Könner seines Fachs, er hatte alles gut vorbereitet. Schnell wurden mehrere Teams gebildet, die sich räumlich verteilten und mit ihrer Projektarbeit starteten.

Ella und ihr Kollege Jack, ein Kameramann, waren in meinem Team. Wir erarbeiteten die Grundlagen zügig und kamen bestens voran. So verging der Tag wie im Flug. Um 18 Uhr wieder Meeting am Round Table. Alle Teams waren fleißig gewesen und hatten ihr Tagesziel geschafft. Bravo!

„There's the best Italian restaurant right around the corner", schlug Matt vor, gemeinsam den Abend zu zelebrieren. Gemeinsam, also zu zwölft, nahmen wir am größten Tisch des Restaurants Platz und quatschten uns die Zungen wund, bis das Essen kam. Ella hatte sich neben mich gesetzt und ich erfuhr so einiges über sie:

Sie hatte ihr Studium mit Bestnote abgeschlossen und sich innerhalb von 4 Jahren einen exzellenten Ruf in der Branche erarbeitet. Ihre Eltern sind ein Polizist und eine Hausfrau, sie hat 2 jüngere Schwestern und 1 älteren Bruder. Und keinen Freund, da sie dazu die Zeit nicht habe wegen des stressigen Jobs, meinte sie.

Nun war ich dran, mehr über mich preis zu geben. Sie durchlöcherte mich mit Fragen, die ich ihr alle ehrlich beantwortete. Meine Frau und Kinder zu verleugnen, das tue ich nicht. Ich zeigte ihr Fotos von meinen beiden kleinen Schätzen. „Very sweet", nickte sie fleißig und lächelte mich an. Als zufällig noch 2 Kollegen von Matt reinschneiten und sich zu uns gesellten, wurde es eng. Wir rutschten zusammen und ich hatte nun nach links und rechts engen Körperkontakt, zumindest mit den Oberschenkeln.

Rechts mein Kollege Jim war mir egal, aber links die süße Ella, das war mir wichtig. Sie zog nicht weg, im Gegenteil, ich hatte sogar das Gefühl, sie drückte gegen und suchte meine Nähe. Schön. Das Essen war genial, meine Pasta Quattro 4 war der Hammer. Nach ein paar Absackern war es auf einmal schon wieder kurz vor 12, wir entschieden uns schlafen zu gehen, um am nächsten Morgen fit zu sein.

Ich drückte Ella ein zärtliches Küsschen auf die Wangen links und rechts und merkte, da ist etwas Besonderes zwischen uns. Auf dem Heimweg schlug Jim vor, die Glory Hole Bar noch einmal zu besuchen, doch wir anderen sagten entschieden „Nein, heute nicht". Gut, dann ging Jim halt alleine. Der nächste Arbeitstag war ebenso lang und hart, aber auch fortschrittlich und konstruktiv. Wieder hatten alle Teams ihre To-Do-Pläne abgearbeitet, und erneut ging es zum Italiener ums Eck.

Im Laufe des Tages hatte sich der Blickkontakt zwischen Ella und mir intensiviert, die Funken flogen. Da geht was, war mir klar. Wieder saß sie neben mir und suchte bewusst Körperkontakt. Als Matt einen jugendfreien Witz zum Besten gab, der echt genial war, lachten wir und applaudierten ihm. Hier der Witz zum Mitlachen:

→ *An der CIA-Schule stehen 3 Agenten vor dem Abschlusstest. Der Ausbilder sagt zum ersten: „Im nächsten Raum befindet sich Deine Freundin. Hier hast Du eine Pistole. Du hast 30 Sekunden, um sie umzubringen!" Nach 30 Sekunden kommt der Mann mit seiner Freundin an der Hand aus dem Raum, gibt dem Instruktor die Pistole zurück und sagt: „Tut mir leid, das kann ich nicht!"*

Als der zweite an der Reihe ist, sagt der Ausbilder zu ihm: „Im nächsten Raum befindet sich Deine Verlobte. Hier hast Du eine Pistole. Du hast 30 Sekunden, um sie umzubringen!" Nach 30 Sekunden kommt der Mann mit seiner Verlobten an der Hand aus dem Raum, gibt dem Instruktor die Pistole zurück und sagt: „Tut mir leid, das kann ich nicht!"

Zum dritten sagt der Ausbilder: „Im nächsten Raum befindet sich Deine Frau, mit der Du schon 10 Jahre verheiratet bist. Hier hast Du eine Pistole. Du hast 30 Sekunden, um sie umzubringen!" Der Mann geht in den Raum. Nach 5 Sekunden ertönt ein fürchterlicher Lärm, und nach 20 Sekunden steht der Mann wieder vor der Tür und sagt zum Ausbilder: „Irgendein Idiot hat Platzpatronen in die Pistole gegeben. Ich habe sie mit dem Sessel erschlagen müssen ...".

Grandios, oder? Als sich der Applaus legte und alle ihre Hände wieder ablegten, lag plötzlich Ellas rechte Hand auf meinem linken Oberschenkel. Ich blickte sie an und sie strahlte zurück. Ah, ein kleiner, niedlicher Trick, um mir näher zu kommen. So mag ich das, so unschuldig und süß.

Während der große Matt weitere Witze raus posaunte, die alle ebenfalls einfach genial waren, landete Ellas Hand immer wieder auf meinem nun schon wartenden Oberschenkel, den sie zwischendurch ein wenig sanft knetete. Hier ein kleines Best of von Matt:

→ *Eine junge Dame mit knallengem, ledernem, schwarzem Minirock steigt in den Bus. Leider kommt sie nur die erste Stufe hoch, will aber die hinter ihr stehenden Mitreisenden nicht vorlassen und öffnet etwas ihren Reißverschluss. Sie kann aber immer noch nicht ihren Fuß auf die zweite Stufe setzten und öffnet den Reißverschluss weiter. Sie ist schon völlig frustriert, da sie auch beim dritten Versuch immer noch nicht in den Bus einsteigen kann.*

Plötzlich wird sie in den Bus gehoben. Sie dreht sich um und protestiert lautstark. Der Mann hinter ihr antwortet: „Ich hatte den Eindruck gewonnen, dass sie nichts dagegen haben werden, nachdem sie mir schon zum dritten Mal meinen Reißverschluss am Hosenlatz runtergezogen haben ...".

→ *Sitzen 3 Männer im Strandkorb. Sagt der eine: „Mir ist letztens was passiert. Meine Frau hat das Doppelte Lottchen gelesen und hat darauf Zwillinge bekommen." Sagt der zweite: „Das ist ja gar nichts. Meine Frau hat die 3 Musketiere gelesen und daraufhin Drillinge bekommen." Der dritte wird kreidebleich, springt auf und schreit: „Scheiße, meine Frau liest gerade Ali Baba und die 40 Räuber ...".*

→ *Ein Mann steht im Schwimmbad am Beckenrand und ruft: „Das gibt es doch nicht!" Einige Minuten später wieder: „Das gibt es doch nicht!" Nach dem fünften Mal kommt der Bademeister, um sich zu erkundigen, was denn los ist. „Herr Bademeister, das können Sie sich nicht vorstellen. Erst gestern hat meine Frau schwimmen gelernt, und heute taucht sie schon eine halbe Stunde ...".*

→ *In einer großen, schönen, teuren Bank: Ein Mann kommt rein und geht an einen der freien Schalter. Eine durchgestylte, arrogant blickende Bankangestellte bedient ihn: Sie: „Guten Tag, was kann ich für Sie tun?" Er: „Ich will ein scheiß Konto eröffnen." Sie: „Wie bitte? Ich glaube, ich habe Sie nicht verstanden." Er: „Was gibt es da zu verstehen?*

Ich will in Ihrer Drecksbank einfach nur ein abgefuckt beschissenes Konto eröffnen!" Sie: „Entschuldigung, Sie sollten wirklich nicht in diesem Ton mit mir reden!" Er: „Hör zu, Puppe, ich will nicht mit Dir reden. Ich will, verdammt noch mal, nur ein stinkendes scheiß Konto eröffnen!"

Sie wütend: „Das reicht. Ich werde den Manager holen", und rennt weg. Weiter hinten sieht man sie dann aufgeregt mit einem gelackten Schlipsträger tuscheln, der daraufhin seine Brust schwellt und erhobenen Hauptes mit der Schalterangestellten im Schlepptau auf den Mann zugeht. Manager: „Guten Tag, der Herr, was für ein Problem gibt es?" Er: „Es gibt kein verdammtes Problem. Ich habe 20 Millionen im Lotto gewonnen und will dafür hier nur ein blödes Konto eröffnen!" Manager: „Aha, und die Schlampe hier macht Ihnen Schwierigkeiten?"

→ *Ein Mann fährt im Aufzug. Irgendwo steigt eine Frau zu und sie fahren weiter. Plötzlich bleibt der Aufzug stecken. Die Frau schaut ihn verführerisch an, leckt sich langsam über die Lippen, zieht die Bluse und den BH aus und meint schließlich zu ihm: „Los, mach, dass ich mich wie eine richtige Frau fühle!"*

Der Mann überlegt kurz, knöpft dann sein Hemd auf, schmeißt es auf den Boden und meint: „Hier! Waschen und bügeln!"

So könnte ich ewig weitermachen, aber dies ist ja kein Witzebuch. Matt ist wirklich der lustigste Geschichtenerzähler, den ich je kennengelernt habe. Witz für Witz schmetterte er in die Runde, bis wir uns tränenreich alle in den Armen lagen. In meinem Arm befand sich Ella. Zu gerne hätte ich sie jetzt geküsst, aber nicht so öffentlich in der Runde.

Um 22 Uhr meinte ich trocken: „So, Jungs, ich bin müde, ich gehe jetzt", doch die anderen winkten ab, sie wollten noch bleiben. Ich zahlte, flüsterte Ella beim Küsschen rechts etwas ins Ohr, verabschiedete mich von allen und ging vor die Tür. 5 Minuten später war Ella bei mir. Braves Ding. „Ich habe denen auch gesagt, dass ich müde bin und schlafen muss", lächelte sie mich sweet an. „Und, wie soll es jetzt weitergehen?", schaute sie mich mit ihren kristallinen Augen an.

„Was hältst Du von einem Spaziergang?", fragte ich und zog die frische Luft ein. „Hältst du 3 km durch, denn dann wären wir bei mir zu Hause …". Ich grinste und setzte meinen rechten Fuß in Bewegung. Dann den linken. Schon nach 50 m lag ihre Hand in der meinen. Um die 1-km-Marke dann der erste Kuss. Zärtlich und süß war er. Ich musste mich mächtig bücken, um zu der Kleinen runterzukommen.

Schnellen und immer schnelleren Schrittes marschierten wir weiter, bis wir ihr Zuhause erreichten. Eine sehr exklusive 4-Zimmer-Wohnung erwartete mich. Die PR-Künstlerin hatte echt Geschmack. Ein hochwertig eingerichtetes Wohnzimmer, ein luxuriöses Badezimmer, eine Allround-Küche, ein typisches Arbeitszimmer und ein sensationelles Schlafzimmer, das alle meine Wünsche erfüllte: breites Wasserbett, große Spiegelwand am Schrank, Kuschellicht, Musikanlage. Wow! Hier fühlte ich mich wohl!

Die kleine Maus drückte mich zärtlich aufs Bett und meinte, sie sei in 5 Minuten bei mir. Ich zog mir meinen Mantel und mein Sakko aus, ebenso Schuhe und Hose. Und kuschelte mich aufs Bett. Ich hörte im Badezimmer spülen, rasieren, waschen, frisch machen. Alles davon mag ich. Dann öffnete sich die Tür und Ella stolzierte oben ohne auf mich zu.

Mein Mund öffnete sich wie die Brooklyn Bridge, ich konnte diesen zierlichen Frauenkörper kaum fassen. Das klein wenig Stoff bedeckte ihre Ritze. Ein Büschel dunkler Schamhaare konnte ich durchs Höschen erkennen. Sie kroch zu mir aufs Bett und legte sich auf mich drauf. Ich spürte sie kaum, bei ihrem Fliegengewicht. Die Küsse schmeckten gut und ihre Zunge erkundete meine Zähne, jeden einzeln.

Ich streichelte derweil ihre Hüfte und wanderte zu ihren Brüsten, die schick und wie eine Eins standen. Auch ihre Hände waren aktiv, und zwar unter meinem Hemd und in meiner Unterhose. Als sie meinen Dong vorsichtig berührte, hörte ich die Himmelglocken erklingen. Während auch meine Hand in ihr Höschen glitt und ich ihren Schamhügel kennenlernte, streichelte sie sanft meinen Penis hin und her. Er befand sich immer noch in meiner Unterhose und wollte raus, doch dazu kam es nicht, denn schon rollte plötzlich mein Orgasmus an und ich ejakulierte voll in meine U-Hose.

Ella störte das wenig, denn sie küsste intensiv weiter, schluckte meine Stöhner und streichelte genauso weiter wie bisher, ganz langsam, aber megaintensiv. Wann war ich das letzte Mal in meinen Slip gekommen? Vor 20 Jahren? Als Jugendlicher während der Pubertät, Stichwort „feuchte Träume". Auch bei meinen ersten Liebeleien als Teenager ist mir das ein paar Mal passiert, ganz natürlich zu dieser Zeit, aber doch nicht als Erwachsenem!

Ella hatte mich so sanft und zärtlich, und doch mit genug Druck dort unten berührt und gestreichelt, dass ich einfach nicht anders konnte. Immer noch strich Ella auf und ab, während ich tief ausatmete und zusah, wie sie mir die Unterhose auszog und sich ihre Hände abwischte. „Das letzte Mal, dass mir einer in der Unterhose gekommen ist, ist über 10 Jahre her", stellte Ellla in den Raum.

„Und bei mir ist es 20 Jahre her", legte ich nach. „Du hast echt magische Hände", lobte ich sie und küsste sie zur Belohnung lange auf den Mund. Sie ergriff meine Hand, schob sie in ihr schon nasses Höschen und meinte: „Und Du, hast auch Du magische Hände?" „Ja, aber noch besser: Ich habe eine magische Zunge", protzte ich und verschaffte mir klaren Zugang zu ihrem Paradiso.

Ein kleines, dunkles Schamhaarbüschel war das i-Tüpfelchen über ihren Schamlippen, die nun geleckt werden wollten. Mit meiner Zungenspezialtechnik à la Katja verwöhnte ich sie, bis sie immer lauter wurde und schon nach wenigen Minuten mir ihren Orgasmus ins Gesicht drückte. Die Zarte schüttelte sich kräftig und sackte dann wie eine taube Nuss zusammen.

Erst als wir kuschelten, fiel mir wieder die gigantische Spiegelwand ein, die uns live and in living colour zeigte. Das törnte mich sofort an. Ich ergriff die Initiative und streichelte Ella ganz schnell wieder in Laune, diesmal in Ficklaune. Aus ihrer Schublade zauberte sie ein Kondom und einen Silikonpenisring mit kleinem Vibrator obenauf. Sie streichelte erneut meinen Dude, bis er steif und ready war.

Dann zog sie mir vorsichtig das Kondom über und befestigte den Silikonring am Wurzelausgang meinen Penis. Sie platzierte sich vor mich und kniete sich hin, also nahm ich sie von hinten. Vorsichtig schob ich meinen Dick in ihre Muschi ein. In ihr war er wirklich ein Dick, im wahrsten Sinne des Wortes. Er füllte ihren Tunnel komplett aus. Das konnte ich spüren. Der Druck auf meiner Salami war enorm, ich wusste, lange konnte ich das nicht aushalten.

Langsam fickte ich sie von hinten und genoss den Anblick im Spiegel. Auch sie hatte ihre Kristallaugen aufgerissen und beobachtete unser Treiben. „Schneller", forderte sie mich auf. „Aber dann komme ich schon bald", gestand ich ihr. „Egal, dann komm, aber so ist es gerade geil", meinte sie leise und stöhnte laut weiter. Ich erfüllte ihr den Traum und nahm sie nun schneller und somit fester.

Keine 2 Minuten konnte ich dieses Tempo gehen, ohne mit der Konsequenz belohnt zu werden: meinem Orgasmus. Der vibrierende Penisring tat sein Übrigens: Er, Ella und das Spiegelbild schenkten mir einen Hammerorgasmus. Gleichzeitig bebte auch die Kleine groß. Auch sie kam zu einem überragenden Orgasmus, wie sie mir kurz darauf verriet.

So schön es auch mit ihr im Bett und im Arm war, musste ich doch in mein Hotelzimmer, da ich Andrea noch versprochen hatte, mich zu melden und sie via Skype zu sehen. Der Zeitunterschied macht es selbst um diese späte Uhrzeit möglich.

Ich dankte Ella für den wunderschönen Abend und versprach ihr, das zu wiederholen. Dann fuhr ich per Taxi zurück ins Hotel und schlief nach einem schönen Skype mit Andrea und John Paul glücklich ein.

Kapitel 07

Das Glory Hole – Teil 2

Die nächsten Tage waren sehr erfüllend – auf Arbeit und danach. Mein Tagesablauf gliederte sich wie folgt: Ich wachte in Ellas Bett auf, wir hatten geilen Sex, wir zogen uns an, frühstückten schnell eine Kleinigkeit und fuhren in die Firma.

Meine Kollegen wussten das mit Ella und mir, aber das war kein Problem. Keiner von uns war seiner jeweiligen Frau ganz treu, also deckten wir uns selbstverständlich gegenseitig. Meine Mitarbeiter sind ja auch meine Kumpels. Bevor ich zum Big Boss befördert wurde, arbeitete ich teils Seite an Seite mit ihnen äußerst gleichwertig. Ich kenne die meisten von ihnen seit vielen Jahren, wir vertrauen uns absolut und sind halt alle nur Männer.

Außerdem hatte uns unser gemeinsamer Glory Hole Besuch an Abend 1 in Amerika noch enger zusammengeschweißt. Auch Matt und sein Team hatten von der Liebelei zwischen mir und Ella mitbekommen, doch es war ihnen zum Glück völlig egal.

Teamsitzung, dann Teamarbeit. Kurze gemeinsame Mittagspause, weiterarbeiten bis ca. 18 Uhr, Endteammeeting, dann gemeinsames Abendessen. Ella und ich klinkten uns dann meist gegen 22 Uhr aus und sexten uns den Abend voll. Andrea erklärte ich, dass mein Laptop kaputt gegangen sei und ich deswegen nicht skypen konnte, „und über iPhone ist zu viel Datenverbrauch", erklärte ich ihr. Sie verstand, und so texteten wir via WhatsApp einige Male am Tag und schickten uns ganz viele Liebesbotschaften zu.

Geschlafen wurde auch, Ella immer seitlich auf meiner Brust, eng an mich gekuschelt. Bis morgens um 6 der Wecker klingelte und wir die morgendliche Bettgymnastik nutzten, um uns wach zu bekommen. „Morgen Abend kann ich leider nicht, da bin ich auf einer Geburtstagsfeier meiner besten Freundin eingeladen", meinte Ella zu mir, „magst Du mitkommen?" Ich überlegte kurz.

Ich wusste, dass die Jungs zwischendurch nochmal in der Glory Hole Bar waren und es ein ziemlich geiler Abend war. Besonders Jims Blowjob musste der Wahnsinn gewesen sein. Lust auf etwas Abwechslung hatte ich, also sagte ich Ella: „Geh Du ruhig auf die Party, ich komme nicht mit, ich muss ohnehin noch einiges am PC erledigen heute. Und außerdem kennt mich dort sowieso keiner." Sie verstand.

Ich informierte meine Jungs über meinen freien Abend und fragte sie, ob wir uns zusammen einen schönen Feierabend machen wollen. „Na klar", nickten sie einstimmig und grinsten frech. Sie wussten ganz genau, was ich mit einem „schönen Feierabend" meinte.

Endlich, der lange Arbeitstag neigte sich dem Ende, Ella verdrückte sich nach dem Meeting zu ihrer Geburtstagsfete und wir aßen lecker bei unserem Stamm-Italiano. Dann zurück ins Hotel, wo wir uns frisch machten und dann auf den Weg zur anrüchigen Glory Hole Bar. Ich war unglaublich gespannt, wie sich der Abend entwickeln würde.

Aufgeregt betraten wir die Bar und bestellten unser erstes Bier. Danach ging es ab ins Hinterzimmer, in den gemischten Bereich natürlich. Der Herbert wurde angefragt, ob er nicht lieber anders abbiegen wolle, zum männlichen Po-Fick, aber darauf hatte er keine Lust. Verständlich. 8 der 10 Löcher waren aktuell besetzt, doch da stöhnte es auch schon und 2 glückliche Herren marschierten an uns vorbei, gefolgt von 2 dunklen Neger-Frauen. Überhaupt nicht mein Ding.

Plötzlich betraten 3 junge Mädels den Raum. Alle sitzenden Männer schauten auf und rieben sich die Hände, doch unsere Gruppe war wohl die attraktivste, und so marschierten die Girlies schnurstracks auf uns zu. Die 3 stellten sich uns als Stella, Chloe und Madison vor und nahmen zwischen uns Platz. Mann, Frau, Mann, Frau, Mann, Frau, Mann – eine gerechte Sitzordnung. Ich saß mittendrin und war umringt von Chloe und Madison.

Alle 3 waren blutjunge 21 und zum ersten Mal in der Bar, wie sie sagten. Stella war ca. 1,70 m groß und ich schätzte sie auf 54 kg. Wilde rote Haare, eine enge Jeans mit knackigem Arsch drin, Tattoos an Armen und Fingern. Madison war deutlich kleiner, sexy und schlank. Zungenpiercing und Nasenring verunstalteten ihr engelhaftes Baby Face nicht. Lange schwarze Haare. Chloe war das Highlight. Eine Pamela Anderson in jung.

„Wir haben uns das als Geburtstagsüberraschung für die Stella ausgedacht", erklärte Chloe diesen Besuch, „ist mal etwas anderes als irgendeine Handtasche oder Schmuck oder neue Schuhe." Da hatte sie Recht. Angeregt unterhielten wir uns pärchenweise so gut es ging, bis das Geburtstagskind lockte:

„Also, ich möchte jetzt endlich meine Geburtstagspräsente auspacken. Jungs, seid Ihr bereit?" Und wie bereit wir waren! Während Stella nach hinten tanzte, folgten wir 4 Männer ihr alles andere als unauffällig. Chloe und Madison begleiteten uns, und wir waren gespannt, was diese 3 Frauen mit uns 4 Männern vorhatten.

Zum Glück waren 4 Löcher nebeneinander frei, also ließen wir die Hosen runter und steckten unsere Dongs bereitwillig in die Holes hinein. „Diese Runde gehört mir", hörten wir Stella erregt rufen und wussten nicht, was das genau zu bedeuten hatte, aber kurz darauf spürten wir es. Jim und Mike stöhnten gleichzeitig auf, bei denen war etwas in Gange. Herbert und ich schauten uns an, nichts. Hä?

Dann spürte ich eine Hand an meinem Penis, die mich ganz sanft streichelte und mir die Hoden kraulte. Schön war es. Auch Herbert neben mir zwinkerte mir zu, also war auch er gut versorgt. Doch das langsame Streicheln wurde nicht schneller. Ok, mein Dong war längst steif, aber kommen konnte ich so nicht. Es fühlte sich trotzdem umwerfend an, so sanft da unten liebkost zu werden. Wollte hier jemand einen Rekord des längsten Handjobs brechen?

Nach knapp 10 Minuten stöhnte Jim auf, sein Orgasmus war gekommen. Seine Bedienung streichelte wohl schneller als meine. Kurz darauf war Mike dran, er klopfte einmal und zuckte sich weg. Befriedigt zogen beide ihre Hose wieder hoch und schauten Herbert und mich an. „Bei mir dauert es noch", sagte ich trocken. „Bei mir auch", meinte Herbert ebenso trocken.

„Setzt Euch derweil, wir kommen, wenn die Damen es geschafft haben." Jim und Mike hielten sich für gute Dongs und setzten sich strahlend zurück aufs Sofa. Plötzlich und endlich ging das richtige Wichsen los. Gut so! Und auch blasen konnte sie jetzt auf einmal. Warum nicht gleich so! Auch Herbert hatte die Augen mittlerweile geschlossen und genoss, was bei ihm abging. Auch seine Lady gab nun scheinbar Gas.

Langsam aber sicher spürte ich, dass ich bald kommen werde. Das langsame Streicheln war durchaus effektiv gewesen, jetzt das gute Masturbieren und das tiefe Blasen – alles zusammen sorgte für einen heftigen Orgasmus bei mir. Ich kam laut stöhnend. Auch Herbert war nun soweit und kollegial spritzte er mit mir ab. Gut gelaunt setzten wir uns zurück zu Jim und Mike, dann kamen die 3 Girlies und setzten sich wieder zu uns: Mann, Frau, Mann, Frau, Mann, Frau, Mann. Selbe Sitzordnung wie vorhin.

„Und, war ich gut, Boys?", fragte die Stella in die Runde und schaute uns fragend an. „Wem hast Du es denn gemacht von uns?", fragte ich. „Euch allen!" Ich verstand nicht. Auch Herbert, Jim und Mike wussten nicht weiter. „Zuerst habe ich mich um Jim und Mike gekümmert, dann um Dich und Herbert." Jetzt verstand ich. Während die krasse Stella Jim und Mike einen Double Hand- und Blowjob gegeben hatte, kraulten Madison und Chloe unsere Eier und brachten unsere Salamis in Stimmung. Daher das langsame Warmstreicheln.

Als Jim und Mike gekommen waren, widmete sich Stella den Schwänzen von Herbert und mir und bediente uns fachmännisch bis zum Kassensturz. So ein Luder! Sie hatte in 20 Minuten 4 Männer glücklich gemacht. Das nenne ich ein wirklich schönes Geburtstagsgeschenk!

Wir plauderten weiter und die Mädels erzählten uns, dass sie allesamt ehemalige Schulkolleginnen und gleichzeitig beste Freundinnen seien und jetzt gemeinsam Kunst studieren. Sie wohnen sogar zusammen in einer WG. Schnell ging meine Fantasie wieder mit mir durch. Ich könnte die 3 ja mal besuchen …

Nach einer halben Stunde Gelaber und 2 weiteren Getränkerunden schlug ich vor: „Jungs, Mädels, habt Ihr Lust auf eine weitere Sex-Runde? Aber diesmal dürfen alle Ladies mitmachen." Mein Vorschlag wurde von allen Parteien jubelnd angenommen, und kurz darauf standen wir erneut vor und hinter der schwarzen Wand. Was würde diesmal kommen?

„I´ll take care of you, honey", flüsterte mir die hübsche Chloe zu. „Yes!", dachte ich innerlich und war gespannt, was sie mit mir vorhatte. Herbert und Jim erhielten von Madison einen doppelten Blowjob, beiden gefiel es. Jim bekam von Stella einen runtergeholt, während sich Chloe mit aller Expertise um mein drittes Bein kümmerte. Verdammt gut blies sie ihn.

Ich träumte von Baywatch Pam und ihren Nixenkünsten, da spürte ich auf einmal, wie irgendein Material meinen Penis berührte. Es fühlte sich an wie Gummi. Klebte die mir etwa ihr Kaugummi auf die Vorhaut? Nein, es war ein Kondom, das sie mir überzog.

Auf einmal spürte ich Muschi. Sie musste sich umgedreht haben, bückte sich in Position und ließ sich nun von hinten nehmen. Geil! Meine Jungs staunten nicht schlecht, als sie sahen, wer hier das Ruder in der Hand bzw. in der Höhle hat. Während sie nach und nach ihre Höhepunkte erlebten, genoss ich den Fick durch die Wand und kam in Chloes Fotze. Sie zog mir das Kondom ab und leckte meinen Dude sauber. Braves Ding.

Erledigt aber glücklich setzten wir 7 uns und genossen einen weiteren alkoholischen Drink. Wir waren alle müde, also beendeten wir den Abend und gingen ins Bett, ich mit der Telefonnummer von Chloe in der Tasche.

Kapitel 08

Ella – Teil 2

Während wir die nächsten Tage fleißig weiterarbeiteten, gehörten die Abende und Nächte wieder Ella-Schatz. Das erste, was wir taten, war Liebe. Oder besser gesagt Sex. Denn lieben tue ich meine Andrea back home.

Der Sex mit Ella war innig und vertraut geworden, sie wusste genau, wie ich es wollte und besorgte es mir mit unfassbar guten Blowjobs und Ritten auf mir. Gleichzeitig durfte ich sie in jeder denkbaren Stellung vögeln. Jeden Morgen der obligatorische Blowjob zum Wachwerden. Von Tag zu Tag erlebte die süße Maus mehr Orgasmen. „Ich weiß echt nicht, wie Du das machst", lobte sie mich, „denn normalerweise kann ich nur einmal oder höchstens zweimal hintereinander kommen, aber so oft wie bei Dir, das ist neu für mich", grinste sie mit einem liebevollen Kuss.

Eines Tages fiel mir ein, dass ich ja meine Zweitausführung des Womanizers mit hatte. Als Überraschung für Ella nahm ich ihn eines Morgens mit zur Arbeit und dann abends mit zu Ella. Als wir uns frisch geduscht hatten und auf dem Bett landeten, fragte ich sie, ob sie den Womanizer kennt. „Den Womanizer? Dich? Ja, ich kenne ihn", zwinkerte sie mir zu.

Ich schüttelte entschieden meinen Kopf und erklärte ihr, dass ich damit ein Sex Toy meinte. Sie griff zur Schublade und holte einen modernen Klitoris-Rabitt hervor: „Das ist das einzige Toy, das ich habe." Ich freute mich, weil ich wusste, dass ich kurz davor stand, der kleinen Maus eine neue Dimension des weiblichen Orgasmus zu offenbaren.

„Voila", zauberte ich den Womanizer Pro aus meiner Tasche und präsentierte ihn. Ella staunte und fragte, wie der funktioniere. „Über Schwingungen, Schallwellen und so", erklärte ich ihr fachmännisch das Meisterwerk. „Ui", staunte sie, „und das funktioniert?" „Du wirst Augen machen", versprach ich ihr und befahl ihr, sich entspannt hinzulegen und ihre Beine ein wenig zu öffnen.

Während ich mich in ihren Arm kuschelte und meine Backe auf ihrer rechten Brust ablegte, steuerte ich den Womanizer über ihre Scham. Erwartungsvoll blickte sie das Teil an und wartete darauf, stimuliert zu werden. Ich drückte aufs Knöpfchen und hielt ihr den saugenden Pro vorsichtig über ihre Klitoris.

„Ah", atmete sie tief ein und noch tiefer aus. „Das ist gut", lallte sie trunken und startete ihre Reise. Schnell fand ich genau die richtige Stelle und streichelte mit meiner anderen Hand die Innenseite ihrer kleinen Oberschenkel. „Das ist viel besser als mein Hase", stöhnte sie und drückte ihre immer größer werdende Klitoris gierig höher in die Öffnung des Gerätes hinein. Das wirkte.

Auch Stufe 2 wirkte. „Ich halte das nicht länger aus, ich muss kommen", informierte sie mich nach bereits 3 Minuten Womanizer-Action und brüllte einen lauten Orgasmus heraus. So heftig war sie noch nie gekommen in all den Tagen. Ich war stolz, sie glücklich. „Unfassbar, was das Ding kann", hechelte sie und betrachtete den Womanizer genauer. Sie drückte auf On und hielt ihn sich einfach selbst mal hin. „Möchte mal sehen, wie das funktioniert", schelmte sie.

Sofort war sie wieder in Stimmung und begann zu stöhnen. Doch Stufe 1 reichte ihr nicht. Gnadenlos schaltete sie durch sofort auf Maximum. Stufe 8 besorgte es ihr innerhalb von 2 Minuten. Polternd kam sie zu einem heftigen Höhepunkt und presste sich den Womanizer fast in die Scheide hinein. Ihre dunklen Schamhaare sträubten sich elektrisiert und kamen auch.

Ella war fasziniert von dem Apparat, doch nach 2 weiteren Highlights war nun ich an der Reihe. Darauf musste ich bestehen. Genüsslich leckte sie mir meine Eier und schenkte mir einen himmlischen Blowjob, den ich im Spiegel bewunderte. Mein Höhepunkt war für mich nicht sichtbar, denn sie schluckte mein Sperma, als wäre es Wasser.

Nach einer kurzen Nacht weckte sie mich früh morgens mit einem kondomisierten Ritt. Klein, jung und eng war ihre Pussy, was mir einen intensiven und pulsierenden Zuck-Orgasmus schenkte. Danach hatte sie wieder 4 Womanizer-Orgasmen. Diesmal durfte ich das Gerät halten. Sie kam zweimal auf dem Rücken liegend, einmal bäuchlings und einmal seitlich.

Ich muss dem Erfinder des Womanizers wirklich von ganzem Herzen gratulieren: Junge, das ist das beste Gerät, das je fürs Bett entwickelt wurde! Hut ab. Chapeau!

Der Womanizer wurde die Tage neben mir zu Ellas bestem Freund. Eines Abends konnte sie einfach nicht genug bekommen und kam über zehnmal. Wahnsinn! Und das innerhalb von nur 30 Minuten. Die Rides, Blowjobs und Handjobs von ihr waren fantastisch, wir fühlten uns immer enger verbunden und genossen die Zeit, die uns davon lief.

Auch die geselligen, lustigen Abende neigten sich dem Ende. Matt war der geborene Broadway-Entertainer, hier noch weitere Highlights seiner besten Jokes, mit denen er uns zu seinen tränenreichsten Fans machte:

→ *Oma Mielke ist auf der Flucht vor einem Triebtäter. Völlig kopflos rennt sie in die falsche Richtung und gerät in eine Sackgasse. In einem Hinterhof holt sie der Triebtäter ein. Oma Mielke erinnert sich an die psychologische Schulung aus ihrer früheren Frauengruppe und sagt: „Lassen Sie's gut sein, ich habe meine Tage." „Na gut", knurrt der Mann, „dann hol mir wenigstens einen runter!" Oma Mielke lässt verwirrt die Augen über die Häuserfront schweifen: „Aber ich kenne hier doch keinen …".*

→ *2 Bürodamen unterhalten sich übers Wochenende, wann sie mit ihren Männern Sex gemacht haben und wie aufregend das war. Als der Chef dies mitbekommt, ermahnt er beide, nie wieder dieses Wort am Arbeitsplatz auszusprechen. Also denken sich die Bürodamen einfach ein neues Wort für Sex aus: „Lachen".*

Wieder montags. Die eine erzählt: „Am Wochenende habe ich mit meinen Mann zusammen gelacht, das glaubst Du gar nicht. Das war vielleicht aufregend!" Darauf die andere: „Ach, Du hast es gut, bei mir war es nicht so toll. Am Freitag wollte er lachen, aber ich nicht. Am Samstag habe ich mich extra schön angezogen und alles romantisch eingerichtet, da wollte er wiederum nicht. Als ich dann aber Sonntag zufällig ins Schlafzimmer kam, stand der alberne Kerl doch da und lachte sich ins Fäustchen …".

→ Ein Mann geht mit seiner 4-jährigen Tochter zum FKK-Strand. Plötzlich fragt die Tochter: „Du, Papa, was ist das bei Dir da unten?" „Das ist meine Ente, darunter sind die Enteneier und drum herum ist das Nest." Nach dieser Klarstellung legt sich der Vater schlafen.

Nach 2 Stunden wacht der Vater mit großen Schmerzen auf und schaut entsetzt nach unten. „Kind, was hast Du gemacht?" „Ich habe mit Deinem Entchen gespielt, dann ist es groß geworden und hat mich angespuckt. Dann habe ich dem Entchen den Hals umgedreht, die Eier zertreten und das Nest angezündet ...".

→ 2 Frauen spielen Golf. Die eine macht den Abschlag: kräftig, schnell, weit – und mitten in eine Gruppe Golfer. Einer der Männer greift sich auch sofort zwischen die Beine und kippt wie ein gefällter Baum um. Die beiden Frauen eilen hinzu, um zu helfen. Der arme Kerl wälzt sich stöhnend am Boden, die Hände immer noch zwischen den Beinen.

Die eine kniet sich herunter und sagt zum Verletzten: „Ich bin Masseuse, vielleicht kann ich Ihnen helfen und Ihr Leiden lindern." Er lehnt stöhnend ab. Sie fühlt sich schuldig für die Verfassung des Mannes und schiebt mit sanfter Gewalt seine Hände zu Seite, öffnet vorsichtig seine Hose und fängt an, ihn im Genitalbereich zu massieren.

Sein Gesichtsausdruck zeigt nach kurzer Zeit, dass es ihm schon besser geht. Auf ihre Frage, wie denn sein Befinden nun sei, antwortet er: „Da unten fühle ich mich großartig, aber mein Daumen tut immer noch höllisch weh ...".

→ 3 Männer stürzen mit dem Flugzeug ab. Sie treffen Kannnibalen, die sagen: „Wenn Eure Schwänze zusammen 30 cm oder mehr sind, dürft Ihr gehen!" Der erste: 18 cm. Der zweite: 11 cm. Der dritte: 1 cm.

Als sie nach Hause gehen, sagt der erste: „Hätte ich keine 18 cm gehabt, wären wir jetzt alle tot!" Der zweite: „Hätte ich keine 11 cm gehabt, wären wir alle tot." Der dritte: „Hätte ich keine Latte gehabt, wären wir auch alle tot!"

→ 2 Männer streiten sich, wer in einer Nacht die meisten Nummern schaffen würde. Sie beschließen, in den Puff zu gehen und es festzustellen. Jeder krallt sich eine hübsche Dame und geht mit ihr aufs Zimmer. Der erste beginnt, und wie er fertig ist, macht er einen Strich an die Wand und schläft ein. Nach einer Weile wacht er auf, schiebt wieder eine Nummer, macht noch einen Strich und schläft abermals ein. Ein weiteres Mal wacht er auf, treibt es, macht wieder einen Strich und schläft vor Erschöpfung ein.

Am nächsten Morgen betritt sein Freund den Raum, sieht sich um und sagt: „Wow, einhundertelf, Du hast mich um 4 Nummern übertroffen ...".

→ Sie ist in der Küche und stellt Eier bereit, um sie für das Frühstück zu kochen. Er kommt zur Tür herein. Sie dreht sich um und sagt: „Du musst mich jetzt auf der Stelle leidenschaftlich poppen." Seine Augen leuchten auf und er denkt sich: Wow, das ist mein Glückstag heute!

Er will die Gelegenheit beim Schopf packen, umarmt sie und besorgt es ihr auf dem Küchentisch. Nachdem er sie wild vernascht hat, sagt sie „Danke" und kehrt zum Kochherd zurück. Etwas verdattert fragt er sie: „Worum ging es hier, bitte schön?" Sie erklärt: „Die Eieruhr ist kaputt, und wie soll ich sonst wissen, wann 3 Minuten um sind?"

→ Am FKK-Strand: Frau Müller geht da so entlang, und plötzlich steht sie vor dem großen Zauberer Simsalabamus. Sie fragt ihn: „Herr Zauberer, ich bewundere Ihre Kunst. Aber sagen Sie mal: Können Sie auch nackt zaubern?" „Ich bin Zauberer. Folglich kann ich auch nackt zaubern. Stellen Sie sich bitte mit dem Rücken zu mir! Nun tief bücken! Spüren Sie meinen Daumen? Ja? Sehen Sie, hier habe ich noch 2 ...".

→ Die Manege in einem Zirkuszelt, die Vorstellung ist im vollen Gang. Als nächstes kommt der große Pagarozzi. Wortlos stellt er sich gegenüber einem Löwen auf, packt seine Nudel aus und legt sie dem Löwen in den Mund. Der Löwe beißt zu. Anschließend macht der Löwe sein Maul wieder auf, und der große Pagarozzi packt seine Nudel wieder ein.

Der Zirkusdirektor zum Publikum: „Wer würde sich das auch trauen?" Auf den vordersten Rängen meldet sich eine alte Frau: „Ich kann das auch machen, ich werde auch nicht fest zubeißen ...".

→ Der Knecht ist in die niedliche Magd verschossen, aber die will nicht. Der Knecht lässt sich jedoch nicht entmutigen und denkt sich eine List aus. Auf einem Spaziergang erzählt er der Magd: *„Weißt Du, in diesem Gebüsch wohnt der Gehirnpicker!"* *„Ui, was ist denn ein Gehirnpicker?"* *„Das ist ein kleiner, aber sehr gefährlicher Vogel, der sich auf den Kopf setzt und das Gehirn herauspickt. Wenn der Gehirnpicker kommt, musst Du Dich auf den Boden legen und sofort den Rock über den Kopf ziehen!"*

Die hübsche Magd ist nach dieser Mitteilung sichtlich beeindruckt. Als sie das nächste Mal am Gebüsch vorbeikommen, ruft der Knecht: „Achtung, der Gehirnpicker!", woraufhin sich die Magd auf den Boden wirft und den Rock über den Kopf zieht. Da fällt der Knecht über sie her. Sie herausfordernd: „Pick nur, pick nur, bis zum Gehirn kommst Du eh nicht!"

Oh Mann, der Matt ist echt ein Freak. Solche Witze ohne Ende hatte er parat. Und er kannte einfach keine Gnade mit uns. Die hatte ich abends auch nicht mit Ella: Ihre Pussy musste kommen, immer und immer wieder. Das hat das Spiel mit dem Wo-Pro halt so auf sich.

Am vorletzten Abend unseres USA-Projektes, wir waren just in time, konnte Ella leider nicht, weil ihre Eltern Silberhochzeit feierten. Auch hier zog ich mich raus und war wild entschlossen, etwas Schöneres zu erleben.

Kapitel 09:
Chloe, Madison & Stella

Das Glory Hole kam mir in den Kopf, aber nicht die Bar, sondern die 3 Mädels, die wir dort kennengelernt hatten: Chloe, Madison und Stella. Aber warum mit meinen Kollegen teilen, wenn sie alle 3 exklusiv nur mir gehören können?

Ich rief Chloe an und sie konnte sich sofort an mich erinnern. Ich erzählte ihr, dass wir nur noch 3 Tage da seien, und fragte an, ob sie und ihre Busenfreundinnen Lust auf ein Date hätten. „Ja, klar, wieder in der Glory Hole Bar?" „Nein, konterte ich, „ich dachte eher bei Euch Zuhause, so ganz lässig und kuschelig." „Coole Idee", säuselte Pam 2, „und wann wollte Ihr kommen?"

„Naja, heute Abend, aber ich dachte da eher an mich allein." „Wie bitte?", meinte Chloe ungläubig. „Du willst uns 3 glücklich machen?", forderte sie mich heraus. „Klaro, ich kann das", protzte ich, „wäre nicht mein erstes Mal. Ich werde Euch 3 derart befriedigen, dass Ihr die Engel singen hört." Das zeigte Wirkung. „Ok, Tiger", hauchte sie mir rein, „dann zeig mal, was Du kannst. Wir erwarten Dich heute Abend, um 9?"

Ich bestätigte, notierte mir die Adresse und freute mich auf ein geiles Erlebnis mehr. Nach einem guten Abendessen klinkte ich mich aus und fuhr zu den 3 Grazien. Teuflisch grinsend öffnete mir Madison die Türe und ließ mich eintreten. „Komm schon, gib den Jungs das Zeichen, wir haben Deinen Trick durchschaut", quakte sie mich von der Seite ein.

Als sie begriffen, dass ich tatsächlich alleine war, staunten sie wie 3 Quarktaschen. Ich stellte mein Mitbringsel, eine Flasche teuren Schampus, auf den Tisch und ließ Stella 4 Gläser bringen. So tranken wir uns in Stimmung. Die Mädels waren locker drauf und umgarnten mich. Viel nackte Haut war bereits zu sehen, alle 3 trugen Hot Pants und ein hautenges Top.

Ihre WG war studentisch eingerichtet. Ein dreidimensionales Bett sah ich beim kurzen Rundgang, die 3 schliefen laut eigener Aussage öfter zusammmen kuschelnd ein. Niedlich.

Stella war die erste, die langsam aber sicher den Abend zu einem Spektakel machte. Sie setzte sich frech auf meinen Schoss, nahm mein Gesicht in ihre niedlichen Wichshände und küsste mich auf den Mund. Champagner-Kuss. Ich knutschte mit und spürte, wie derweil Madison sich an meiner eleganten Hose zu schaffen machte.

Ehe ich mich versah, küsste Chloe meine Brust. Ein Traum geht da wieder mal in Erfüllung, dachte ich mir. Schon war ich nackt und wurde von 3 21-jährigen Girlies verwöhnt. Schnell waren wir alle 4 nackt und spielten Adam und Evas.

Während ich da lag, verwöhnten mich Stella, Madison und Chloe mit einem Triple Blowjob, dazu Küsse und Streichelarbeiten. Leider gab es keinen Spiegel in diesem Dreckszimmer, schade. Also konzentrierte ich meine Augen aufs direkte Zusehen, und sah, wie Madison verdammt tief, fast schon Deep Throat, blies, während Stella nur meine Eichel schluckte. Am besten machte es meine liebe Chloe, die genau die goldene Mitte traf.

Ich spürte, es wird Zeit für meinen ersten Orgasmus des Abends. Und schon spritzte ich es hinaus, und die 3 Teenies juchzten, als sie meine enormen Ladungen sahen und fühlten. Als ich fertig war, kuschelten sich die 3 in meine Arme und küssten mich. „So, und jetzt musst Du Dein Versprechen einlösen und uns 3 glücklich machen", forderte Stella mich auf, meinen Worten Taten folgen zu lassen. No Problemo.

„Legt Euch nebeneinander und schließt Eure Augen", kommandierte ich den Stellungswechsel herbei. Da lagen sie nun, nebeneinander, und ich betrachtete ihre schönen, jungen, strahlenden Körper. Chloe hatte große, feste Brüste wie Pam und einen blonden Schamhaarlandestrich. So 10 cm lang. Und schön getrimmt. Haare nicht zu lang, nicht zu kurz, Strich nicht zu breit. Er endete genau dort, wo ich zweites paar Lippen begann. Geil!

Stella hatte auch Schamhaare, aber sie waren in einem runden Kreis formiert, der sich knapp über ihren Lippies befand. Einzig Madison trug blank. Ihre Schamlippen waren deutlich größer und länger als die von Chloe und Stella, aber sehr schön und sinnlich. Die musste ich zuerst lecken.

Also küsste ich ihren zarten Bauch und tiefer in Richtung Pussy. Die begann gut zu riehen. Als ich ihre Klitoris erreichte, stöhnte sie laut auf. Die beiden anderen Mädels öffneten ihre Augen und wollten auch so geil verwöhnt werden. Meine streichelnde Hand reichte Chloe nicht aus, sie wollte mehr und zog mich zu ihr rüber. Nun leckte ich Chloe. Das passte der bereits tief erregten Stella nicht, die mich wieder für sich beanspruchte.

Nun protestierte Madison. „Ich will auch!", rief sie und zog mich an den Haaren rüber zu sich. So wurde ich zum dreifachen Pussylecker. Ich wanderte liegend von A nach B und weiter nach C, zurück zu A, dann wieder B. Es ist unfassbar geil, gleichzeitig, hintereinander und abwechselnd 3 verschiedene Muschis zu lecken, unterschiedliche Reaktionen und Stöhner dafür zu ernten und mitzubekommen, wie jede Frau einfach anders kommt.

Ich war gespannt. Ich intensivierte mein Gelecke mit meiner besonderen Zungentechnik und Stella ließ mich nicht mehr weg. Sie wollte jetzt kommen. Pams Versuche, mich rüberzuziehen, schlugen fehl. Stella hatte mich, meine Haare und meinen Kopf fest im Griff. Ich dafür ihren Kitzler. Gewaltig erreichte sie ihren Orgasmus, sie bebte und ich leckte sie über 1 Minute aus, bis sie sich erschöpft fallen und mich gehen ließ.

Nun kam Chloe dran. Ich fuhr auf ihrem Schamhaarstrich Auto und stolperte über den Kieselstein, der immer größer wurde. Chloe war schon mächtig heiß und meine geile Lecktechnik bescherte ihr einen dynamischen und schnellen Orgasmus. Sie kreischte lauter als die Stella, war aber auch schneller fertig. Nun war Madison dran.

Blanke Muschi duftete nach Vanille. Ich mag Vanille! Ihr zarter Körper konnte unerwartete Spannungen und Kräfte entwickeln. Je intensiver ich arbeitete, desto härter wurde ihr Körper. Sie bereitete sich darauf vor, loslassen zu dürfen. Dieses Loslassen geschah erstaunlich leise, sie atmete ein paar Mal tief und zuckte ein bisschen herum, bestätigte mir danach aber einen Hammer-Orgasmus. Jede kommt halt anders. So ist das.

Aber nicht nur Madison lobte mich, auch die anderen beiden Gespielinnen strahlten und meinten, ich hätte ihnen nicht zu viel versprochen.

Nach ein paar Minuten fragte Madison in die Runde: „Kannst Du auch so gut ficken wie lecken?" „Kann er", bestätigte Chloe, die ja meinen Schwanz schon von hinten durchs Glory Hole gespürt hatte. Schon waren Madisons Hände an meinem Penis und streichelten ihn steif. Derweil zückte Chloe ein Kondom aus dem Nachttisch und streifte es mir sauber über.

„Ich zuerst!", schrie Stella wie ein tollwütiger Wolf, doch Chloe war schneller und saß schon auf mir drauf. Langsam bewegte sie ihr Becken auf dem meinen und massierte so meinen Dong kräftig durch. Ihre Fotze fühlte sich genauso wie durchs Glory Hole an, ich hätte sie auch blind wiedererkannt.

Während sie auf mir ritt, hatte Madison etwas Teuflisches vor: Sie setzte sich mir ins Gesicht, sodass ich zuerst kaum noch Luft bekam. Während sie mit der reitenden Chloe schmatzige Zungenküsse austauschte, leckte ich ihre Scheide roundabout. Sogar ihr A-Loch wurde von mir verwöhnt. Arme Stella. Sie ging leer aus. Nicht ganz, denn ich konnte auch sie stöhnen hören. Die surrenden Geräusche verrieten einen Vibrator. Sie trieb es also mit einer Maschine.

Chloe ritt nun schneller und wollte uns unsere Erlösung beschaffen. Doch zuerst kam Vibrator-Stella. Ich hörte ihr Stöhnen ganz deutlich, obwohl meine Ohren von Madisons Hintern verdeckt waren. Kurz darauf erlöste ich Madison. Meine Zunge spürte ihren Saft tropfen, und während ihr Körper die Kontrolle verlor, verlor sie auch einen Furz. Naja, es war mehr ein kleines, nichtriechendes Fürzchen, das mich nicht weiter störte, zumal ich gerade selbst auf dem Weg war, abzuspritzen.

Chloe kam nun auch. Ihre Pussy verengte sich und pulsierte meine Pimmeladern enorm. Ich kam und schenkte der Innenseite des Gummis meine Füllung. Ausgelaugt nach diesem Spitzenerlebnis fielen wir zusammen und atmeten ein paar Minuten die Stille ein, die sich uns nun bot. Wahnsinn, dachte ich, wie geil es doch ist, ein Womanizer zu sein, der es einfach drauf hat.

Leider wusste ich, dass dieses Quartett am kommenden Morgen zu Ende ging, da Ella die letzten beiden Abenden gehörten, also musste ich genießen und mitnehmen, was ging. Ich sah immer noch die bunten Schmetterlinge schweben … und schlief ein.

Dann wurde ich wieder wach. Stella rüttelte an mir herum und fragte, ob ich nochmal Lust hätte auf eine Runde. Ich schaute hoch und 6 gierige Augen lookten mich an. Die Lust war sofort wieder da und ich war zu jeder Schandtat bereit.

„Mädels", erklärte ich mich, „da heute unser einziger und gleichzeitig letzter Abend zu viert ist, würde ich gerne eine wundervolle Erinnerung daran haben. Ist das ok für Euch, wenn ich unseren folgenden Sex aufnehme, nur für mich privat natürlich?" Madison und Stella schauten sich an und nickten, doch Chloe wollte nicht. Alle meine Überredungskünste gingen bei ihr ins Leere. Nicht mal Madison konnte sie überzeugen. Schade. Schade.

„Aber ich kann Euch filmen, so wie einen Porno halt", schoss es plötzlich aus der scheuen Pam heraus. „Ich brauche aber eine Cam." Ich übergab ihr bereitwillig mein iPhone und sie begab sich in Position. „Und was sollen wir machen?", fragte Madison. „Ficken, blasen, lecken?" „Alles, schön der Reihe nach", grinste ich und warf sie in die Mitte des Bettes.

Chloe kapierte und startete die Aufnahme. Yes! Ich war schon fleißig dabei, die kleine Madison mundzuküssen, da mischte sich Stella ein und knutsche meinen Dong. Naja, mehr lutschte sie. Chloe war überaus bemüht, den richtigen Winkel zu finden und filmte mal von links, von rechts, dann von oben. Von weiter weg, dann war sie auf einmal ganz nah. So ein fleißiges Bienchen.

Diesmal wollte die Stella von mir geleckt werden, also nahm sie 69 auf mir Platz und widmete sich gleichzeitig, zusammen mit Madison, meinem Ständer. Stella genoss meine flotten und tiefen Zungenspiele und schmeckte gut da unten, ein wenig noch nach dem Vibrator, aber auch der hat seine Berechtigung. Verdammt gut bliesen die beiden mich, das spürte ich. Sehen konnte ich es leider nicht, denn ich sah ja nur Arsch.

Und dieser Knackarsch verriet mir, dass ich gute Arbeit leistete, denn er wurde immer unruhiger, bis sich Stella aufrichtete und ihren Orgasmus genoss. Ich kannte keine Gnade und züngelte sie zu 2 schnellen Höhepunkten hintereinander. Madison wollte nun mich erlösen und wichste mein Holz gut durch, bis ich den point of no return überschritt.

Stella bückte sich blitzschnell, denn sie wollte dabei sein, wenn ich komme. Zusammen wichsten sie mich über die Ziellinie, und ich kam enorm. Stella flog fast von mir hinunter, derart bäumte sich mein Oberkörper auf, der Druck musste einfach raus. Dann spürte ich nasse Münder, Stella und Madison lutschten mich aus und danach alles sauber. Puh, was für ein Ding.

Glücklich drückte ich Stella von mir hinab und bekam von allen 3 Frauen Applaus spendiert. Mein iPhone durfte ich zurücknehmen und war glücklich. So schliefen wir zu viert Arm in Arm in Brust in Arm ein.

Am nächsten Morgen kam es zum letzten Sex. Gefickt werden wollten die 3 Schlampen. Altight. In Ordnung. Zu dritt knieten sie sich nebeneinander und ließen sich nacheinander und abwechselnd von hinten vögeln. Dann in der Missionarsstellung und à la Löffelchen. Chloe hatte dabei einen Orgasmus, die anderen beiden glaube ich nicht, denn dann kam ich, und zwar in der niedlichen Madison.

Ich küsste die 3 Busenfreundinnen auf den Mund und sagte Adieu. Die letzten beiden Abende mit Ella waren auch wieder wunderschön. Beruflich hatten wir alles geschafft und ein geiles neues TV-Konzept auf den Weg gebracht. Die Premierensendung wurde aufgezeichnet und wir hatten einen Erfolg im Kasten, das wussten wir. Die weiteren Episoden konnte Matt nun mit seinem Team allein produzieren.

Der Sex mit Ella war wie immer geil und gierig. Der Womanizer und ich schenkten ihr zahlreiche Orgasmen pro Sex-Session, und sie mir ebenso 2 bis 3 Höhepunkte jeweils, meistens einmal ficken und ein Hand-/Blowjob. Doch leider geht auch die schönste Zeit zu Ende und schweren Herzens küsste ich Ella Lebewohl.

Mit meinen Jungs, vielen geilen Erinnerungen und einem Porno mit 3 geilen Mädels ging es zurück nach München, wo mich ein Schock erwartete.

Kapitel 10:
Depression

Andrea umarmte mich ganz doll, ebenso meine beiden Kinder, als ich wieder nach Hause kam. Ich war hundemüde und wollte nur noch schlafen. Gott sei Dank hatte ich nun nach den harten 17 Arbeitstagen 1 Woche frei, die wollte ich für meine Familie und zum Relaxen nutzen. Doch Andrea ging es nicht gut.

Früh am nächsten Morgen schüttelte sie mich wach und meinte: „Schatz, irgendwas stimmt mit mir nicht, ich fühle mich so kraftlos, so lustlos, so nutzlos, schwach irgendwie. So kenne ich mich gar nicht." „Hm", meinte ich, „das ist sicher nichts Schlimmes. Hast Du schlecht geträumt?" „Nein, aber das geht schon seit 3 Wochen so", gestand sie mir.

Ich schreckte auf. „Und warum hast Du mir nichts davon erzählt?", kläffte ich sie an. „Weil ich Dich nicht beunruhigen wollte, Du hattest viel zu tun und warst nicht da. Ich dachte, das verschwindet auch wieder, aber tut es nicht." Komisch war das Ganze. Ich beobachtete sie den Tag. Sie wirkte in der Tat abgeschlagen, lustlos und saftlos. Nun ja, 2 Kinder sind ganz schön anstrengend, aber außer sonst ein bisschen Haushalt hatte sie doch sonst nicht viel zu tun.

Und sie hatte ein wenig zugenommen. 3 kg vielleicht. Oder gar 4. Vielleicht sogar 5? Hm, nicht gut. Andrea hatte immer so eine tolle Figur, immer noch, selbst trotz 2 Kinder, aber ihr Körper hatte sich schon ein wenig angefüllt. So konnte es nicht weitergehen. Nachdem sie auch den zweiten Tag hilflos und traurig lebte, schlug ich Alarm und vereinbarte einen Termin bei einem Psychologen, den ich gut kannte.

Glücklicherweise hatte er zufällig einen Termin freibekommen, und schon 3 Stunden später saßen wir im Wartezimmer von Dr. Klaus Fresenius-Panzermann. John Paul und Anna Lina genossen schöne Stunden bei Andreas Eltern, doch ganz so schöne Stunden erwarteten mich nicht, denn nach 1 Stunde konfrontierte mich Andrea mit Klaus´ Verdachtsdiagnose: Depression! Ich schluckte. Andrea ließ den Kopf hängen und weinte. Arme Maus.

Nach genaueren Untersuchungen wurde eine mittelschwere depressive Verstimmung diagnostiziert. Dies ist gut therapierbar zum Glück. Der Doc schlug Andrea eine zweiwöchige Kur mit Therapie vor, zum Auftanken, Kopf freibekommen und Sammeln.

„Und was ist mit den Kindern?", schaute sie mich fragend an. „Auf Deine Eltern ist doch immer Verlass", beruhigte ich sie und drückte sie fest. Tatsächlich erklärten sich meine Schwiegereltern bereit, sich während der 2 Kurwochen um unsere Schätze zu kümmern.

Andreas Kur war schnell organisiert, sie durfte in das schöne Michelrieth bei Marktheidenfeld, wo ein bekanntes Kurzentrum stationiert ist. Ich küsste sie Goodbye und bat zu Gott, dass ihr dort geholfen werden kann. Und so stürzte ich mich wieder in die Arbeit und gleichzeitig in ein neues Abenteuer.

Kapitel 11:
Claudia

Die Claudia war ein krasses Kapitel meines Lebens, das ich gerne vergessen würde. So ein Shit! Aber das wusste ich davor ja nicht. Ich lernte sie auf dem Parkplatz unserer Firma kennen. Sie war von einem namenlosen, dafür billigen Autoreparaturservice und eine taffe Frau.

Der Wagen neben mir schien einen Defekt zu haben, da werkelte sie ordentlich dran herum. Ich sah nur ihre Füße, die unter dem Auto hervorschauten, die versperrten mir den Weg zu meiner Tür. „Vorsicht, Entschuldigung", warnte ich sie, was sie dazu bewegte, zum Vorschein zu kommen. Ihr Gesicht war ölverschmiert, in ihrer blauen Arbeitskleidung sah sie aus wie eine 80-kg-Tonne.

„Haben Sie ein Problem?", fuhr sie mich frech an. „Ja, ich will wegfahren und Sie waren im Weg", gab ich mimikfrei zurück. Es entwickelte sich ein kleines Wortduell, das ich aber dann einlenkte und anmerkte, dass ich ihr ja nicht über die Füße fahren wollte. Sie beruhigte sich, verschwand wieder unter dem Auto und werkelte weiter. Mir war es Wurst und ich düste in meinem hochklassigen BMW davon.

Als ich am nächsten Morgen wieder in die Firma kam, stand da schon wieder der Pannenservice und erneut sah ich eine Person, die an demselben Auto rumwerkte. Es war wieder Claudia. „Haben Sie dem armen Auto gestern den Rest gegeben?", scherzte ich. „Haha, kleiner Scherzkeks, wie? Wohl ein Lachgummi heute gegessen ...", fauchte sie zurück. Diesmal hatte sie kein Ölgesicht, sondern ein geschminktes, und das war sogar ziemlich hübsch.

Ich hatte noch ein wenig Zeit, also flirtete ich mit ihr. Erstaunlicherweise widmete sie sich tatsächlich mehr mir als dem schrotten Wagen und zeigte Interesse an einer gemeinsamen Cola nach Feierabend. Wir trafen uns in der Star Bar am Isartor und stießen auf den Feierabend an. Zum ersten Mal sah ich Claudia privat. Sie war geschätzte Anfang 30 alt und wog etwa 65 kg bei einer Größe von knapp 1,65 m.

Ihre Figur war – sagen wir es mal so – eine 4: ausreichend. Dafür hatte sie das gewisse Etwas im Gesicht. Sehr verführerische Augen und einen ausgesprochenen Blasemund, den ich unbedingt ausprobieren wollte.

Die Cola schmeckte gut und das Gespräch mit Claudia kam in Fahrt. Sie erzählte mir, dass sie Single sei und ihr Leben in vollen Zügen genieße. Ich erzählte ihr dasselbe. Was soll's. Auch die zweite Cola schmeckte gut, der Whiskey darin schien die kesse Blondine aufzuheitern. Als es immer später wurde, wurde sie immer geiler. Ihre Hand lag längst auf meinem Oberschenkel und ihr etwas wabbeliger Körper wollte mich spüren.

„Komm mit zu mir, dort sind wir ungestört", hauchte sie mir ins Ohr, und hintereinander fuhren wir in die Sackgasse 3 in Garching, wo sie wohnte. Eine 4-Zimmer-Wohnung war es im 4. Stock, die mich erwartete. Sie fühlte sich wie Zuhause und machte sich im Bad frisch. Ich schaute mich um und sah einige Männerklamotten herumliegen. Seltsam. Hatte diese ihr Lover aus der Nacht davor vergessen?

Als ich dann kurz ins Bad durfte, staunte ich weiter: Da waren 2 Zahnbürsten. Vielleicht putzt die sich ihre oberen Zähne mit der einen und die untere Zahnreihe mit der anderen … Doch viel Zeit zum Nachdenken hatte ich nicht, es war mir auch egal, denn jetzt hatte ich nur noch eines im Kopf: SEX!

Der Blondschopf lag schon genüsslich auf dem großen Bett und wartete auf mich. Als ich mit Unterhose zu ihr stieg, lag ich kurz darauf ohne neben ihr. Ja, so schnell ging das. Ich küsste sie. Das konnte sie gut. Ihre Blaselippen küssten meine Lippen sehr gut. Ich schmeckte Erdbeere, sie hatte sich wohl ein Erdbeerlippenbalsam aufgetragen. Aber da ich Erdbeeren mag, war dies kein Problem. Meine Hände spürten ihren Körper beziehungsweise ihre Speckröllchen.

Ich mag das ja nicht so, ich stehe auf schlanke Frauen mit gut trainierten, festen, strammen, sexy Körpern. Auf eine Ziehharmonika im Bett verzichte ich sonst gerne. Aber besagte Ziehharmonika war eine Ausnahme wert. Während ich die Tonleiter auf und ab spielte, knetete sie meine Brust durch und klimperte auf meiner Bauchmuskulatur herum. Ich konzentrierte mich nun auf ihre Brüste, und die waren riesig.

Riesig und echt. So groß sahen sie vorhin unter dem Pulli gar nicht aus. Geil ist das! Während ich an ihrer linken Warze saugte, nahm sie vorsichtig aber gekonnt meinen Lümmel in die Hand und beschäftigte ihn gut. So spielten wir uns in halbe Ekstase.

„Weißt Du was? Ich lege mich jetzt hin, Du hockst Dich über meinen Bauch und darfst mich tittieficken", grinste sie mich plötzlich an und brachte sich in Position. Ein Tittenfick ist etwas Seltsames für mich. Irgendwie stehe ich da nicht so drauf. Ein paar Mal hatte ich es in meinem Leben gemacht, aber lieber ficke ich Muschis.

Aber Claudias Einladung war einen Versuch wert. Mein Penis verschwand schnell zwischen ihren Dolly-Buster-Möpsen, die ihm Wärme und Reibung schenkten. Ich bewegte mich schneller und schneller, bis ich kam. Ich kleckste ihre Titten voll, sah aber nichts davon, da ihre großen Brüste alles bedeckten. Als Dankeschön für die echt nicht so schlechte Busenmassage leckte ich sie einem saftigen Orgasmus.

Ich hatte es mit einer Frau zu tun, die eine weibliche Ejakulation beherrscht. So etwas habe ich schon einige Mal erlebt. Manche Frauen kommen lecker, andere eklig. Die meisten von denen kommen leider eklig. Claudia gehörte der Mehrheit an. Ich erschrak, weil ich nicht vorbereitet war, aber stand trotzdem meinen Mann. Tapfer leckte ich sie zu Ende und entschuldigte mich dann ins Badezimmer, wo ich mein Gesicht frischwusch und erneut über die vielen Männerartikel, die hier rumstanden, nachdenken musste.

„Sag einmal, hast Du feste Lover, oder warum sind so viele Männersachen hier in Deiner Wohnung?", fragte ich sie. „Ach, die Sachen gehören meinem Ex, ich komme einfach nicht dazu, sie wegzuräumen und ihm zurückzugeben", antwortete sie gleichgültig und küsste mich. Ich vergaß meine Bedenken und küsste fleißig mit.

Nach einer halben Stunde Rekonvaleszenzzeit war ich fit für 'nen Fick. Claudia auch. Doch leider hatte sie keine Kondome parat. Fuck! Ich wollte trotzdem unbedingt, also steckte ich ihn ihr so rein. Ihre Muschi war wellig und haarfrei, auch hier war die Ziehharmonika präsent. Schade, dass eine Frau Anfang 30 schon so einen faltigen Körper haben kann, aber wo

Pfunde zu viel sind, kann nichts glatt sein. Sizilianische Bauern-weisheit. Ihre Muschi war leider etwas weit, ich spürte nicht so viel wie ich sah. Trotzdem bediente mein Steifer ihre Vagina gut und hart, bis ich kam.

Kurz davor zog ich ihn schnell raus und wichste ihre großen Titten voll. Erleichterung machte sich breit. Doch Lust, bei ihr zu übernachten, hatte ich nicht. Nach ein wenig Small-talk zog ich mich an, duschte mich frisch und düste nach Hause. Der nächste Arbeitstag war lang und hart, und nachdem ich meine Kinder bei meinen Schwiegereltern besucht hatte, ging es wieder zu Claudia. Die erwartete mich mit einem Strip, den ich eigentlich gar nicht sehen wollte, und einem Blowjob, der mich dafür entschädigte.

Sie blies gut und tief, ihre Hände wussten, wie man da-bei Hoden krault. Erneut lecken wollte ich sie nicht, also finger-te ich sie, bis zu kam. Ich orderte sie auf den Bauch und rieb von hinten an ihr herum. So spritzte sie nicht auf mich, sondern ins Bett. Die kleine Pfütze bedeckte ich dann unauffällig mit ei-nem Kissen, so störte es mich nicht weiter.

Nun stand der Geschlechtsverkehr an. Diesmal hatte ich vorgesorgt und Gummis mitgebracht. Welche mit extradicken Noppen für die Höhlenmassage. Doggy Style kniete sie sich vor mich und hielt mir ihren wackeligen Po hin. Egal, hinein. Ich stieß heftig zu und reagierte mich gut ab. Nach so 10 Minuten rollte mein Orgasmus an, den ich ins Kondom schoss. Naja, der Sex mit ihr war nicht der beste, aber unkompliziert. Claudia war wie gesagt keine Schönheit, hatte aber etwas Reizvolles, trotz ihrer Extraröllchen.

Nachdem unser drittes Sextreffen mit meinem Cumshot in der Missionarsstellung endete und ich 1 Stunde später noch in ihren Mund kam, sollte unsere Date Nr. 4 tödlich enden. Und zwar fast für mich. Denn mitten im Liebesspiel stand plötzlich ein großer Mann im Raum, ließ seinen Koffer fallen und fragte verdutzt: „Was ist denn hier los?!"

Es war Claudias fester Freund, mit dem sie – wie ich später erfuhr – seit 6 Jahren zusammen war und auch die Woh-nung teilte. Er war 2 Tage früher als geplant – als Überraschung sozusagen – von einem dreiwöchigen Asientrip zurückgekehrt und hatte uns in flagranti erwischt. Noch bevor ich klar denken konnte, spürte ich auch schon heftige Schläge auf mich niederprasseln. Dieser Boxer kannte keine Gnade. Wild und wütend schrie er mich an und testete, ob ich als Boxsack durchgehen könnte.

Ich bekannte mich schuldig, indem ich mich nicht wirklich wehrte, was bei diesem Monster aber auch sinnlos gewesen wäre, und versuchte, die Schläge so gut es ging abzufangen. Ich griff nach meinen Klamotten und wollte irgendwie die Tür erreichen. Im Gerangel, in das sich nun auch Claudia einmischte und versuchte, ihren Partner zu beruhigen, konnte ich dann entkommen und flüchtete nach draußen, ab in mein Auto und auf und davon!

An einem kleinen Waldweg blieb ich geschunden stehen und zog mich erstmal an. Mein Herz pochte wie wild, mein Schädel dröhnte und mein ganzer Körper schmerzte. Dieser brutale Wichser hatte mich überall getroffen. Noch nie hatte ich physisch Prügel einstecken müssen in meinem Leben, diese neue Erfahrung gefiel mir überhaupt nicht.

Zuhause blickte ich in den Spiegel: Man konnte deutlich sehen, dass ich unter den Roller gekommen war. Shit! Gebrochen war wohl nichts, aber Prellungen hatte ich einige. Am nächsten Tag saß ich um 8 Uhr morgens bei meinem Hausarzt und ließ mich komplett durchchecken. Das junge Arztmädchen an der Rezeption war sehr nett und sehr hübsch …

Kapitel 12:
Schluss mit Fremdgehen?

…doch mein Kopf rauchte. Während ich im Wartezimmer saß und die Schmerzen spürte, rief mich Andrea an. „Wie geht´s Dir, mein Schatz?", fragte sie mich liebevoll. „Nicht so gut", entgegnete ich, „ich sitze beim Arzt, bin gestern Abend ausgerutscht und einige Treppen runtergefallen", log ich sie an.

„Oh mein Gott, Schatz!", kreischte sie und bemitleidete mich wie Hannes. „Ich sitz hier beim Arzt, es wird schon nichts gebrochen sein, aber ich schicke Dir mal ein Foto von meinem Gesicht. Nichts für schwache Nerven."

Ein paar Selfies später kam ein schockiertes geschriebenes „Oh mein Gott!!" zurück und mein Handy klingelte. „Oh mein Gott!!", schrie Andrea in den Hörer und bemitleidete mich wie Hannes 2. Als ich dann endlich aufgerufen wurde, würgte ich meinen Schatz ab und folgte der jungen Schönheit ins Ärztezimmer, wo ich dem Doc natürlich die Wahrheit erzählte.

Die Fremdgeh-Story ließ ich weg, aber die Schlägerei, in die ich geriet, war echt. Er checkte mich durch und meinte, dass nichts gebrochen sei. Zum Glück! Lediglich die Prellungen und Schürfwunden würden mich noch ein wenig begleiten. Er verschrieb mir gute Salben und ein paar Schmerztabletten. Das kesse schwarzhaarige Empfangsmädchen lächelte mich freundlich an und werkelte an ihrem PC herum, bis meine Rezepte ausgedruckt waren. Ich flirtete ein wenig mit ihr, doch fühlte mich aufgrund meines entstellten Aussehens nicht in der Lage und Position, weiter zu gehen.

Höflich verabschiedete ich mich von ihr und ging in die nächste Apotheke. Am Abend erhielt ich einen Anruf von Claudia, die sich vielmals bei mir entschuldigte für die Prügel ihres Freundes. Eigentlich war ich stinkwütend auf sie, doch ich hatte einfach nicht die Kraft, sie anzuschreien. Ich ließ also ihren Erguss über mich ergehen, sagte trocken „Ist schon gut" und legte beleidigt auf. Damit war das Thema für mich abgeschlossen. Ich hörte nie wieder etwas von ihr und ihrem brutalen Schlägerpenner.

Am Abend lag ich erschöpft und schmerzend im Bett und fragte mich doch tatsächlich, ob dies mein letzter Fremdfick gewesen war. Viel sprach dafür, doch noch mehr dagegen. Ich redete mir ein, dass ich diesmal einfach Pech hatte, was ja auch stimmte, und entschloss mich, sobald ich wieder richtig vorzeigbar war, ein nächstes Abenteuer zu suchen. Mit süßen Gedanken an die kleine Schüchterne vom Doc schlief ich ein.

Die vielen Schmerztabletten wirkten gut, am nächsten Tag ging ich zur Arbeit und tischte meinen Untergebenen die Story vom Treppensturz auf. Der Tag verging dank viel Arbeit wie im Flug, und abends fand ich mich im Kaufland wieder, wo ich mit dem Wagen voller Getränkekisten die Kassen ansteuerte. Doch wie so üblich sind dort kurz vor Feierabend meterlange Schlangen an jeder Zahlstation zu finden.

Ich ärgerte mich und schaute mich um. Und wer stand direkt hinter mir? Die Kleine vom Doc! Sie strahlte mich an und meinte grinsend: „So trifft man sich wieder." Ich freute mich und setzte mein bestes Lächeln auf. „Wie geht es Ihnen heute denn?", fragte sie mich liebevoll. „Besser", antwortete ich, während mein Blick auf das braunhaarige Mädel neben ihr fiel. So etwas Hübsches hatte ich lange nicht mehr gesehen.

„Ach, das ist die Svenja, meine Mitbewohnerin", stellte sie mir die Svenja vor. Ich war hin und weg, sexuell überaus gereizt. Wie war das nochmal: Hatte ich mir letzte Nacht tatsächlich die Frage gestellt, mit dem Fremdvögeln aufzuhören? War das wirklich ich, der sich so eine dämliche Frage stellte? Wie konnte ich nur! Meine Lust war neu entfacht und ich hätte am liebsten beide Mädels sofort auf dem Kassenlaufband genommen.

Während wir weiter an der Kasse warteten, nutzen wir die Zeit mit Smalltalk. Ich erfuhr, dass Svenjas Mitbewohnerin Sissy hieß und beide blutjunge 20 Jahre jung waren. Während Sissy bei Onkel Doktor arbeitete, war Svenja gerade im ersten Semester eines Medizinstudiums. „Wir haben unsere WG seit 2 Jahren, sind beide Singles, und somit ist alles lässig bei uns." Das gefiel mir. Ich erzählte den beiden nichts von Andrea und meiner Familie, sondern ließ sie im Glauben, ebenso Single zu sein.

67

Als ich endlich dran kam und knappe 100 Euro los war, wartete ich höflich auf die beiden Prinzessinnen, die – pünktlich zum Wochenende – auch ein paar alkoholische Drinks eingekauft hatten. Auch ein Sekt war dabei. „Heute wird gefeiert", erklärte mir Svenja, „denn Sissy hat ihre Probezeit überstanden und wird von ihrem Chef übernommen."

„Glückwunsch!", schoss es aus mir heraus. „Wissen Sie was?", fragte mich Sissy auf einmal. „Wenn Sie Lust und Zeit haben, feiern Sie ein wenig mit, der Alkohol wird Sie ablenken von den Schmerzen, die Sie sicher noch haben."

„Woher kennst Du ihn eigentlich?", fragte Svenja halblaut ihre Freundin ins Ohr. „Aus der Praxis", gab sie zurück, „der Arme ist die Treppe heruntergestürzt." Und schon wieder wurde ich bemitleidet wie der gute alte Hannes. Ich witterte meine Chance und sagte den beiden spontan zu.

„Wenn Sie jetzt schon Zeit haben, kommen Sie doch gleich mit uns, unsere Party startet in dem Moment, wo wir unser Heim betreten." Ich konnte auch hier nicht Nein sagen, und nachdem wir unsere Einkäufe in unseren Wägen verstaut hatten, fuhr in den beiden nach und war gespannt, was ich an diesem Abend noch alles erleben würde.

Kapitel 13:
Sissy & Svenja

10 Minuten später betrat ich eine kleine, aber sehr freundliche 3-Zimmer-Wohnung in Aufkirchen. Die Mädels wohnten in einem Mehrparteienhaus im vierten Stock mit schöner Aussicht vom Mini-Balkon auf eine Grünanlage. Sissys Zimmer war sehr mädchenhaft eingerichtet, das von Svenja deutlich erwachsener. Das Wohnzimmer verfügte über eine große, lange, breite, einladende Couch.

Nacheinander verschwanden die Mädels in ihren heiligen 4 Wänden, um sich abzuschminken und leger anzuziehen. Sissy kam in einem flusigen T-Shirt und einer weiten Jogginghose zurück, Svenja in einer Dreiviertelhose und einem Sweatshirt darüber. Megasexy sah das alles nicht aus. Egal. Und auch der Abend verlief anders als geplant. Es war eine nette Dreierrunde. Die beiden Ladies machten keine Anstanden, dass es auf Sex hinauslaufen würde. Schade.

Wir stießen Sekt an und tranken ihn. Dann ging es weiter mit Alcopops. Die beiden Mädels wollten scheinbar einfach einen lustigen Abend haben und feiern. Na gut, feiere ich halt mit. Die Musik lief laut und der Film „XXX" mit Vin Diesel flackerte auf dem neuen Laptop. Und es wurde geraucht. Mag ich nicht gern. Eine nach der anderen wurde gequalmt, aber da musste ich jetzt durch, denn witzig war es mit den beiden ja schon.

Je länger der Abend ging, desto wilder wurde er auch. Irgendwann spielten wir komische Spiele wie Blinde Kuh und Flaschendrehen, aber sexuell ging leider nichts. War mir mittlerweile auch egal. Ich wusste, ich bin zu angetrunken, um Auto zu fahren, also plante ich, bei den beiden auf dem Sofa zu schlafen. Außerdem ist ja ohnehin morgen Wochenende. Irgendwann um 3 Uhr morgens schlief ich ein.

Wach wurde ich um kurz nach 7, als ich dringend pinkeln musste. Das Wohnzimmer sah schlimm aus, hier wurde definitiv eine große Party gefeiert. Ich pisste 2 Minuten lang alles raus und schaute in den Spiegel:

Wenn mich Andrea so fertig sehen würde ... Zurück auf die Couch und weiterschlafen. Sissy und Svenja lagen auch auf der Couch, beide schnarchten besoffen vor sich hin. Ich betrachtete sie genauer: Sissys langen schwarzen Haare waren schön und gut gepflegt. Ihr Gesicht war jung und sexy. Besonders die Nase hatte eine für mich sehr reizende Form. Ihre Hände waren klein und niedlich, die Finger dünn und schmal. Ich schätzte sie auf 52 kg bei einer Größe von 1,65 m in etwa.

Svenjas Hare waren braun und mittellang. Ihr Gesicht glich dem einer Göttin. Ihre Hautfarbe war heller als die von Sissy, und sie hatte größere Möpse, das konnte ich klar erkennen. Sie lag seitlich, was mir eine gute Sicht auf ihren Po ermöglichte. Perfekt war der.

Ich rieb mir die Augen und spürte, dass in meiner Hose etwas steif wurde. Und plötzlich war der Trieb da, der mich über all die Jahre auszeichnete und der mir hoffentlich bis zu meinem letzten Atemzug ein treuer Freund und Begleiter sein wird. Ich wurde geil! Doch beide schliefen und ich sah keine Chance auf sexuelle Handlungen mit ihnen in diesem Moment, also erledigte ich es auf die einfache Tour: Ich holte mir einfach einen runter.

Das hatte ich lange nicht mehr gemacht, weil ich es einfach nicht nötig habe. Entweder komme ich bei meiner Frau Andrea, die mich gerne mit Händen und Mund verwöhnt, und gerne komme ich auch tief in ihr. Oder es sind diverse andere Frauen, die ich vögele und mit denen ich mich sexuell austobe, wo ich meine Orgasmen habe.

Während ich am Ende des Sofas Platz nahm, sodass ich eine perfekte Sicht auf beide schlafenden Sex Toys hatte, knetete ich ihn mächtig hin und her, bis er steif wie ein Eisenträger war. Nun begann ich mit dem Wichsen. Zuerst fokussierte ich Svenjas geilen Hintern und erfreute mich an ihm, dann konzentrierte ich mich auf Sissys engelhaftes Gesicht und ihre kleinen, feinen, warum nicht meine Hände.

Ich war immer noch angeschlagen von der durchzechten und alkoholbeladenen Nacht und hatte wohl nicht die komplette Übersicht, denn mittlerweile musste Svenja wach geworden sein, denn ich hörte sie auf einmal laut fragen: „Hey, was machst Du denn da?" „Pssssssst!", verbot ich ihr das Drama und hielt meinen Zeigefinger fest an meinen Mund. Das wirkte. Sie verstummte und glotzte mich schockiert an. „Das siehst Du doch", flüsterte ich ihr zu und hielt meinen Dong immer noch fest in der anderen Hand.

Sie war immer noch sprachlos. „Ich muss Druck abbauen", erklärte ich im Flüsterton weiter, „ich bin schon seit einer halben Stunde wach und er ist steif wie ein Eisenträger. Das hält kein Mann aus." Svenja begann verständnisvoll zu nicken und verschwand schleichend ins Badezimmer. Ich war verunsichert. Na, zumindest hatte sie keinen Alarm geschlagen und Sissy wachgebrüllt.

Ich hielt meinen Ständer immer noch in Stellung, als sie zurückschlich, zu mir kam, mich an die Hand nahm, den Zeigefinger mit einem „Pssssst!" an ihren Mund hielt und mich in ihr Zimmer führte. Dann schloss sie die Tür. Oh Mann, was hat die jetzt vor? Mir einen Anschiss verpassen? Mich gar rausschmeißen? Es kam anders. Svenja drückte mich auf ihr Bett, schob meine Donghand beiseite, kniete sich vor mich und meinte nur: „Ich erledige das für Dich."

Ich blickte in ihr müdes Gesicht, doch müde war ihre linke Hand nicht. Die wichste ziemlich schnell los, mit dem einzigen Ziel, mich zu erlösen von meiner Blutstau-Pein. Viel Erotik war da nicht dabei, es sollte ein schneller, gnadenloser Handjob werden, ohne Gefühle, ohne Spiel, einfach mechanisch durchgeführt. Doch das konnte sie sehr gut. Ihre langen Finger passten gut um meinen Dong, und Wichsen konnte sie auch gut.

Fest entschlossen und eng umschlossen schenkte sie so meinem Penis die Erlösung, die er brauchte. Schon nach 2 Minuten Arbeit spürte ich meinen Orgasmus kommen und kündigte ihn an. Svenja veränderte schnell ihre Position, sodass ich nach vorne wegspritzte, während sie von der Seite weiterwichste. Sie wichste immer weiter, bis ich voll leer war und mein Penis schaff wurde.

Kommentarlos zog sie mich dann wieder hoch und zurück ins Wohnzimmer, wo sie sich auf die Couch legte und ihre Augen schloss. Aha, ich hatte verstanden. Weiterschlafen ist angesagt. Gut. Ich legte mich auf die noch freie Sofastelle und schlief – wie mir befohlen – kurze Zeit später ein.

Wach wurde ich durch den herrlichen Geruch frischer Croissants. Ich blickte neben mich, doch neben mir lag keine mehr. Die beiden Mädels standen in der ins Wohnzimmer integrierten Küchenzeile und waren mit der Vorbereitung des Frühstücks beschäftigt. Mich lächelten 2 String-Tangas an, Sissy trug einen gelben, Svenja einen schwarzen. Beide zeigten viel mehr Po als String. Geil!

Darüber hatten beide bauchfreie Tops. Alles sehr sexy, was ich sah. Ich sah auch die Uhr an der Wand, die zeigte 12:15 Uhr. Wir hatten also doch einiges geschlafen. „Guten Morgen", lallte ich noch etwas schlaftrunken in den Raum hinein. „Guten Morgen", lallte es von den beiden zurück. Sie sahen mich an, und ich konnte gut erkennen, dass sie definitiv ein paar Liter zu viel Alkohol konsumiert hatten. Etwas zerzaust sahen sie aus, aber beide waren lieb zu mir und ich freute mich, nicht sofort aus der Wohnung geschmissen zu werden. Man hat ja alles schon einmal erlebt.

Nachdem ich mich im Bad frisch gemacht und geduscht hatte, schlurfte ich in meiner Bermuda-Unterhose und brusthaarzeigendem Shirt an den Wohnzimmertisch, an dem die beiden jungen Ladies bereits auf mich warteten. „Kaffee?", wurde ich gefragt. „Kaffee!", antwortete ich. Netter Smalltalk während des Frühstücks. „Ich habe Kopfschmerzen", schoss es plötzlich aus Sissy heraus. „Oh Mann, das waren echt ein paar Gläschen zu viel gestern Abend", hielt sie sich den Kopf fest, „ich habe durchgeschlafen wie ein Murmeltier, wie tot".

„Ich nicht", konterte Svenja, ich wurde so gegen halb 8 mal wach." Sie blickte mich an und richtete ihren Zeigefinger auf mich: „Wegen ihm." „Wegen mir?", fragte ich überrascht zurück. „Ja, ich bin wegen Dir wach geworden, kannst Du Dich nicht mehr erinnern?" „Doch, doch", murmelte ich verlegen zurück, was Sissy neugierig machte. „Was war denn los?", fragte sie wissbegierig in die Runde.

„Ach, nichts", stammelte ich zurück, doch das reichte ihr nicht. Sie fixierte Svenja, die ihr bereitwilliger Auskunft gab: „Ach, er konnte nicht schlafen, hatte einen Dauersteifen, da habe ich ihm kurz geholfen, und dann war alles wieder in Butter." Ich war sprachlos.

Mit welch einer verdammten Selbstverständlichkeit Svenja über ihren Handjob an mir sprach, erschütterte mich. Doch Sissy reagierte anders, als ich erwartet hatte. Sie blickte mich an, von oben bis unten, dann prustete sie los vor Lachen. Sie spielte dieses Lachen nicht, sondern verschluckte sich fast daran. Ich verstand nicht, was daran lustig war, und auch Svenja schaute wie ein Bahnhof.

„Also, das ist ja eine ulkige Geschichte, die ihr mir hier auftischt", keuchte Sissy mit Tränen in ihren Augen. „So etwas Doofes habe ich echt schon lange nicht mehr gehört." „Aber es stimmt", protestierte Svenja, „Du, das war wirklich so." „Ja, es stimmt, es war wirklich so", unterstützte ich Svenja. Sissy prustete schon wieder laut los und fiel vor Lachen fast vom Stuhl.

Svenja wurde etwas zornig, stieß ihrer Freundin mit dem Ellenbogen in die Rippen und schaute sie böse an. „Hör auf, hier den Affen zu spielen. Es war so. Punkt!" Nun schien Sissy zu verstehen. Ihr Anfall endete, sie schaute uns mit großen Augen an und verstand, dass wir ihr nur die Wahrheit erzählt hatten. „Krass", brachte sie heraus, „echt?" „Ja, ich wurde um 7 oder so wach und hatte einen Steifen. Konnte einfach nicht mehr einschlafen. Ich hab´s versucht, ging aber nicht. Da wollte ich mich schnell erleichtern.

Dabei ist dann Svenja wach geworden, hat das mitbekommen und mir dabei geholfen. 5 Minuten später sind wir dann wieder eingeschlafen." Meine ehrliche Ausführung erntete ein ständiges Nicken bei Svenja und einen offenen Mund bei Sissy. „Du hast ihm einfach so einen runtergeholt?", mahnte sie ihre geliebte WG-Partnerin an. „Klaro, wo ist das Problem?", schoss Svenja zurück. „Du hast Sex mit ihm gehabt!" „Nö, war doch kein Sex, sondern nur ein Handjob!"

Die Diskussion der beiden Mädels ging weiter ... doch langsam fing es an zu nerven. Ich verstand Sissys komisches Verhalten nicht, was für ein Problem hatte sie? War sie eifersüchtig? Prüde? Oder einfach nur asexuell? „Schluss jetzt, verdammt noch mal!", plärrte ich dazwischen. „Hört auf damit!" Ruhe. Wo ist das Problem, Sissy?", fragte ich sie direkt ins Gesicht. „Svenja hat mir einfach schnell einen runtergeholt, mehr nicht. Es ist sonst nichts passiert.

Ich konnte nicht schlafen, hatte einen Steifen, wollte mich erleichtern, sie wurde wach, hat das gesehen und mir geholfen. Das war's. Mehr nicht." Mein Anschiss wirkte. Sissy hatte Tränen in den Augen, diesmal aber nicht vor Freude, sondern von meinem Angriff. Svenja nahm sie in den Arm und tröstete sie.

Ich entschuldigte mich, sollte ich etwas zu laut geworden sein, da schniefte Sissy in Svenjas T-Shirt hinein: „Und, wie war's?" „Normal, ich weiß nicht, ich kann mich an keine Details erinnern. Ich hab ihm einen runtergeholt, drüben in meinem Zimmer, auf dem Bett, er kam, fertig." Sissy schien sich sehr für den Tathergang zu interessieren. „Und wie war es für Dich?", drehte sie sich zu mir um.

„Schön", antwortete ich lässig, „wie gesagt: Ich wurde wach mit einem Steifen. Ich wollte ihn ignorieren, doch ich merkte, dass er gestaut war und einfach kommen wollte. Dann sah ich Euch beide da so süß und sexy liegen. Ich wurde wacher und konnte erst recht nicht weiterschlafen. Da wollte ich es mir schnell selbst machen, damit ich wieder schlafen kann, da wurde auch schon Svenja wach und fragte mich, was ich da mache. Ich erklärte es ihr, da meinte sie, sie werde mir schnell dabei helfen. Sie nahm mich rüber und holte mir zügig einen runter." „Jaja, und wir war's?", fragte Sissy mich erneut.

„Schön, habe ich doch schon gesagt", wiederholte ich mich, „aber ich kann mich auch nicht an jede einzelne Handbewegung erinnern." Das Gesprächsthema war nicht ohne, denn mein Penis war mittlerweile steif dadurch geworden. Ich bemerkte das in der Hitze des Gefechtes gar nicht, aber Sissy, die schräg neben mir saß, sah das.

„So, und jetzt hast Du wieder einen Steifen, der erleichtert werden muss, oder?", fragte sie mich frech von der Seite. Ich schaute nach unten und kapierte meine Erregung. „Äh, nein … naja … irgendwie schon … ja", stammelte ich verlegen zurück. „Dann bin ich jetzt aber dran", rief Sissy fröhlich durch den Raum und griff – bevor ich es verhindern konnte – an und in meine Shorts.

Durch die Pinkelöffnung zog sie meinen Dong an die frische Luft. Ich saß am Frühstückstisch und Sissy wichste mir einen runter. Svenja blieb seelenruhig auf ihrem Platz, von dem sie nichts Genaues sehen konnte, sitzen und frühstückte einfach weiter. Sissy aber konzentrierte sich sehr auf mich und vögelte mich mit ihren Augen. Sie setzte alle ihre Reize ein, um mir einen guten Orgasmus zu beschaffen. Ich schaute an mir hinab und sah, wie ihre kleine Hand gute und zügige Arbeit leistete.

Ihr Handjob war – genauso wie der nächtliche Svenjas einige Stunden zuvor – nur auf ein einziges Ziel ausgelegt: meinen schnellen Orgasmus. Nach etwa 4 Minuten wurde ich unruhig, und schon schoss die erste Samenladung raus. Sissy grinste und wichste schnell und brav weiter. Mein Sperma verteilte sich auf meiner Seite der herunterhängenden Tischdecke und ich spürte eine wunderschöne Entspannung in meinen Körper einströmen.

Easy wischte Sissy ihre nassen Hände an der Serviette ab und nahm sich das nächste Croissant vor. Ich wischte meinen Dong mit meiner Serviette sauber, steckte ihn wieder in meine Unterhose hinein, knöpfte sie zu und griff nach dem nächsten Croissant. Lecker waren die.

„Und, wie war´s?", frage mich Sissy aufreizend mit extra Lidschlag. „Schön, danke", erwiderte ich und kaute kräftig weiter. „Das freut mich", grinste Sissy, und wir aßen gemütlich zu Ende. „Also, ich muss schon sagen, das waren 2 der seltsamsten Handjobs, die ich in meinem Leben bekommen habe" – mit diesen Worten beendete ich unser Frühstück. „Hä? Wie meinst Du das denn?", fragten Svenja und Sissy fast synchron.

„Naja", schaute ich in die Luft und holte Luft, „ich bin hier mit 2 wunderschönen jungen Frauen. Wir haben uns gestern kennengelernt und zusammen Party gemacht. In der Nacht holt mir die eine einen runter, nur um mir behilflich zu sein, und am Morgen holt mir die andere am Esstisch einen runter, nur um auch mal machen zu dürfen. Und dabei isst die eine seelenruhig weiter. Ist doch schon irgendwie ein krasses Szenario, oder, meint Ihr nicht?"

Die beiden überlegten: „Hm, also so, wie Du es erzählt, klingt es schon etwas seltsam, aber ich glaube nicht, dass Du Dich beschweren kannst: Du hast innerhalb von 6 Stunden 2 Orgasmen von uns bekommen", flötete Sissy zurücksüß zurück. „Ja, schon", flötete ich zuckersüß zurück, „aber so bin ich das einfach nicht gewohnt." „Und wie bist Du es denn gewohnt?", mischte sich Svenja ebenso zuckersüß ein.

„Ich bin es gewohnt, dass das Ganze auch mit Erotik zu tun hat. Besoffen nachts schnell einen abwichsen oder während des Essens gegen die Tischdecke schütteln, während das halbe Brot noch im Mund steckt, das hat nichts allzu Erotisches an sich. Ich habe es viel lieber mit schönem Vorspiel, Zärtlichkeit, Ihr wisst schon, einer sexy Stimmung, Magie in der Luft, wo man nackt zusammen in Fahrt kommt und dann sich auch gegenseitig verwöhnt. Das macht doch guten Sex erst aus."

„Ja, ich verstehe, was Du meinst", diskutierte Sissy mit und schaute ihre Busenfreundin Svenja an. Dann tuschelten die beiden. Ich verstand kein Wort, aber die Blicke der beiden waren ziemlich obszön. „Gut, dann bekommst Du, was Du willst", drehte sich Sissy zurück zu mir um. Sie drückte an ihrem Handy herum, bis Kuschelmusik erklang. Sie zog die Vorhänge zu. Sie und Svenja marschierten gemeinsam an mir vorbei und legten sich lasziv auf die große Couch.

„Na, dann komm her, Großer", forderten sie mich auf, ihnen zu gehorchen. Ich gehorchte. Ich gesellte mich zu beiden, und schon war es Svenja, die ihre Lippen zum Küssen einsetzte. Auf den Mund. Um den Mund. In den Mund. Die kannte alle Tricks und keine Hemmungen. Auch Sissy war aktiv und streichelte meinen gut trainierten Oberkörper unter dem T-Shirt, das kurz darauf zu Boden flog. Auch die beiden Tops der Damen flogen schnell und ich knetete 2 Paar schöne Brüste durch.

Auch Sissy wollte knutschen, sie schmeckte nach Aprikosenmarmelade. Ja, ich mag Aprikosenmarmelade! Mir wurde immer heißer, obwohl ich nun auch meine Boxershort verlor. Sissy streichelte meine Hoden, während Svenja meinen Penis sanft zu wichsen begann. Ich musste ebenso aktiv werden und zog den beiden ihre Strings runter. Zum Vorschein kamen Blanke Pussy 1 und Blanke Pussy 2.

Svenja hatte deutlich größere Schamlippen als die Sissy, aber alle 4 waren schön und jung. Ich lag auf dem Sofa wie Gott in Frankreich. Bevor ich Mösenbillard mit meinen Händen spielen konnte, krochen die beiden zu meinen Füßen und gaben mir einen Double Blowjob des Wahnsinns. Sissy konnte irre gut blasen, ihr enger Mund und ihre kleine Hand passten perfekt um meinen Dong.

Auch Svenja konnte sehr gut blasen, ihre größere Hand fühlte sich ganz anders an meinem besten Stück an und ihre Zunge spielte heftig Tremolo mit. „Und, gefällt Dir das so? Entspricht das Deinen Wünschen und Vorstellungen?", fragte Sissy lutschend. „Ja, das ist perfekt so", stöhnte ich und ließ mich weiter stimulieren.

Die beiden ließen sich bewusst Zeit und wollten mich – anders als davor bei den schnellen, rein mechanischen Handjobs – richtig verwöhnen. Das gelang ihnen zu 110 Prozent. Mein knapp 15 cm langer Penis stand wie eine Eins, die beiden wurden immer sinnlicher und gaben sich beste Mühe, mich auch optisch perfekt zu stimulieren. Auch das gelang ihnen zu 110 Prozent.

Nun wurde es langsam ernst: Ich spürte meinen Orgasmus mit 110 Sachen anrollen. Er wurde immer schneller, dass ich keine Warnung mehr ausstoßen konnte, stattdessen meinen Saft ausstieß. Ich kam, als ich gerade tief in Sissys Mund steckte. Doch das Luder zuckte keine einzige Sekunde, sie blies und streichelte engagiert und souverän weiter, bis sie ihn der Svenja übergab, die auch noch etwas Restsperma abhaben wollte.

Ich muss schon sagen: Dieser eine Orgasmus war um Meilen besser als die beiden davor zusammen. Grinsend kuschelten sich die beiden Girlies an mich heran und mein Leben als Gott in Frankreich bestätigte sich. „Wow, das war echt mega", lobte ich sie und küsste sie hintereinander auf den Mund. So lagen wir schöne 5 Minuten beisammen, ehe Svenja sich zu Wort meldete: „Du? Du hast vorhin am Tisch was von gegenseitig verwöhnen gesagt. Das meintest Du doch auch so, oder?"

„Na klar, keine Sorge", beruhigte ich ihre offensichtlichen Zweifel, „jetzt seid Ihr dran", sagte ich und begann, beide Frauenkörper zu streicheln. Beide Bodies fühlten sich so schön und jung an, straff und unverbraucht. Andreas Körper ist zwar auch noch sehr schön, aber 2 Schwangerschaften sind halt der Straffheit ärgster Feind. Meine Hände wanderten über die Brüste tiefer zum Bauch und tiefer zu den Blanken Muschis.

Svenja und Sissy lagen eng zusammen und hielten sich die Hand, wie süß! Sie genossen es miteinander, wie ich ihre Clits berührte und schließlich anfing, daran zu rubbeln und zu knabbern. Sissy stöhnte laut und aggressiv, Svenja leise und depressiv. Nun war Zungenakrobatik á la Katja angesagt. Mit meiner besonderen Lecktechnik leckte ich Sissy zu 3 heftigen Orgasmen, während ich Svenjas Pussy fingerfickte.

„Ich will auch, ich will auch!", wünschte sich Svenja lautstark und zog meinem Kopf nach Sissys 3 Highlights fest zu sich rüber. Ich verwöhnte Svenja genauso gut wie Sissy. Auch sie kam dreimal innerhalb von 10 Minuten. Glücklich zogen mich die beiden zu sich in die Arme und es war romantisches Sandwich-Kuscheln angesagt.

„Und, das war doch deutlich schöner als das sture und schnelle reine Abgewichse nachts und beim Frühstück, oder?", suchte ich nach Anerkennung für das tolle Spektakel, das wir zu dritt erlebt hatten. „Ja" und „Ja" bekam ich dankbar und einsichtig zu hören. Nach einer halben Stunde, die wir einfach so da lagen und uns schöne Wärme und Nähe schenkten, war es Svenja, die etwas wollte: „Du, kannst Du mich nochmal so geil lecken wie vorhin?", fragte sie mich mit großen Augen. „Ja, mich auch!", jubelte Sissy mit.

„Ja, aber nur, wenn ich Euch dann auch ficken darf", schoss es geil und männlich aus mir heraus. „Ok", nickte Sissy und holte unterm Sofa eine Packung Gummis hervor. Schnell war meine Wurst eine Wurst und bereit zum Torfstechen. Ich überlegte kurz: Ich soll ficken und lecken gleichzeitig. Wie geht das am besten? Ganz klar: Ich werde geritten und lecke die andere, die auf meinem Gesicht hockt.

Svenja war die erste, die geleckt werden wollte, also nahm sie mir die Luft, während Sissy Cowgirl spielte und meinen Penis langsam, aber sehr eng ritt. Ihre Muschi war so klein wie eng, es fühlte sich echt kindlich an. Ich musste mir große Mühe geben, nicht schon jetzt zu kommen. Svenjas Pforte des Himmels befand sich direkt in meinem Gesicht und ich drückte meine Zunge genau an ihren erotischsten Punkt, dann bearbeitete ich ihn mit meiner Zungenspitze bis zum Orgasmus.

Gerne hätte ich weitergemacht, aber ich merkte, mein Orgasmus war nicht allzu weit entfernt. Soll auch Svenja mal reiten dürfen. Frauentausch. Sissys Pussy nahm nun auf mir Platz, sie war saftig vom Ficken und ich genoss es, ihre dunkelroten Schamlippen zu erkunden, dann ihre kleine Klitoris, die schnell zu einer übergroßen Klitoris wurde.

78

Währenddessen ritt mich Svenja. Ihre Höhe war deutlich weiter als die von Sissy, gut, so konnte ich noch ein wenig durchhalten. Svenja konnte gut reiten, rauf und runter sauste sie, immer schneller, bis ich ejakulierte.

Just in diesem Moment schüttelte sich auch die kleine Sissy über mir und schrie ihr Glück ins Land. „Und, zufrieden?", fragte ich beide mit meinem besten Womanizer-Grinsen trotz zerschundenem Gesicht. „Fantastisch, Du bist der beste Lecker, den ich je hatte", küsste mich Sissy auf den Mund. „Du bist auch der beste Lecker, den ich je hatte", küsste mich Svenja ebenso glücklich auf den Mund.

„Warum kannst Du das so gut? Du leckst viel intensiver und besser als alle anderen Männer. Was ist Dein Trick?", wollte Sissy wissen. Nun ja, das werde ich häufig gefragt, woher ich diese geile Gabe habe. Warum ich so verdammt gut lecken und Frauen oral befriedigen kann. Und die Antwort lautet immer wieder: Katja. Also erzählte ich ihnen die Geschichte von meinen Erfahrungen mit der Stewardess Katja, die mich in die höchste Kunst des Cunnilingus einweihte, und beide staunten.

Leider musste ich noch einiges erledigen und los. Ich verabredete mich für den Abend mit den beiden Sex Queens und war glücklich, dass alles so gekommen war. Der Reinfall mit Claudia, die Prügel durch ihren Penner, der Arztbesuch, wo ich Sissy sah und der zufällige Treff mit ihr im Supermarkt. Und dazu Andrea weit weg und die Kinder bei Oma und Opa. Ich konnte mich mächtig austoben!

Um 21:15 Uhr war ich wieder bei Sissy und Svenja, die sich extra supersexy für mich gemacht hatten. Halbnackt und geschminkt erwarteten sie mich und schmissen sich sofort fest an mich. Diesmal landeten wir in Sissys Bett. Ich denke, das war deshalb so geplant, weil Sissy gegenüber einen breiten Wandschrank mit Spiegelwand hatte. So konnte ich mir selbst dabei zusehen, wie mich diese beiden Luder von oben bis unten küssten und von mir dann nacheinander Doggy Style gevögelt werden wollten.

Während ich Sissy von hinten nahm, beschäftigte sich Svenja mit sich selbst und hatte Parkinson´sche Finger. Wechsel. Während ich Svenja von hinten nahm, knutsche mich Sissy mit tiefer Zunge. Ich wollte nicht so unfair sein und in einer

79

kommen, doch Sissy meinte „Ist schon ok, danach kommst Du dann in mir", und so ließ ich meinen Trieben freien Lauf und kam in Svenjas Pussy. Während meiner Erholungsphase knutschten wir zu dritt. Ich Svenja. Ich Sissy. Svenja Sissy. Sissy Svenja. Ich Svenja und Sissy. Ich Sissy und Svenja. Svenja Sissy und mich. Sissy Svenja und mich.

So verdammt intensiv und detailverliebt hatte ich lange nicht mehr geknutscht. Es war genial. Es erinnerte mich an meine ersten sexuellen Erfahrungen und meine ersten Mädels in der Pubertät, wo erstmal außer Knutschen nichts lief. Da wurde nur geknutscht!

Als mein Penis wieder vollsteif war, erfüllte ich Sissy ihren Wunsch und fickte sie á la Hund, bis ich in ihrer pulsierenden kleinen Möse heftig kam. Svenja hing von hinten an mir dran und küsste dabei meinen Hals mit Mund und Zunge. So eine Dreierkonstellation hatte ich bisher auch noch nie erlebt. Aber muss sagen: Absolut lohnenswert und schön so etwas!

Später leckte ich beide nochmal zu ihren Höhepunkten und bekam vor dem Schlafen noch einen Double Blowjob geschenkt. Ich kam nach 15 Minuten, als mich Sissy in den Mund von Svenja masturbierte. Der Sex mit Sissy und Svenja ging noch ein paar Tage, bis Andreas Rückkehr anstand. Ich überlegte, wie ich ihnen das Ende dieser Sexaffäre beibringen sollte. Verlieren wollte ich beide nicht, aber vorerst beenden musste ich es schon.

Von Andrea erzählen wollte ich ihnen nicht, also griff ich zu einer Notlüge. Bei unserem letzten Sexdate stimmte ich einen nachdenklichen Ton an: „Mädels, ich muss Euch etwas sagen: Die Abende und Nächte mit Euch waren wunderschön. Der Sex und alles mit Euch war spitzenmäßig. Danke dafür. Aber ich habe gestern im Job ein neues Projekt angenommen, das sehr wichtig ist. Da hängen Millionen dran und die Zukunft meiner Firma.

Ich muss klaren Verstandes dieses Projekt angehen und bearbeiten, dafür sorgen und sicherstellen, dass alles klappt und funktioniert. Und Ihr beiden verdreht mir dermaßen den Kopf, dass ich bald den Verstand verliere. Daher muss ich eine Pause einlegen. Ich muss mich voll und ganz auf die Arbeit konzentrieren und sexuell kürzer treten. Aber sobald ich das Ding erfolgreich abgeschlossen habe, komm ich megagerne wieder auf Euch zurück. Ich brauche Abstand und Konzentration, der Sex mit Euch ist genial, aber ich würde dann tagsüber nur noch an Euch und den Sex mit Euch denken, dass ich im Job garantiert versagen würde. Ich hoffe, Ihr versteht das."

Die beiden nahmen es nicht so tragisch zum Glück, waren aber trotzdem traurig und baten darum, dass ich mich aber unbedingt melden solle, wenn mein Kopf wieder frei wäre. Das versprach ich ihnen auch, leckte und fickte sie ein letztes Mal und verabschiedete mich vorerst von ihnen zurück nach Hause, wo ich alles für Andreas Rückkehr vorbereitete.

Kapitel 14:
Andrea wie neu geboren

Als ich Andrea sah, wusste ich, dass es ihr sehr gut ging. Sie strahlte wieder. Unsere beiden Kinder waren die ersten, die ihrer Mutter um den Hals sprangen, ich sprang an ihre Brust. Andrea quetschte sich so eng an mich, dass mir fast die Luft zum Küssen wegblieb. Dann schaute sie mich genau an und sah die heilenden Kampfspuren, die ich ihr als Sturz verkauft hatte, und erschrak, doch ich beruhigte sie mit den Worten „Halb so schlimm" und führte sie ins Haus, wo ich das Wohnzimmer extra schön dekoriert hatte.

Jean Paul und Anna Lina hatten exklusive Zeichnungen für Mama angefertigt und präsentierten ihr diese im 10-Sekunden-Takt. Als sich die Aufregung gelegt hatte und die Kinder später im Bett waren, setzten sich Andrea und ich zusammen und redeten. Andrea erzählte mit lang und ausführlich von ihrem Aufenthalt mit Therapie, von den Gesprächen, die ein Psychologe täglich mit ihr führte, von den schönen Massagen, dem morgendlichen gemeinsamen Singen, den ausgedehnten Waldspaziergängen und von vielem anderen mehr.

Ich hörte zuerst aufmerksam zu, wurde aber dann immer geiler, schließlich sah meine Frau rundum verjüngt und allerbestens erholt aus. Und verdammt sexy. Ihre Haare waren kürzer, sie trug eine neue Frisur und ihre Hände und Fingernägel waren frisch gepflegt.

Der Wellnessaufenthalt hat sich echt gelohnt, dachte ich und fasste mir ein Herz. Ich erhob mich, erhob meine Frau und trug sie ins Schlafzimmer, wo es schnell zu sexuellen Handlungen kam. Nach intensivem Geknutsche und ein bisschen Blasen war es an der Zeit, meine Lieblingsmuschi zu vögeln. Andrea hatte sich einen breiteren Irokesenschnitt da unten zugelegt, der ihr sehr gut stand. Unter dem Irokesen lochte ich ein und fickte meine Frau willkommen zurück.

Als Missionar spritze ich ab und ließ mich erschöpft in ihre Arme fallen. Wir waren wieder vereint, zusammen, glücklich, die Gegenwart und die Zukunft gehörten uns.

Die nächsten Tage und Wochen waren echt wunderschön, Andrea behielt ihre neu gewonnene Frische bei und wir vögelten uns fast täglich das Hirn raus, wie vor 10 Jahren. Ich weiß nicht, was für ein Lebenselixier die ihr dort gegeben haben, aber es war ein Gutes.

Andrea lebte intensiver, im Bett wollte sie es nun gerne auch etwas härter, nicht überhart, aber ich durfte schon mal 9 gerade sein lassen. Die Kuscheleinheiten davor und danach waren sowas von erfüllend, ich war so glücklich, mit dieser Frau zusammen zu sein, und daran wird sich nie etwas ändern.

Kapitel 15:
Ich, der Leckgott

Nicht nur Svenja und Sissy konnten ihr Glück kaum fassen, als sie von mir geleckt wurden, denn das ist meine ganz große Spezialität. Fast alle Frauen, mit denen ich nebenher Spaß habe, fragen mich, warum ich das so außergewöhnlich gut kann und wo ich das gelernt habe. Sie sicherlich auch, sehr verehrter Leser, sehr verehrte Leserin.

Nun gut, werfen wir einen kurzen Blick in die Vergangenheit. Ich sage nur: KATJA! Katja war 27 Jahre alt und Stewardess. Eine bildhübsche Frau. Lange braune Haare, Astralkörper und Rehaugen beschreiben sie am besten. Ich lernte Katja vor vielen Jahren auf einem geschäftlichen Freitagsflug nach Hamburg kennen. Katja fiel mir schon beim Einstieg auf. Sie lächelte mich an und begrüßte mich mit einem süßen „Hallo, schönen guten Tag". Später servierte sie mir meine Cola.

Ich verwickelte sie in einen kurzen Smalltalk und flirtete mit ihr. Zu meiner Freude erzählte sie mir, dass sie bis Sonntag in Hamburg bleibe. Ich verabschiedete mich mit einem Grinsen und ihrer Handynummer in meiner Tasche, die sie mir bereitwillig gab. Am Abend rief ich sie an und fragte sie, ob sie Lust habe, mit mir etwas trinken zu gehen. Und sie sagte „Ja, gerne".

Sie kam in einem sommerlichen, bunten Kleid und sah noch besser aus als Cindy Crawford. Ich fragte sie nach einigen Drinks: „Sag mal, man sagt, Stewardessen seien ziemlich wilde Frauen und haben Sex mit den Piloten. Stimmt das?" Sie lachte laut: „Wer sagt denn so was?" „Naja, das hört man halt", grinste ich. „Es gibt schon einige Kolleginnen, die das machen, aber ich gehöre nicht dazu", lächelte Katja.

„Klar, Du bist die heilige Jungfrau von Orleans", konterte ich mit einem Augenzwinkern. „Und Du? Du arbeitest doch beim Fernsehen. Die sind doch auch alle schlimm, oder?" „Hey, ich habe eine feste Freundin", protzte ich. „Und, treu?" „Nein." Sie grinste: „Wusste ich´s doch." „Und Du?" „Hey, ich habe einen festen Freund." „Und, treu?" „Nein."

Ich grinste: „Wusste ich´s doch." Katja hatte Interesse an mir, das merkte ich. Ihre Blicke sprachen eine deutliche Sprache. Sie wollte mich genauso wie ich sie wollte. Je länger der Abend wurde, desto interessanter wurde es.

„In welchem Hotel bist Du?", fragte sie mich schließlich. „Im Pyramidus, 10 Minuten von hier." „Komm." Hand in Hand verließen wir die Bar. Katja konnte küssen wie eine Göttin. So zärtlich und leidenschaftlich hatten mich bisher nur wenige Frauen geküsst. Sie stieg aus ihrem Kleid und präsentierte mir ihren Luxuskörper. „Wahnsinn!", geiferte ich.

„Fitnessstudio, Wellness, Meditation, Joggen, gute Ernährung, das hält fit", erklärte sie. Während sie sich an meiner Jeans zu schaffen machte, knetete ich ihre mittelgroßen, formschönen Brüste hin und her. Das gefiel ihr. Als meine Hose unten war, legte sie sich breitbeinig aufs Bett und wollte gefickt werden. Ich drang in sie ein, doch spürte leider sehr wenig Widerstand und Reibung. Sie war offen wie ein Loch!

Diese Frau muss Hammerknüppel gewohnt sein. Mann, war die ausgeleiert, und das mit 27! Trotzdem fickte ich beherzt weiter und genoss den Anblick ihres Traumkörpers. Ihre Brüste wippten zu meinen Stößen und ihre Muschi strahlte glänzend. Frisch rasiert und poliert war sie, niedlich, nur leider eine Nummer zu groß. Katja stöhnte laut und regelmäßig und rubbelte mit ihrer rechten Hand an ihrer Klitoris herum, bis sie laut schreiend zum Orgasmus kam. Sie hatte sehr starke Kontraktionen, ihre Pussy verengte sich ruckartig und so kam ich kurz darauf auch zu meinem Höhepunkt.

„Zufrieden?", fragte sie mich. „Ja, es war schön, nur Du bist ziemlich weit da unten, wenn ich das sagen darf." „Ich stehe auf schwarze Männer mit Monster Dongs. Mein Freund ist aus Kenia und hat ein Megateil. Ich mag dicke, lange Schwänze, aber Deiner ist auch ganz nett." Was für ein tolles Kompliment, was für eine blöde Kuh.

„Sorry", meinte ich trocken, „bisher war noch jede Frau mit ihm glücklich." „Bin ich doch auch, aber er könnte ruhig ein paar Zentimeter länger und dicker sein." Sie will es nicht kapieren, also lieber Klappe halten. „Schon gut", murrte ich und stieg unter die Dusche. Katja folgte mir und gab ihr Bestes, um ihre unschöne, unverblümte Ehrlichkeit vergessen zu machen.

„Komm, ich massiere Dich", schlug sie mir vor. Das konnte sie ziemlich gut. Ich lag auf dem Bauch und genoss, wie ihre Hände meinen Rücken kneteten, dann meinen Po. Ich drehte mich um und sah zu, wie sie meine Brust und meine Beine eincremte. Schwupps, waren ihre Hände an meinem Penis.

Sie grinste mich an und begann, meine Vorhaut hoch und runter zu schieben, zuerst langsam, dann schneller und immer schneller. Mit beiden Händen führte sie ihren Stroke durch, es war geil. Sie küsste meine Brustwarzen und leckte meine Hoden. So brachte sie mich zum Samenerguss, der sehr intensiv ausfiel. Mächtige Spritzer produzierte ich und hoch hinaus flog mein Sperma. „Krass", staunte sie. „Wahnsinn, wie Du spritzt!"

Der Handjob war echt geil und Grund genug, Katja über Nacht zu behalten. Am nächsten Morgen fickten wir um 7 Uhr früh. Diesmal ließ ich sie auf mir reiten. Ihre weiten Schamlippen sausten immer wieder hinab und massierten meinen Penis kräftiger als in der Missionarsstellung. So machte mir das Ficken Spaß.

Sie ritt beherzt und gierig, doch mein Schwanz rutschte immer wieder aus ihrer Muschi, da sie zu viel Schwung nahm. Ich habe halt keinen Monster Dong. Meiner ist keine 30+ cm lang. Sorry. Immer wieder steckte sie ihn rein und lernte nicht dazu. Egal. Hauptsache, ihre Muschi fühlte sich enger an.

Ich spürte meinen Orgasmus anbrodeln und füllte das Kondom mit meinem Saft. Gleichzeitig spürte ich auch ihren Saft fließen. Sie schwitzte wie ein Wasserfall. Gott sei Dank duftete sie gut. Ich duschte und fuhr zur Arbeit.

Am Abend sah ich Katja wieder. Der Tag war anstrengend gewesen, ich wollte nicht mehr ausgehen, sondern relaxen und entspannen. „Du, wie gefällt Dir eigentlich meine Kollegin?", fragte Katja mich beim Essen und hielt mir ein Bild vor die Nase. Ich sah eine sexy Blondine in Stewardess-Uniform. Wunderschöne Augen, süßer Mund. „Hübsch", antwortete ich. „Findest Du sie geil?" „Ja." „Ich habe ihr von Dir erzählt. Wenn Du Lust hast, kommt sie auch vorbei."

Meine Augen begannen zu strahlen, meine Fantasien drehten durch. „Wie meinst Du das?", fragte ich nach. „Na, Du, ich und sie … wenn Du Lust hast." Ich zögerte keine Sekunde: „Ja, geil, ruf sie an!" 10 Minuten später war sie da: Angie. Sie war noch hübscher als auf dem Foto. Etwa 1,70 m groß, 25 Jahre alt, geile Figur mit Supertitten. Mit einem versauten Lächeln schüttelte sie mir die Hand und kicherte: „Der ist ja wirklich so süß, wie Du ihn beschrieben hast."

Ich konnte mein Glück kaum fassen. Ein Dreier erwartete mich, und was für einer! Wir gingen auf mein Zimmer und legten los. Schnell waren wir nackt. Angies Brüste waren der Hammer. Möpse wie von Gott persönlich gemeißelt, dazu Model-Beine und eine Muschi mit Herzrasur. Geil! Während Katja und ich knutschten, begann Angie, meinen Schwanz zu stimulieren. Mit ihren Händen, ihrem Mund und ihrer Zunge spielte sie ihn steif.

Nun wollten beide Frauen von mir durchgebumst werden. Zuerst besorgte ich es Katja, dann Angie. Katja fickte ich Doggy Style, während Angie sich selbst verwöhnte. Nach ein paar Minuten wechselte ich das Loch und stieß in eine enge Möse ganz nach meinem Geschmack. Rein, raus, rein, raus, so ging das. Kurz bevor ich die Spitze des Berges erreichte, zog ich ihn aus Angies Fotze und wichste in Angies und Katjas Gesichter. Es war ein unglaubliches Erlebnis!

Wir ruhten uns aus und Angie gestand, dass auch sie einen festen Freund hat und alles andere als treu ist. Stewardessen eben. Wir kamen auf Oralsex zu sprechen und wurden so geil, dass wir eine Oralsex-Session beschlossen. Zuerst war die Katja dran. Angie und ich leckten und verwöhnten sie am ganzen Körper. Katja lag auf dem Bett mit geschlossenen Augen und genoss. Angie und Katja wirkten sehr vertraut miteinander, ich bin sicher, die beiden hatten schon öfter Sex miteinander. Ich war wohl nicht der erste Mann, den sie zusammen vernaschten.

Angie saugte behutsam, dann etwas wilder an Katjas Klitoris, während ich ihre Brüste liebkoste. Kreischend kam Katja zu ihrem Höhepunkt. Nun war Angie die Glückliche. Ich wollte sehen, wie Katja sie zum Höhepunkt brachte, also ließ ich ihr den Leckvortritt. Ich begnügte mich mit küssen, Brüste streicheln und Brustwarzen lutschen.

Katja zog Angies Schamlippen weit auseinander und steckte ihre Zunge tief in Angies Lustgrotte. Ich staunte und lernte. Katja beherrschte alle Variationen des Leckens, sie war eine Expertin auf diesem Gebiet. Sie musste es schon oft einer

Frau gemacht haben, Wahnsinn. Als Angie kam, brüllte sie fast mein Trommelfell durch. Ihr Körper schüttelte sich wie von Stromschlägen getroffen, ein paar Glückstränen flossen aus ihren Augen und sie umarmte mich so fest, dass ich kaum noch Luft bekam.

Ich war so gefesselt von Katjas Zungenspiel, dass ich sie bat, mir zu zeigen, was sie genau gemacht hatte, und wie. Sie erklärte mir, ich müsse mit meiner Zunge etwa 2 cm tief in die Scheide eindringen und dann kreisende, druckvolle Bewegungen gegen die obere Scheidenwand ausführen und gleichzeitig mit dem Zeigefinger die Klitoris massieren. Das führe zum ultimativen Orgasmus.

Ich wollte es ausprobieren, doch die Mädels hatten ein anderes Ziel: meinen Orgasmus. Einverstanden, dann macht mal. 4 Hände streichelten meinen Körper von oben bis unten, jeder Zentimeter meiner Haut wurde beachtet und berührt. Mein Penis war längst steif, als er in den Mittelpunkt des Geschehens rückte. Ich erhielt einen Blowjob der Superlative.

Abwechselnd lutschten die beiden Stewardessen nun an meinem Schwanz herum, bis er explodierte. Als ich kam, übernahm Angie die Kontrolle und führte mein Samen ausstoßendes Glied von Mund zu Mund. Beide bekamen die gleiche Menge Sperma ab, wobei Katja es wieder ausspuckte, während Angie es herunterschluckte und noch meinen Penis sauber leckte. Es war geil, geiler als geil! Ich atmete tief durch und fühlte mich wie Casanova. Rechts im Arm eine bildhübsche Frau, links im Arm eine bildhübsche Frau, zu Hause eine bildhübsche Frau, die mich liebt, besser konnte es gar nicht sein.

Nun wollte ich Katjas Lecktechnik ausprobieren und beide Damen stellten sich bereitwillig als Versuchspersonen zur Verfügung. Bei Katja fing ich an. Ich drückte ihre ohnehin weiten Schamlippen auseinander und steckte meine Zunge in ihren ausgeleierten Kanal. Es fühlte sich komisch, aber gleichzeitig interessant an. „Noch etwas weiter hinein … ja, so", lenkte sie mich.

Angie schaute interessiert zu und spielte mit ihren Möpsen. „Und jetzt lass Deine Zunge kreisen … Ah, Oh! Mehr Druck, mehr, noch mehr … ja, genau so!", stöhnte sie. Das war ganz schön anstrengend, so viel Druck mit der Zunge auszuüben. Ich presste und kreiste weiter. „Ja, das ist es, das ist es, Wahnsinn!", jubelte sie. „Weiter so!" Nun war ich in meinem Element. 2 Minuten später kam Katja johlend zu ihrem Orgasmus. Ihr Becken zuckte, ihr Bauch vibrierte und ihr Gesicht verwandelte sich von Anspannung hin zu Entspannung. Sie öffnete ihre Augen, umarmte mich und meinte: „Das war der absolute Hammer! Das hast Du super gemacht." Ich freute mich wie Oscar.

„Ich will auch!", fuchtelte Angie nervös mit ihren Armen und zog mich ungeduldig zu sich herüber. Mein soeben erlerntes Experten-Leckwissen fand nun Anwendung bei und in der Herzmuschi Angies. Angie schmeckte sehr gut da unten. Ich schob meine Zunge in ihren Spalt und spielte dasselbe Spiel wie zuvor mit Katja: kreisen, drücken, lecken. „Irre geil!", stöhnte sie. „Das ist der Wahnsinn! Ah, Oh!"

Als sie kam, brach fast das Bett zusammen. Sie schrie so laut, dass es vom Nebenzimmer her klopfte und jemand „Ruhe!" brüllte. Das war mir so was von egal. Ich leckte weiter, bis sie mich in ihren Arm zog. So heftige Frauenorgasmen hatte ich noch nie erlebt. Ich war glücklich und stolz auf mich, so ein toller Hecht zu sein und schlief Arm in Arm mit den beiden Grazien ein.

Wieder zu Hause, war natürlich Andrea das Objekt meiner Begierde. Sie kam in den Genuss meiner neu erworbenen Zungenfähig- und -fertigkeiten. Andreas Muschi ist die allerbeste überhaupt, so machte es mir auch unglaublich Spaß, in ihr herum zu saugen. Andrea wusste nicht, wie ihr geschah. Nach 3 Minuten kam sie laut stöhnend zum Orgasmus.

„So einen intensiven Höhepunkt hatte ich noch nie. Wahnsinn! Wie hast Du das gemacht?", wollte sie wissen. „Du, ich habe einfach mal etwas ausprobiert", antwortete ich lässig. „Das war sensationell, besser geht's nicht!", lächelte sie glücklich und küsste mich fest. Dann blickte sie mich verlegen an: „Kannst Du es noch mal machen … bitte." „Klar", grinste ich und legte erneut los. Es dauerte keine 5 Minuten, bis ich Andrea wieder da hatte, wo ich wollte: Der point of no return war überschritten und leitete ihren erneuten Orgasmus ein. „Geil!", hechelte sie und ließ mich nicht mehr los. „Ich bin so glücklich mit Dir. Ich liebe Dich." „Ich liebe Dich auch."

89

Kapitel 16:
Magdalena, das Kindermädchen

Sex mit dem Kindermädchen ist immer problematisch, aber ich konnte der hübschen Magdalena einfach nicht wiederstehen. Was war geschehen? Andrea begann nach ihrer Depressionsauszeit wieder 50 Prozent zu arbeiten, also brauchten wir ein Kindermädchen.

Unsere Wahl fiel auf Magdalena. Genauer gesagt war es meine Wahl gewesen. Ich entschied nicht nach Qualifikation, sondern nach Aussehen. Magdalena war eine von 3 Mädels, die wir zum Casting eingeladen hatten, und nachdem alle 3 Andrea gleich gut gefielen, überließ sie mir die Wahl. Yves war mir zu hässlich und Antoinette zu alt. Magdalena entsprach genau meinen Vorstellungen.

18 Jahre jung, wollte sie sich neben der höheren Gymnasialzeit ein paar Euronen extra dazu verdienen, fürs Studium, wie sie sagte. Braves Ding. Sie war knapp 1,75 m groß und sehr schlank. Optisch eine Kopie von Lena Meyer-Landrut. Und die finde ich sehr sexy! Magdalena kam 4 Nachmittage die Woche zu uns, um sich um Jean Paul und Anna Lisa zu kümmern. Hin und wieder durfte sie zum gemeinsamen Abendessen bleiben. Einen festen Freud hatte sie nicht, das wusste ich, halt einen hier und da, wie das 18-jährige Mädels heute so machen.

„Magda" verstand sich super mit unseren beiden Schätzen. Eines Tages kam ich früher als geplant nach Hause, ich war durchschwitzt von einem anstrengenden Meeting und wollte duschen. Magdalena war wohl mit den Kiddies irgendwo am Spielen, ich hörte sie nicht, zog mich im Badezimmer nackt aus und sprang unter das kühle, erfrischende Nass.

Als ich meine Augen wieder öffnete, stand Magdalena in der Tür und starrte mich an. 20 Sekunden Stille. „Hallo Magdalena", eröffnete ich lässig die Konversation, „wie geht's Dir? Wo sind die Kinder?" „Die spielen in Jean Pauls Zimmer. Äh. Tut mir leid, dass ich einfach so hereingeplatzt bin, ich wusste nicht, dass Sie gerade duschen", druckste sie verlegen herum.

„Ach, schon gut, ist doch nichts passiert", lächelte ich sie an und trocknete mich so ab, dass sie mich weiterhin splitterfasernackt sah. Sie schaute nicht weg, ging auch nicht weg, sondern starrte mich weiter gebannt an. „Noch nie einen nackten Mann gesehen?", scherzte ich sie an. „Doch, doch", stammelte sie, „tut mir leid, aber ich stehe gerade irgendwie unter Schockstarre."

„Ach, Magdalena", beruhigte ich sie, „komm, reiß Dich zusammen: Die Welt ist nicht untergegangen, es steht kein Monster vor Dir, um Dich zu verschlingen, hier steht nur ein nackter Mann, mehr nicht." Magdalena starrte immer noch und konnte sich nicht bewegen. „Was ist denn los, Kleine? Hat Dich die Tarantel gestochen? Nun sag schon was", forderte ich sie auf, nicht weiter die Geschockte zu sein. Doch immer noch keine Reaktion.

Langsam wurde ich ungeduldig und ich marschierte auf sie zu. „Magdalena, das wird mir jetzt langsam unheimlich, wie Du mich so komisch anschaust. Mache ich Dir Angst? Oder bist Du in einen Schockzustand verfallen? Oder gefalle ich Dir? Irgendeinen Grund muss es doch geben, dass Du mich nun schon seit 5 Minuten so anstarrst, ohne richtig was zu sagen."

In diesem Moment ging die Magdalena 2 entscheidende Schritte auf mich zu, schloss dabei hastig die Badezimmertür und drückte mir einen Kuss auf den Mund. Ich war sprachlos. Noch einer. Ich war baff. Noch einer. 3 Küsse hatte ich bekommen von der hübschen Magdalena, unserem 18-jährigen Kindermädchen. Darf ich Sie fragen: Wie hätten Sie darauf reagiert? Ihr sofort gekündigt? Sie geschlagen?

Ich konnte keines von beidem. Ich musste sie auch küssen. Mein Penis richtete sich auf und drückte beim Knutschen an Magdalenas Bauch. Schnell kniete sie sich hin und nahm ihn in den Mund. Ich hörte die Harfen klimpern. Magdalena konnte blasen, wie Kindermädchen es in jeder Fantasie können. Einfach perfekt!

Mir war klar, dass wir hier ein sehr gefährliches Spiel trieben. Jede Sekunde könnten unsere Kinder ins Bad stürmen, Andrea könnte früher nach Hause kommen, doch der Moment war zu geil, um gestoppt zu werden. Magdalena gab sich Mühe, mir einen schnellen Orgasmus zu bereiten, was ihr auch gelang.

Nach etwa 3 Minuten Mundsaugakrobatik mit Zunge spritze ich leise stöhnend meinen Lebenssaft in ihr kariesfreies Mündchen hinein. Magdalena schluckte alles, sie wollte wohl keine Spuren im Badezimmer hinterlassen. Superbrav.

Als wir fertig waren, öffnete Magda vorsichtig die Tür, küsste mich nochmal schnell, aber intensiv auf den Mund und verschwand in Richtung Kinderzimmer. Wow, was war das denn? Ein völlig unerwarteter Blowjob meines 18-jährigen bildhübschen Kindermädchens. Genial!

Ich zog mich in mein Arbeitszimmer zurück und arbeitete noch einige Mails ab, bis Andrea nach Hause kam und Magdalena die Kinder an uns übergab. Mit einem vielsagenden Blick, den nur ich deuten konnte, verabschiedete sie sich von uns, und ich war gespannt, ob es bei diesem einmaligen Blowjob bleiben oder ob weitere folgen würde.

In den nächsten Tagen legte ich meine Termine so, dass ich früher zu Hause war, als wie mit Andrea abgesprochen. Und tatsächlich: Magdalena verfolgte denselben Plan wie ich. Als ich an Tag 2 unerwartet zur Tür hineinkam, spielte sie gerade im Wohnzimmer mit Bub und Mädel. Sie schaute mich geil an, während ich Bub und Mädel küsste und flüsterte ihr ins Ohr: „In 5 Minuten im Bad."

Sie nickte und ging mit Bub und Mädel ins Buben-Kinderzimmer, wo sie den beiden wahrscheinlich eine schöne Beschäftigung andrehte. Ich stieg in die Dusche und hatte längst eine 15 cm Latte, da ich wusste, dass diese gleich gebraucht wird. Schnell sauber waschen, dann klopfte es auch schon sanft an der Tür und Magdalena huschte herein. Sie hatte sich sexy gekleidet, einen kurzen Rock an und ein T-Shirt, das ihre jugendlichen Brüste top in Szene setzte.

Ohne Worte knutschte sie mich und ging dann wieder in die Hocke, um mich zu verwöhnen. Ihre Lippen verschluckten meinen Prügel bis zum Ansatz, diesmal nahm sie sich mehr Zeit und schaute immer wieder hoch in meine Augen. Ihre pink lackierten Fingernägel hielten meinen Dong fest und in Position, während ihr kleines Köpfchen und ihre hellschwarzen langen Haare sich vor und zurück bewegten.

Nach ein paar Minuten, gerade als sie anfing, mit ihrer rechten Hand zwischen meine Beine zu greifen und meinen Anus mit zu stimulieren, überschritt ich meine Grenze und zuckte mächtig zusammen, als ich ihr Mündchen mit gutem Saft versorgte. Diesmal war es zu viel für sie und sie ließ einiges an Sperma aus ihrem Mund herauslaufen. Der Anblick war göttlich.

Sie wischte sich sauber, küsste mich und verzog sich wieder. Geil! Nun ja, es war zwar geil, aber auch megariskant, was ich da trieb. Magdalena und Andrea kannten sich ja, sich mochten sich. Was ist, wenn die dumme Schlampe sich mal verquatscht? Oder wenn sie Andrea irgendwann die Wahrheit erzählt? Oder wenn sie gar unsere Ehe gefährden möchte? Oder wenn die Kinder etwas mitbekämen? Oder Andrea, wenn sie mal früher nach Hause käme?

Oh Mann, schoss es mir durch den Kopf, so viele Fraugen und Risiken, und trotzdem gefiel es mir so. 2 Wochen und 3 Blowjobs später wurde es mir allerdings dann doch zu heiß. Eines Tages rief ich Magdalena von meinem Office aus an, um mit ihr Tacheles zu reden. „Hey, ich bin´s. Magdalena, hast Du ein paar Minuten Zeit? Ich habe etwas mit Dir zu besprechen", begann ich. Sie hatte Zeit.

Also sprach ich über uns und erklärte ihr, dass mir die Ehe mit Andrea heilig sei und das mit uns nur Sex. Das verstand sie. Ich bat sie um Diskretion und Anstand, mir niemals ein Messer in den Rücken zu jagen für das, was wir da tun. Sie verstand es auch. Ich fragte sie, warum sie eigentlich mir den ersten Blowjob im Bad gegeben habe, und sie antwortete: „Ich fand Sie schon vom ersten Tag an sehr attraktiv, und die Situation hat es einfach in sich gehabt."

„Hättest Du Lust auch auf mehr als nur ein Blowjob?", fragte ich sie frech und direkt. „Wie meinen Sie das?" „Na, ich könnte Dich ja auch mal verwöhnen", lockte ich sie, „und wir könnten ja auch mal miteinander schlafen, wenn Du das möchtest", lockte ich sie weiter, „es liegt ganz bei Dir, ich bin offen für alles." „Ich auch", hörte ich vom anderen Ende der Leitung, was mich sehr erfreute.

Doch uns beiden war klar, dass dieses „mehr" nicht bei mir Zuhause, sondern woanders stattfinden müsse. Da sie noch bei ihren Eltern wohnte, wollte ich schon ein Hotel vorschlagen, doch just in diesem Moment erzählte sie mir, dass ihre Mum und ihr Dad aktuell auf einer zweimonatigen Weltreise wären und sie sturmfreie Bude habe. Wir verabredeten uns für einen Samstag, an dem ich ohnehin arbeiten musste, und verschaffte mir bei Andrea ein Zeitfenster von 2,5 Stunden.

Nach der Arbeit fuhr ich zu Magdalena. Sie öffnete und schloss hinter mir. Sofort führte sie mich in ihr Zimmer, das sehr mädchenhaft eingerichtet war. Schnell waren wir wieder beim Küssen, dann beim Knutschen. Ebenso schnell waren wir nackt. Ich betrachtete jeden Zentimeter dieses göttlichen jungen Körpers und war so dankbar darüber, ein Womanizer zu sein.

Ihre Brüste standen wie eine Eins, ihr Körper war so straff und ästhetisch, so sexy, dass mir fast einer abging, vor allem, als ich ihre blitzblank rasierte und duftende Pussy sah und roch. Große Schamlippen verzierten ihren Schlitz. „Was möchtest Du?", fragte ich höflich mein Kindermädchen. „Alles was Du willst", antwortete mir mein Kindermädchen. Und ich wollte Katja alle Ehre machen und die Süße lecken.

Zuerst küsste ich ihre kleinen Brustwarzen, die immer größer wurden. Dann ihren Bauch hinab, die Innenseiten ihrer Oberschenkel, schließlich ihre Schamlips. Als ich meine Zunge hinein steckte und meine besondere Lecktechnik durchführte, war Polen offen.

Magdalena wusste nicht wie ihr geschah, schon zuckte sie zu ihrem ersten Orgasmus. Mein Gelecke war zu viel für sie, schon kam sie ein zweites Mal. Und ein drittes Mal. „Warte mal", rief sie erschöpft, „ich brauche eine Pause. Puh. So wie Du hat mich noch kein Typ geleckt." „Kein Wunder", grinste ich, „die kleinen Jungs haben doch alle keine Ahnung, wie das richtig geht und was Frauen wollen und brauchen. Ich habe mein Handwerk von der Pike auf gelernt. Lass Dich fallen, Kleine, ich befördere Dich in den Himmel."

Mit diesen Worten züngelte ich sie weiter zu ihren Höhepunkten Nummer 4 und 5. Ihre Pussy wurde immer feuchter, ihr Gesicht immer glücklicher. „Wow", keuchte sie und suchte die Normalität wieder. Als sie diese gefunden hatte, kümmerte sie sich um meinen Dick. Diesmal durfte ich liegen und ganz genau dabei zusehen, wie sie mir einen Blowjob der absoluten Superlative gab. Mal mit der rechten, dann mit der linken, dann mit beiden Händen streichelte, knetete und wichste sie meine Stange, während ihr süßes Mündchen fleißig leckte, saugte und blies.

Auf einmal hörte sie auf: „Magst Du mit mir schlafen?" „Ja, aber danach. Mach bitte so weiter, ich komme gleich, das ist mega", drängelte ich sie, ihr Werk zu vollenden. Sie vollendete. Als ich ejakulierte, wichste sie schnell weiter und das ganze Sperma spritzte hoch hinaus und landete auf meiner Brust und meinem Bauch. Sie machte uns sauber und krabbelte eng in meinen Arm. Von Siezen zum Duzen geht durch Sex am einfachsten. So duzte sie mich nun.

„Das ist echt geiler Sex mit Dir", lobte sie mich und küsste mich sanft. Wir ruhten uns aus und ich besprach erneut die Regeln für dieses Spiel: Andrea erfährt kein Sterbenswort darüber. Die Kinder dürfen nichts merken. Andrea darf nichts merken. Es ist nur Sex zwischen uns. Sie war mit allen Punkten einverstanden.

Das bescherte mir wieder gute Laune und Lust, also erfüllte ich ihr nun den Wunsch des Beischlafs. Sie hatte Kondome da und legte mir ein Genopptes über. Dann durfte ich sie von hinten rammeln. Mein Fick war ihr zu hart, also fickte ich sanfter. Dann durfte sie reiten, zuerst rücklings, dann frontal zu mir. Beides war geiler als geil. Kommen wollte ich als Löffel, also drang ich seitlich liegend von hinten in sie ein und nagelte, bis es mir die zweite Ladung Tropfen rausdrückte. Eine halbe Stunde später saß ich Zuhause am Essentisch und erzählte Andrea von meinem Arbeitstag.

Zunehmend verlagerten wir das Geschehen in Magdalenas Elternhaus, doch immer mal wieder, wenn sich die Situation bot, blies sie mir einen in meinem Badezimmer, während Andrea weg und die Kinder beschäftigt waren. Und bei ihr wurde viel gefickt.

Einige Wochen später schaute mich meine Andrea eines Abends komisch an und fragte mich: „Sag mal, was hast Du denn gestern bei der Magdalena Zuhause gemacht?" Ich erstarrte. „Wie meinst Du das?", fragte ich innerlich zitternd nach. „Du bist dort gesehen worden, wie Du glücklich das Haus verlassen und ihr einen Kuss gegeben hast."

Oh mein Gott. Ist jetzt alles aus, fragte ich mich. Ich schindete erst mal Zeit und wollte Details für diese Behauptungen wissen. Die Details waren sehr deutlich, und zwar ein Foto, das mich zeigte, wie ich Magda eng umarmte und küsste. Ob auf Mund oder Backe war zum Glück nicht erkennbar.

Das Foto war etwas unscharf und von der Weite aufgenommen, aber definitiv konnte man mich identifizieren. „Hast Du etwas mit ihr am Laufen?" Andrea grimmte mich an. Ich musste kreativ sein. „Schatz, ja, das auf dem Foto bin ich. Ich war gestern bei ihr, weil ich etwas Wichtiges mit ihr besprechen musste, unter 4 Augen." „So nennst Du das also", fuhr meine Frau mich an.

„Darf ich vielleicht mal ausreden?", fuhr ich laut zurück. „Schatz, das ist eine Überraschung. Ich kann es Dir jetzt nicht sagen. Ich war dort gestern, weil ich etwas mit ihr besprochen habe, etwas, was eine Überraschung sein soll für die Kinder und Dich. Das kann ich doch schlecht hier vor den Kiddies oder vor Dir mit ihr besprechen." „Ach ja? Und warum hast Du sie dann geküsst?" „Das war kein Kuss, sondern ein Abschiedsbussi auf die Backe, so wie Du und ich es bei vielen anderen Menschen tun, die wir kennen und mögen."

„Aber Du hast sie fest umarmt, sagte die Augenzeugin." „Ja, aber vor Freude, weil sie mir ihre Mitarbeit bei der Überraschung zugesichert hat, ist doch nicht selbstverständlich für ein normales 08/15-Kindermädchen." Andrea beruhigte sich langsam. „Und was soll dann die komische Überraschung sein, bitte schön?" „Hey, die kann ich Dir doch nicht verraten, sonst wäre es ja keine Überraschung mehr", konterte ich und ließ sie dumm stehen.

Andrea rannte mir hinterher und nahm mich fest in den Arm. „Tut mir leid, Schatz, ich bin wieder anstrengend, oder?" „Ja, Schatz, wie oft soll ich Dir noch sagen, dass Du diese blöde Eifersucht ablegen sollst. Ich habe nichts mit anderen Frauen. Du bist die Einzige. Ich liebe nur Dich", säuselte ich ihr vor, was sie dazu bewegte, mich sofort zu küssen.

Ich wusste, da ist alles wieder in Ordnung, aber ich musste umgehend Magdalena informieren. Am nächsten Tag rief ich sie sofort aus dem Office an und teilte ihr mit, dass wir uns am späten Nachmittag nicht sehen können. „Warum?", fragte sie naiv. „Weil wir gesehen und fotografiert wurden vor Deiner Haustür von irgendeiner Freundin von Andrea, verdammt noch mal. Meine Frau hat mir gestern Abend echt Ärger gemacht, aber ich konnte mich noch irgendwie rausreden. Ich habe ihr gesagt, wir beide hätten eine Überraschung geplant, die müssen wir natürlich jetzt auch präsentieren, ansonsten geht mir der Arsch auf Glatteis."

Magdalena war kein dummes Kind, sie verstand meine Problematik und dachte leise mit. „Pass auf", fuhr ich fort, „was hältst Du von einem verlängerten Wochenende von Freitag bis Sonntag in einem schönen Berghotel in den Alpen? Du kommst mit, auf meine Kosten natürlich, und bist bei uns, passt auf die Kinder auf, wenn Andrea und ich was alleine unternehmen wollen. Das ist dann sozusagen die Überraschung, die ich mit Dir besprochen habe. Du bekommst natürlich auch extra Geld dafür, sagen wir 200 Euro für die 3 Tage."

„300, ich bin schließlich 24 Stunden dabei pro Tag, also 100 pro Tag." So eine Halsabschneiderin. „Gut, dann bekommst Du 300 extra dafür", bestätigte ich ihr mündlich den Deal und wir fixierten ein Wochenende, von dem ich wusste, dass keiner der Beteiligten irgendwelche Termine hatte. Gleichzeitig erklärte ich ihr, dass weitere Treffen derzeit sehr ungünstig seien, da wir unter Beobachtung stünden. Sie verstand.

Die nächsten 3 Tage war Andrea etwas auf Abstand aus, sie lehnte meine Flirt- und Sexversuche ab, was mich sehr ärgerte. Am vierten Tag versammelte ich meine Crew im Wohnzimmer und machte folgende Verkündung: „So, Ihr Lieben, Papa hat etwas Tolles organisiert, und zwar fahren wir von Freitag bis Sonntag weg." Die Kinder jubelten, Andrea schaute mich mit großen Augen an.

„Und zwar in ein wunderschönes Berghotel in den Alpen. Und die Magdalena kommt mit, für Euch!", sprach ich Jean Paul und Anna Lina direkt an, die noch mehr jubelten und mich ganz fest drückten. Andrea kamen Tränen der Freude und auch sie umarmte mich ganz fest. „Ich habe das mit ihr besprochen, damit wir beide auch einmal Zeit für uns haben können dort", flüsterte ich ihr ins Ohr, worauf sie heftig zu schluchzen begann. „Ich habe wirklich den besten Mann der Welt!" Recht hat sie.

Kapitel 17:
Die Alpen

Das „Braunach Hotel" war meine Wahl. Ich hatte 2 Zimmer ge-
bucht, eines für Andrea und mich, das Nebenzimmer für Jean
Paul, Anna Lina und Magdalena. Eine interne Verbindungstür
war vorhanden, sehr praktisch. Wir checkten ein und bezogen
unsere Räume.

Sehr schön war es, ein gemütliches Hotel mitten in der
Natur gelegen. Magdalena verhielt sich die Fahrt über und hier
überaus professionell, es gab keine Anzeichen dafür, dass sie
mir vor einer Woche noch den Schwanz sauber gelutscht hatte.
Wir aßen lecker zu Mittag und machten dann einen langen, weiten Spaziergang. Am Abend hatten Andrea und ich dann guten
Sex miteinander, alles war wieder friedlich zwischen uns.

Tag 2 begann mit einer bösen Überraschung. Der kleinen Anna Lina ging es mies. Sie kotzte sich die Milz fast raus.
Auch John Paul war angeschlagen und hustete kräftig mit. „Lieber zum Arzt", stöhnte Andrea und erkundigte sich per Telefon
an der Rezeption nach Möglichkeiten. Das Hotel hatte gute
Kontakte und eine Praxis eingerichtet im Südflügel, wohin jederzeit ein Arzt angefordert werden konnte und auch schnell da
war.

„Ich gehe", bot ich Andrea an, doch sie wollte persönlich ihre beiden Kinder checken lassen. Mutterinstinkt halt.
Magda bot sich an, mitzugehen, doch Andrea meinte, sie werde
das alleine übernehmen, wir beide sollten doch einen Spaziergang in der Zwischenzeit machen oder so. Zusammen gingen
wir los, wir brachten Andrea und die beiden Kranken in die Pra-
xisräume im Südflügel, wo im Wartezimmer auch noch eine andere Familie saß mit noch kränkeren Kindern.

„So in 20 Minuten ist der Doktor da, und dann ist zuerst
Familie Mullerhut dran, dann Sie", erklärte uns die nette Mitarbeiterin des Hotels. Nett war sie, aber vor allem hübsch. Ich
schätzte sie auf Ende 20. Typ Heidi Klum in jung. Elegant und
sexy zugleich, nur halt nicht so erfolgreich wie Heidi. Ich küsste
Andrea viel Glück und meinte:

„Gut, Magda, dann drehen wir solange eine Runde. Wir schauen in einer halben, dreiviertel Stunde vorbei, ja?" „Ja, Schatz", nickte Andrea und konzentrierte sich auf Husten 1 und Husten 2. Magda und ich bogen ums Eck, schauten uns an und rannten so schnell wir konnten in das Kinderzimmer.

Blitzschnell war meine Hose unten und Magda blies mir sowas von einen. Mit höchstem Talent befriedigte sie meine Triebe mit Hand und Mund, bis ich in ihren Mund kam. Höchstens 5 Minuten hatte es gedauert, wir hatten also noch Zeit. Also sollte auch das Kindermädchen auf ihre Kosten kommen. Ich leckte sie zu 2 schnellen Orgasmen, dann eilten wir rasch aus dem Zimmer und raus ins Freie.

„Das war geil, danke", lächelte sie mich an. „Ja, fand ich auch", lächelte ich zurück, doch mehr Nähe durften wir uns hier in der Öffentlichkeit nicht geben. Pünktlich schauten wir in der Praxisecke vorbei, wo John Paul und Anna Lina gut versorgt wurden und dann mit uns zusammen zurück in die Zimmer gingen. Magdalena bot sich freiwillig als Kindermädchen an, um Andrea und mir einen schönen Tag zu ermöglichen. Gerne sagten wir zu und entschieden uns für einen Wellnessbesuch im Hallenbad mitsamt Sauna und Hamam.

Andrea und ich schwammen ein paar Runden, dann ließen wir die Düsen arbeiten und relaxten im Whirlpool. Die Sauna war eine Bio und roch gut nach Orange. Und Hamam liebe ich sowieso, wenn einem das Wasser über den Körper läuft, einfach traumhaft.

Nach 2 Stunden kamen wir gut erholt zurück und trafen auf eine ebenso relaxte Magdalena, die ein Buch las, während die beiden Kinder schliefen. „Das war genial", strahlte Andrea, „magst Du nicht auch mal Wellness machen?", fragte sie Magdalena, die sofort nickte. „Darf ich?" „Natürlich", meinte Andrea freundschaftlich und erklärte ihr, was wir soeben erlebt hatten.

Magdalena packte sich ihre Badeklamotten zusammen und verließ uns. „Danke für das alles", umarmte mich Andrea und küsste mich brav. Plötzlich drückte sie mich weg. „Mist, ich muss noch Medikamente besorgen fahren, habe ich glatt vergessen. Scheiße!", und zückte einen Zettel, den der Arzt ausgestellt hatte. Darauf standen 2 Hustenpräparate für Kinder, die John Paul und Anna Lina täglich mehrmals einnehmen sollten. „Lass, ich organisiere das", bot ich ihr großzügig an. „Du musst aber runter in den Ort fahren, dort hat eine Apotheke noch bis 18 Uhr offen heute."

„Keine Sorge, ich erledige das", beruhigte ich mein aufgeregtes Mäuschen und verließ mit dem Zettel das Zimmer. An der Rezeption erkundigte ich mich nach der Apotheke und erfuhr, dass diese 30 Minuten entfernt sei. Mist. „Entschuldigen Sie, Sie brauchen etwas aus der Apotheke?", hörte ich eine sanfte Frauenstimme sagen. Ich drehte mich um und sah die Mitarbeiterin Heidi 2.

„Ja, meinen Kids geht es nicht so gut, die brauchen das hier", erklärte ich und hielt ihr den Zettel hin. „So ein Zufall aber auch, beides habe ich hier", strahlte sie. „Hä, wie kann das denn sein?", fragte ich nach. „Ach, wissen Sie, ich habe auch einen Sohn im selben Alter in etwa wie Ihrer, und der hat auch ständig was. Da ist man gut ausgerüstet."

„Aha", nickte ich und war erleichtert. „Wenn Sie mögen, dürfen Sie gerne je eine Flasche Hustensaft von mir haben. Ich bin jetzt auch nicht mehr im Dienst, meine Schicht hat vor 10 Minuten geendet. Wir können schnell gehen." „Und wohin?" „Na, in mein Zimmer hier, ich habe hier ein eigenes, dort sind die Sachen gebunkert." Welch ein Zufall! Ich war glücklich und bedankte mich herzlich bei ihr. „Sie sind ein wahrer Engel, vielen Dank!"

Wir mussten ein paar Minuten laufen, bis wir in ihrem Zimmer waren. Ich erfuhr, dass sie seit ihrer Ausbildung dem Hause „Braunach" treu war. „Und Sie sind hier mit Ihren 3 Kindern?", fragte sie mich neugierig. „Nein, ich habe 2. Die 18-Jährige ist nur das Kindermädchen." „Aha", kapierte sie und suchte nach den Medikamenten. „Setzen Sie sich solange, ich muss sie noch suchen", entschuldigte sie sich und bückte sich mehrmals ziemlich aufreizend dabei, wobei sie mir ihren zierlichen Hintern entgegenstreckte.

Ich musterte sie. Sie gefiel mir sehr. Ihre langen blonden Haare verzierten ihr schönes Gesicht, ihre Figur war der Hammer, ihre Beine lang und gut geformt. „Aha", rief sie erfreut und präsentierte mir die beiden Hustensäfte für meine Kids. Sie übergab sie mir so, dass sich unsere Hände berühren mussten. Mir war klar, sie wollte etwas von mir, oder bildete ich mir das nur ein? „Vielen Dank, gnädige Frau. Wieviel soll ich Ihnen dafür geben?", fragte ich sie höflich und zückte mein dickes Portmonnaie. „20, 30 oder 40 Euro?" „Ach was, lassen Sie stecken", lächelte sie mich an, „wir können das auch anders regeln."

„Wie denn?", fragte ich dumm. „Naja, wenn Sie mögen, revanchieren Sie sich mit einem schnellen Fick." Wie bitte? Hatte ich richtig gehört? „Wie war das?", fragte ich ungläubig nach. Sie schmiss ihre Haare nach hinten, setzte ihr verführerischstes Lächeln auf und wiederholte: „Sie haben mich schon verstanden. Ich sagte: Revanchieren Sie sich doch, wenn Sie wollen, mit einem Fick."

„Wie kommen Sie darauf, dass ich das wollen oder tun würde?", reizte ich sie. „So etwas sehe ich doch sofort", grinste sie. „Wissen Sie, ich kenne Männer in- und auswendig. Ich sehe sofort, wie ein Mann tickt. Ob er seiner Frau treu ist, oder nicht. Ob er ein Womanizer ist, oder nicht. Ich sehe das. Und ich stehe auf solche Typen, die es darauf anlegen, die diesen gewissen Blick haben. So wie Sie mich gestern angesehen haben, war mir sofort klar, dass Sie so einer sind. Also, Lust auf einen Quickie?"

Nun ja, Zeit hatte ich ja noch. Wäre ich in die Stadt runtergefahren zur Apotheke, hätte ich mindestens 60 Minuten gebraucht. Bis jetzt waren erst 15 vergangen, also hatte ich noch 45 übrig. „Sie sind mir ja vielleicht ein schlimmes Luder", hauchte ich ihr zu und zog meine Jacke aus. Das war für sie der Startschuss, sich auszuziehen. Zum Vorschein kam ein Frauenkörper der Luxusklasse. Gemachte Hupen hatte sie, das sah ich sofort. Und einen gemachten Schamhaarstrich, der senkrecht den Weg zur Himmelspforte wies.

Sie wusste genau, was und wie sie es wollte. Die Namensunbekannte zog mich zu sich aufs Bett und zog mich dabei aus. „Fick mich", knabberte sie an meinem Ohr entlang und reichte mir einen Gummi, den ich mir selbst überzog. Richtig steif wichsen musste ich ihn gar nicht erst lassen, denn das war er schon längst.

In der Ich-auf-ihr-Stellung legten wir los. Ich steckte ihn tief in ihre saftige Möse und begann eifrig, Presslufthammer

101

zu spielen. Das gefiel ihr. Nun wollte sie das Kommando übernehmen und kam auf mich drauf. Reitend jodelte sie sich einen ab und erlebte auf mir 2 heftige Orgasmen, wobei der zweite ihre Pussy derart verengte und pulsieren ließ, dass ich unweigerlich kommen musste.

Ich stöhnte meine starke Lust ins Kondom und war äußerst befriedigt. „Wie lange bleibt Ihr denn noch?", fragte sie mich beim Anziehen. „Nur bis morgen." „Schade, dann war das wohl unser einziger Sex, ein klassischer One Day Stand." Ich nickte hastig, küsste sie Goodbye, nahm die Medikamente und verschwand.

Dank dieser ging es Anna Lina über Nacht schnell besser, und am nächsten Tag war nach dem Frühstück leider schon die Abreise dran. Braunach ade. Ein paar Wochen später hieß es dann leider auch Kindermädchen ade. Magdalena verließ uns so schnell, wie sie gekommen war. Ich behielt sie in guter Erinnerung.

Kapitel 18

Luisa

Luisa wurde zu einer wöchentlichen Affäre. 26 Jahre jung, dabei sah sie aus wie 19. Ich lernte sie in einem Etablissement für Erotik-Massagen am Münchner Hauptbahnhof kennen. Dort gehe ich alle paar Monate mal hin, schon seit vielen, vielen Jahren. Die Mädels dort bleiben, außer der Chefin, nicht sonderlich lange, so ist immer ein flüssiger Wechsel an Masseusen gewährleistet, was es für mich sehr spannend macht.

Immer neue Hände, die meinen Penis verwöhnen und zum Orgasmus bringen. Immer neue nackte Körper, die es zu bestaunen gibt. Ich klingelte mal wieder, und vor mir stand die Luisa. Eine bildhübsche Schönheit. Blond, 1,65 m groß, schlank und megasexy. Sie konnte ein bisschen Deutsch, Englisch war ihr lieber.

Mit einem breiten Lächeln begrüßte sie mich und führte mich in „ihr" Zimmer. Ich gab mich unter meinem Pseudonym „Peter" aus und entschied mich, 15 Minuten zu bleiben, für einen Fuffi. Nie blieb ich länger, mir ging es hier immer nur darum, einen schnellen Wichs zu bekommen. Danke und Tschüss.

Nachdem die Formalitäten geklärt waren und ich aus der Dusche kam, legte ich mich wie immer auf den Bauch und betrachtete Luisa, wie sie sich auszog. Zum Vorschein kam ein absoluter Hammerkörper. Kleine, formschöne Brüste lächelten mich an, ihr Körper war wie von Gott gemeißelt. Keine Schamhaare, keine Beinhaare, hier war alles glatt, fest und in Form.

Während wir uns unterhielten und ihr erfuhr, dass sie aus Polen stammt, massierte sie meinen Rücken. Fühlte sich gut an. Dann glitt sie zwischen meine Beine und kraulte meine Hoden. Wunderschön. „Please turn around", stöhnte sie mir ins Ohr, was ich auch bereitwillig tat.

Ihre kleinen Hände umfassten ihn wie eine Eins und brachten ihn in Stimmung. Luisa machte das Ganze sehr sinnlich, sie suchte regelrecht den Körperkontakt und ließ es zu, dass ich ihren Po berührte. Sie kam mir mit ihrem Gesicht sehr nah und küsste mich hinter den Ohren und am Hals.

Macht nicht jede. Kurz darauf musste ich kommen. Mein Sperma schoss hoch heraus und ich erlebte einen Hammerorgasmus. Luisa genoss es und wichste schön zu Ende, ehe sie mich reinigte und sich mit einem Kuss auf die Wange, aber sehr nahe am Mund, bei mir bedankte. Ich duschte, zog mich an, verabschiedete mich von ihr und ging.

Diese Luisa musste ich wiedersehen, und zwar schon sehr bald. Am Abend ließ ich die erotische Massage noch mal Revue passieren. Mir wurde schnell klar, dass Luisa etwas Besonderes für mich ist. Hatte ich mich in sie verliebt? Hm. Nein, aber ich könnte, wenn ich wollte. Eine Woche später suchte ich sie erneut auf, und zum Glück war sie da. Wieder 15 Minuten.

Wir unterhielten uns, während sie meine Backside verwöhnte, und ich erfuhr, dass sie in Polen studiert und alle paar Wochen für Prüfungen hin muss. Solche Geschichten kenne ich zur Genüge von diesen Mädels, aber ich glaubte der Luisa und quetschte aus ihr heraus, dass sie keinen Freund hat. Interessant! Interessant wurde es nun auch, als ich mich umdrehte.

Schnell war mein Prüdel steif und wartete darauf, von Luisa erlöst zu werden. Mit ihrer süßen Hand umfasste sie ihn gut und begann zu wichsen. Sehr zärtlich kniete sie vor mir und suchte Augenkontakt mit mir. Den gab ich ihr. „Now!", stöhnte ich laut auf und kam. Luisa strahlte und hatte mir wieder ein ganz besonderes Highlight geschenkt.

In den Folgetagen musste ich immer wieder an sie denken. Wie wäre es, mit diesem Mädel zusammen zu sein? Sie zu küssen? Sie zu lieben? Täglich mit ihr Sex zu haben? Alles mit ihr zu erleben? Wunderschön wäre das! Wenn da nur nicht Andrea und die Kids wären …

Bitte nicht falsch verstehen. Ihr wisst, ich liebe meine Frau über alles, meine Kids sowieso, aber Luisa gab mir etwas, das ich suchte, und das mich an meine Jugendliebe Julia erinnerte. Mehr über Julia im Folgekapitel.

1 Woche später war es wieder soweit, doch leider hatte ich diesmal Pech. Eine Dunkle ohne Namen öffnete mir die Tür: „Die Luisa ist gerade beschäftigt." Mist. Aber ich hatte Lust auf Frauen. Also durfte die Dunkle ran. Groß war sie und hatte einen mächtigen Wuschelkopf. Auch sie konnte massieren. Anders als Luisa, aber auch ganz vernünftig.

104

Ihre langen schwarzen Finger umfassten meinen Dong gut, sie wichste schnell und kurz von den Bewegungen her, nur mit einem Daumen-Zeigefinger-Ring, der es auch schaffte, mir einen ganz guten Orgasmus zu besorgen. Mehr aber auch nicht.

Folgewoche. Luisa. Ja, diesmal war sie wieder da und auch frei für mich. Ich wollte mehr von dieser fantastischen Schönheit und entschied mich für 45 Minuten für satte 100 Euro. Leider ging es diesmal nicht auf die Bodenmatratze, sondern auf eine Massageliege. Luisa nahm sich natürlich viel mehr Zeit für alles, denn die hatten wir ja auch.

Luisa streichelte und massierte zuerst meinen Rücken, dann meine Beine, dann meinen Po mit allem, was darunter lag. Zwischendurch krabbelte sie geschickt auf die Massageliege zu mir hoch, um mir Body-to-Body zu schenken. Ihr Körper fühlte sich so ungemein frisch an. Nun hatte ich auch Mut, sie mehr zu berühren. Ich streichelte ihre Beine entlang, und sie ließ es zu. Ein gewisses Vertrauen hatte sich aufgebaut. Yeah!

„Turn around, please." Ich lag nun auf meinem Rücken und freute mich auf das, was folgte: eine wunderschöne Erotik-Massage für meinen Penis. Mit Lingam verwöhnte sie mich nach allen Regeln der Kunst. Heftig zuckend kam ich schließlich zu meinem Höhepunkt. Mir war klar: Unter 45 Minuten buche ich bei der nichts mehr. Dieses Highlight gönne ich mir einfach. Und zwar wöchentlich. Sind zwar 400 Euro im Monat, aber wofür lebt man und schuftet so viel?

Andrea erzählte ich etwas von „verordneter Physio" bei einem Spezialisten in München, sie nickte und drückte mich. „Gut, Schatz." Die Massagen mit Luisa wurden intimer. Sie erzählte mir immer mehr aus ihrem Privatleben, auch über ihr Sexleben plauderte sie einiges aus. Sie könne multiple Orgasmen haben und komme dann immer in einen Rausch hinein, wenn sie masturbiere, könne gar nicht mehr aufhören. Geil! Ich empfahl ihr den Womanizer, den sie noch nicht kannte. Sie war sehr aufgeschlossen.

Luisa küsste mich nun jedes Mal, zwar nicht auf den Mund, aber sonst überall. Naja, und den Penis küsste sie natürlich nicht, dafür aber mein Gesicht, meinen Nacken, die Brust und sogar meine Oberschenkel. Das ist schon etwas Besonderes bei so einem Klient-Kunden-Verhältnis.

Das Tolle an Luisa war: Alle ihre Handgriffe und Berührungen passten zu 200 Prozent! Sie war rein körperlich und sexuell die perfekte Frau für mich. Auch die Unterhaltungen mit ihr machten mir Spaß. Wir verstanden uns gut. Wenn sie das alles nur spielt, dann ist sie eine verdammt gute Schauspielerin, dachte ich immer wieder.

Normalerweise mag ich Body-to-Body in solchen Massage-Salons nicht so gerne, eigentlich komisch, denn alle Männer mögen es, aber bei Luisa gefiel es mir. Sie durfte mir ihrem schönen Körper gerne auf mir hin und her rutschen. Wenn ich auf dem Rücken lag, setzte sie sich gerne über meinen Oberkörper, so, als wenn sie rücklings auf mir reiten würde, und stimulierte meinen Dong von oben. Ich kraulte ihr dabei den Rücken, was sie genoss, und umfasste von hinten ihre Brüste, hielt ihren Bauch und durfte sogar tiefer mit ihrer Klitoris ein wenig spielen.

Wenn ich kam, wollte ich aber immer ihr Gesicht sehen, also finishte sie mich meistens von vorne oder von der Seite. Einmal legte sie sich ganz eng zu mir in den Arm, als wäre sie meine Freundin, und wichste mich so zu Ende. Wunderschön intensiv war das! Ach, Luisa. Wie gerne würde ich mit dir zusammen sein!

Zum Glück veränderte sich durch meine extreme Zuneigung zu Luisa meine Beziehung und Sexualität mit der Andrea nicht. Wir hatten immer noch guten und intensiven Sex, etwa zweimal die Woche. Schwer mit Kindern und all dem Stress, aber zweimal muss einfach sein.

Mittlerweile rief ich Luisa auf Arbeit jedes Mal an, um mir einen fixen Termin mit ihr zu sichern. Die Termine waren immer wunderschön und ich ging als glücklicher Mann nach Hause. Eines Tages erlebte ich eine nette Überraschung. Die Chefin der Sache sprach mich vor der Session an, ob ich Lust auf eine Duo-Massage hätte. Eine Neue sei da und die soll eingelernt werden. Sie würde mitmachen, selbstverständlich ohne Aufpreis.

Ich hatte mich zwar schon mega auf Luisa gefreut, nur Luisa, aber Chefin und ich kannten uns seit langer Zeit und ich wollte ihr den Gefallen tun. „Darf ich die Neue erst mal sehen?", fragte ich vorsichtig. „Klar", nickte sie und präsentierte mir die schüchterne Alexandra. Die war auch hübsch, also willigte ich der Duo-Massage ein. Wir starteten wie immer mit dem Rücken. Während Luisa diesen massierte, massierte Alexandra meine Beine. 4 Hände können besser massieren als 2.

Sehr zärtlich, sehr erotisch war das Ganze. Die beiden tauschten immer wieder Plätze und Luisa flüsterte ihrer Kollegin Anweisungen zu, die diese dann brav und gut umsetzte. Body-to-Body bekam ich aber nur von Luisa. Alexandra hatte große Titten, war sonst aber schlank und schön, ich schätzte sie auf Ende 20.

Nach der Hälfte der Zeit durfte ich mich endlich umdrehen. Nun ging es langsam in Richtung Dong. Luisa war die Dominantere von beiden, sie berührte und streichelte ihn zuerst. Dann durfte auch Alexandra ran. Sehr langsam und vorsichtig streichelte sie ihn. Ihre Hände und Finger waren größer und länger als die von Luisa, aber auch sehr angenehm. Luisa gab weiter die Kommandos.

Sie küsste zärtlich meinen Körper, während Alexandra meinen Penis streichelte, dann übernahm Luisa meinen Zauberstab, während Alexandra meine Füße massierte. Ich wollte eigentlich Alexandra den Job beenden lassen, doch Luisa wollte sich das als „Profi" nicht nehmen lassen und zeigte der Neuen, wie man einen Mann zum Orgasmus bringt. Ziemlich hoch spritzte ich diesmal, und Luisa juchzte.

Was soll ich sagen: So eine Duo-Massage sollte jeder Mann sich einmal gönnen. 2 Mädels oder sogar mehr hatte ich schon öfter im Bett, und es war immer geil. Und nie musste ich dafür bezahlen. Aber so eine Erotik-Massage mit 4 Händen als Kunde zu genießen, ist auch nicht verkehrt. Die Folgetermine buchte ich Luisa wieder exklusiv. Ihre magischen Hände und ihre mädchenhafte Art schenkten mir immer die schönsten Momente des Tages …

… bis zu dem Tag, als ich wieder mal anrief, um mir Luisa zu sichern, und die Chefin meinte: „Du, die Luisa ist nicht mehr da, die ist vor 2 Tagen gegangen, zurück nach Polen." Ich war traurig, fast schon am Boden zerstört. Etwa ein halbes Jahr hatte ich meine Stell-dich-eins mit Luisa genossen, hatte immer im Kopf mit den Gedanken gespielt, sie mal zu fragen, ob ich sie dabei fotografieren oder gar das Finish filmen dürfte, aber mich nie getraut. Auch nach einem privaten Date wollte ich sie fragen, oder nach ihrer Handynummer für private Sex-Treffs mit Bezahlung, aber nun war sie weg. Verschwunden aus meinem Leben.

Vielleicht war es ja besser so, nicht, dass sie dann noch meine Ehe gefährden würde. Wer weiß … Ich behielt Luisa in schönster Erinnerung und versuchte, sie zu vergessen.

Kapitel 19:
Julia

Wie bereits erwähnt, erinnerte mit Luisa stark an die Julia, das Mädchen, das mir, bevor ich meine Ehefrau Andrea kennenlernte, meine Träume erfüllte. Julia war eine schüchterne 20-Jährige, als ich sie traf. Wir kamen auf einem Dorffest ins Gespräch, sie war erst mal nicht an mir interessiert, sondern sehr zurückhaltend.

Ich spendierte ihr einen Drink, sie rauchte zwischendurch. Sie war eine Studentin aus Regensburg, ihre Eltern lebten bei München, diese besuchte sie häufig. Am nächsten Abend trafen wir uns wieder. Ich ging aufs Ganze und schaffte es, sie zum Knutschen zu bringen. Dieses Knutschen war Hammer! Besser als alle anderen Mädels zuvor. Die Julia war ca. 1,70 m groß und schlank. Hatte lange dunkelblonde Haare und etwas Gesichtsakne oder -neurodermitis, aber nicht ausgeprägt und überhaupt nicht schlimm. Sehr sexy Körperform. Ihr Lächeln war bezaubernd.

An den nächsten Abenden kamen wir uns immer näher. Sie begann sich mir zu öffnen, langsam und vorsichtig. Als sie zum ersten Mal bei mir übernachtete, kam es zum Petting. Während des Knutschens streichelte ich unter ihr Shirt, was sie zuließ. Ihre Brüste waren jung und zart, ihr Körper fühlte sich himmlisch an. Als ich sie nackt sah, jubilierte ich. Ein schönes Büschel dunkelblonder Büschel verzierte ihre Pussy und endete pünktlich knapp vor der Klitoris.

Während ich sie küsste, rubbelte ich ihr Pussy so lange, bis sie kam. Sie hatte große Schamlippen und eine Klitoris, die bei Erregung mächtig anschwoll. Sie kam laut und heftig, hatte aber noch nicht genug, also ein zweites Mal. Und ein drittes Mal. Nach einer halben Stunde Pussystimulation war sie erlöst und widmete sich nun mir.

Als sie meinen Dong herausholte, hörte ich die Englein singen, so geil umfasste und blies sie ihn. Es war einfach perfekt. Ihre langen Haare hatte sie zusammengebunden, sie kniete zwischen meinen Beinen und erledigte ihren Job sensationell.

Als ich kam, wichste sie mich über die Kante, was einen hohen Orgasmus verursachte. „Huch", grinste sie und blickte mir dabei tief in die Augen. Danach kuschelte sie sich in meine Brust und ich fühlte mich eins mit ihr.

Julia und ich trafen uns fortan jedes Wochenende, immer, wenn sie im Raum München war. Vor und nach jedem Sex wollte sie eine rauchen, was mich nicht weiter störte, da sie danach immer ein Kaugummi nahm, sodass ich sie frisch küssen konnte.

Der Sex mit Julia war jedes Mal echt phänomenal. Zuerst verwöhnte ich sie, dann sie mich. Dann machte ich uns etwas zum Abendessen, wir kuschelten, schauten uns Filme an, hatten wieder Sex und schliefen dann glücklich ein. Ihre Hand- und Blowjobs waren unglaublich gut, perfekt für meinen Penis und für mich. Beim vierten Mal Sex wollte ich gerne ihre saftige Pussy lecken, und tat dies dann beim fünften Mal, nachdem sie mir ein Gesundheitszeugnis vorlegte und ich wusste, dass sie gesund war.

Das war mir damals sehr wichtig. Das habe ich früher von allen Frauen angefordert, wenn ich ungeschützten Sex mit ihnen wollte. Im Laufe der Jahre ist es mir egaler geworden. Julias Pussysaft schmeckte Weltklasse. Ich genoss es, ihre langen Schamlippen geil zu lutschen und an ihrer Klit zu züngeln, bis sie heftig kam und mir ihr niedliches Becken ins Gesicht drückte. Und dann mein Gesicht in ihr Becken, weil sie mehr wollte und nicht genug kriegen konnte. I loved it!

Auch die 69er-Position war einfach genial, sie auf mir. Am meisten liebte ich aber den Abschnitt, als sie mich verwöhnte, in sämtlichen Stellungen. Kniend während ich stand, kniend während ich lag, seitlich über mir, hockend auf mir – sie wusste genau, wie sie es einem Dong perfekt besorgen konnte, das Luder. So scheinheilig brav, wie sie wirkte, war sie nicht.

Leider durfte ich nie Fotos von ihr machen, ganz normale zur Erinnerung, wollte sie nicht. An einem Tag allerdings gab sie mal nach, diese Fotos sind mir bis heute heilig, die bildhübsche 20-jährige Julia bei mir auf dem Sofa! Leider zog es Julia bald ins Ausland, nach Frankreich, sodass unsere Affäre unterbrochen wurde.

In den 7 Monaten hatten wir supertollen Sex, allerdings nicht einmal miteinander geschlafen. Das wollte sie leider nie. Gründe nannte sie mir keine, aber da das Petting mit ihr so fantastisch war, reichte es mir aus und ich drängte sie nicht.

Während sie in Frankreich war, schrieben wir uns täglich süße Botschaften. „Hey Süße" und „Hey Süßer", aber nicht „Schatz" oder „Ich liebe Dich", das war es nicht. Während sie in good old France also 1,5 Jahre weiterstudierte und dort sicher auch keine Heilige Jungfrau war im Umgang mit coolen Boys, hatte ich eine Beziehung mit einer reichen Frau Mitte 25. Nicht reich weil hart erarbeitet, sondern reich weil Tochter eines Mannes, der hart gearbeitet hat. Die Beziehung war vernünftig, der Sex Durchschnitt.

Als Julia ihr Comeback ankündigte, trennte ich mich von der Übergangslösung und erwartete sie voller Sehnsucht. Julia war zur jungen Frau geworden. Ihre Rundungen noch perfekter. Im Bett gab es weiterhin Heavy Petting, nicht mehr. Sie wichs und blies nun etwas anders, was Beleg dafür war, dass zwischen damals und nun wohl einige Typen waren. Egal. Jetzt lag sie wieder in meinem Bett.

Das Knutschen war toll, ihr Körper fühlte sich so vertraut an, ihre Pussy war nach wie vor wunderschön, sie blies und masturbierte wie eine Prinzessin. Allerdings schluckte sie mein Sperma nicht mehr so oft wie früher. Trotzdem merkte ich, dass es nicht mehr so war wie zuvor. Sie ging nun früher und kam auch nicht mehr jedes Wochenende. Ich versuchte, sie wieder für mich zu gewinnen, indem ich ihr gestand, dass ich in sie verliebt sei. Das war der Anfang vom Ende.

„Ich dachte, zwischen uns sei alles klar", sagte sie bestimmt, „Sex ja, aber bitte keine Liebe". Das war ein schwerer Schlag für mich, war ich doch dabei, fantastischen Sex und ein Mädel, was ich echt mochte, zu verlieren. Doch Julia kannte kein Erbarmen: Per Mail beendete sie unsere Affäre und widmete sich anderem und anderen. Nicht ein einziges Mal hatten wir miteinander geschlafen, und trotzdem war ich wirklich super glücklich mit ihr gewesen.

Viele Monate später gestand sie mir per Mail, dass sie mich vermisse und nur aus Angst, etwas falsch zu machen, nie mit mir, dem sexuell deutlich erfahrenerem, schlafen wollte. Sie wünsche sich sehr, mich wieder zu sehen. Doch ich war bereits in einer neuen Beziehung und empfand es als klüger, sich lieber nicht mehr zu sehen. Es hätte mir nur wehgetan.

Ein paar Jahre später wollte ich wissen, was aus ihr geworden ist, und mailte sie an. Ich erfuhr, dass sie in Leipzig lebte und für eine PR/Marketing Firma journalistisch arbeitete. Sie habe einen festen Freund und ihr gehe es gut.

Trotzdem bat sie mich um Kontaktabbruch, da unsere Affäre der Vergangenheit angehörte. Schade. Ich war sehr traurig, musste mich aber fügen. Trotzdem behält Julia immer einen besonderen Platz in meinem Herzen, direkt den hinter Andrea.

Kapitel 20

Pornos

Finde ich geil, aber nur selbstgemachte. Der Mainstream interessiert mich nicht besonders. Ist doch immer dasselbe: Sinnlose Handlungen, aufgestylte Nutten und schwul aussehende Typen treiben es miteinander. So übertrieben, so überzogen. 20 Kameras filmen das Spektakel aus 20 verschiedenen Winkeln. Ganz ehrlich: 18 dieser Blickwinkel interessieren mich nicht.

Dann der obligatorische Cumshot von ihm in ihr stöhnendes Gesicht. Das müssen echt arme Wichser sein, die sich täglich so einen Scheiß reinwichsen. Klar, ich habe früher auch Pornos geguckt, normale und später auch heftigere, man muss ja wissen, was es in der Welt so alles gibt. Aber den Reiz haben dieses Filmchen für mich längst verloren.

Viel spannender ist es doch, eigene Sexstreifen zu derhen, am besten, wenn die Bettpartnerin nichts davon weiß, denn dann ist alles real, raw und uncensored. Kein In-Position-rücken, kein exzessives Kunstgestöhne, sondern wahre Liebe. Oder halt einfach nur geiler Sex.

In meinem Archiv, das ich hüte wie einen Goldschatz, und von dem meine geliebte Frau Andrea nichts weiß, befinden sich Dutzende solcher privaten Sexfilme von mir mit verschiedenen Frauen. Manche dieser Amateur-Darstellerinnen wussten von ihrem Glück, doch die meisten nicht. Manche Aufnahmen sind leider nichts geworden, weil zu dunkel oder schlechter Winkel, doch die meisten sind genial und mir mehr wert als sämtliche Fotoarchive meines privaten Lebens.

Wenn ich mal allein zu Hause bin, was leider nicht oft vorkommt, schaue ich mir auf meinem Laptop an, was ich da mit anderen Frauen getrieben habe. Selbst wenn meine Familie da ist und ich spät abends mich noch in mein Bürozimmer zurückziehe, während Andrea und die Kinder schon schlafen, ergötze ich mich an all meinen Erlebnissen und schwelge in Erinnerungen. Wenn Andrea das wüsste! Um Himmels Willen – sie darf diese Sexvideos niemals sehen.

Sonst würde sich mich umbringen oder – noch schlimmer – sofort die Scheidung einreichen und mich finanziell ausbluten lassen. So wie Frauen das halt machen. Schade wäre es schon um unsere Traumehe.

Nein, ich möchte Andrea nicht verlieren. Und trotzdem hole ich mir gerade einen runter, während ich das Video von mir und Larissa betrachte. Larissa, das war eine hübsche Jungredakteurin Mitte 20, mit der ich vor etwa 5 Jahren heißen Wochenendsex während einer TV-Produktion in Mainz hatte. Ich war mit Team angereist und wir sollten übers Wochenende eine große Samstagabendshow betreuen.

Larissa war eigentlich eine Praktikantin, die sich aber über das Bett ihres Chefs über Nacht zur Jungredakteurin hoch gemausert hatte. Sie musste regelmäßig mit ihm in die Kiste, um ihren Status zu halten, doch das war ihr egal, schließlich sah ihr Chef nicht schlecht aus. Tom hieß er und hieß mich herzlich willkommen. Larissa fiel mir schnell auf, und schon in der ersten Pause kamen wir gut und nett ins Gespräch. Sie war groß, knapp 1,80 m, und sehr schlank, wie eine Hostess.

Sie kam ursprünglich aus München, also hatten wir uns einiges zu erzählen, auch neben dem TV-Thema. Am Freitagabend verabredeten wir uns nach erledigter Arbeit mit einigen Kolleginnen und Kollegen zum Essen, danach noch auf einen Absacker. Das eine kam zum anderen, schließlich landete ich in ihrer schicken Bude. Larissa war leicht angetrunken und wollte Sex mit mir, das gab sie mir deutlich zu verstehen: „Nimm mich!"

Ich zog uns beide aus und nahm sie. Knutschen und direkt einlochen. Ohne Gummi, sie hatte ja eine Spirale, also konnte nichts passieren. Larissas Muschi war so feucht wie ihr Mund. Ich flutschte rein und raus, bis ich kam. Erst später, beim Ausruhen, betrachtete ich ihren nackten Körper genau: Ihre Brüste waren eher klein, dafür sportlich, ihr Bauch hatte ein vorsichtiges Sixpack vorzuweisen, ihre Muschi war genauso blank wie ihre Achselhöhlen. Der Po ein wenig flach, aber akzeptabel.

Der Samstag war sehr stressig, keine Zeit für Flirterei, die TV-Show aber ein voller Erfolg, und danach wurde gefeiert. Ab 2 Uhr feierte ich mit Larissa unter 4 Augen weiter. Sie war diesmal weitaus besoffener als Tags davor, was mir aber recht war, denn dann ist Filmen überhaupt kein Problem. Unter Alkohol sind Frauen so offen und bereit für alles, das kann man sich nicht vorstellen. Trotzdem entschied ich mich, sie nicht darüber zu informieren und platzierte meine kleine Spionkamera im günstigen Winkel zum Bett, während sie sich frisch machte im Bad.

Als sie wiederkam, stockte mir der Atem. In roter Unterwäsche spazierte sie auf mich zu und steckte mir ihre Zunge tief in den Rachen hinein. Schnell waren wir beide nackt und sie blies mir einen bis zum Cumshot. Larissa konnte verdammt gut blasen. Ganz ohne Hände konnte und wollte sie es. Mit Hand ist mir zwar lieber, aber die brauchte die talentierte Jungredakteurin wohl nur zum Tippen.

Sie saugte zuerst langsam, dann immer schneller, während mein Dong immer steifer wurde. Schließlich spritzte ich ab und sie trank mein ganzes Spermium. Nun leckte ich sie. Zuerst ihren Hals, dann ihre Brustwarzen, ihren Nabel, schließlich ihre ohnehin schon feuchte Pussy. Ich musste ziemlich lang an ihrer ovalen Klitoris saugen, bis sie kam, aber dieser Orgasmus lohnte sich. Schreiend und schüttelnd teilte sie mir mit, dass sie echt glücklich war. Gut.

Ich war fit für Runde 2 und ließ sie auf mir reiten. Das konnte sie so gut, dass es keinen Positionswechsel brauchte, um mich kommen zu lassen. Dann schliefen wir ein. Sonntagfrüh nochmal geiler Sex, diesmal ohne Kamera, Ficken von hinten, das war's. Adieu Larissa. Ich habe sie nie wieder gesehen. Aber das Sextape von uns bleibt mir.

Oder das von Sophie. Einer interessanten Frau aus der Schweiz, mit der ich einen One Night Stand hatte, etwa vor 2 Jahren. Sie war optisch Durchschnitt, aber der Sex mit ihr nicht. Der war weitaus höher anzusiedeln. Denn sie war eine Expertin für Footjobs:

„A Footjob is a non-penetrative sexual practice with the feet that involves one´s feet being rubbed on a partner in order to induce sexual excitement, stimulation or orgasm. Footjobs are most often performed on males, with one partner using their feet or toes to stroke or rub the other partner´s genital area" – sagt Wikipedia.

Das wusste ich ja schon längst, aber interessiert hatte es mich noch nie. Die eine oder andere hatte mal mit ihren Füßen meinen Penis berührt und damit gespielt, doch Hand und Mund waren und sind mir immer lieber. Stinkefüße will ich ja auch nicht an meiner Königsstelle haben.

Aber diese Sophie war ein Luder. 31, Mediaberaterin aus Zürich. Ich lernte sie ebendort kennen und eine Nacht lang lieben. Zuerst hatten wir beruflich miteinander zu tun, dann aßen wir privat zu Abend und kamen uns in meinem Hotelzimmer bei einem Schampus näher. Sie war Brillenträgerin, hatte kurze schwarze Haare und eine birnenförmige Figur, also etwas breites Becken. Aber ihr Akzent war so süß.

Normalerweise wäre sie optisch unter meinem Niveau gewesen, zu lange Nase, kein Kussmund, Wackelpo und Speckbeine, aber diese 10 kg Übergewicht konnte ich gerade noch so tolerieren. Einen Blowjob wollte sie mir nicht geben, dafür startete sie ihre Fußakrobatik. Ich war baff und ließ es geschehen, denn es fühlte sich echt toll an. Wie gelenkig sie doch war und wie viel Power sie in ihren Füßen hatte!

Ich war sprachlos, bis ich kam. Hoch hinaus schoss mein Sperma, während sie genüsslich vor mir saß und ihre Beine rauf und runter bewegte und mein Penis zwischen ihren Zehen zuckte. Sie erzählte mir, dass dies ihr Lieblingsjob sei. War in Ordnung für mich. Ich entschied mich aber, sie nicht mit meinen Füßen zum Orgasmus bringen zu wollen, sondern mit meinen Händen, indem ich ihre klitzekleine Clit so lange rubbelte, bis sie immer noch klitzeklein war, aber trotzdem kam.

Sie keuchte dabei ziemlich unsexy wie eine Dampfmaschine. Als wir dann Arm in Arm da lagen und über den Footjob sprachen, fragte ich sie, ob sie etwas dagegen hätte, wenn wir noch eine zweite Footjob-Session einlegen würden und ich diese aufnehmen dürfte, als Erinnerung, weil ich „so etwas Geiles noch nie erlebt habe". Bereitwillig meinte sie „Ja, ist ok, aber behalte es bitte für Dich."

„Klar", strahlte ich und zückte mein iPhone. Ein wenig Licht erhellte die Situation. Ich hielt voll drauf, als sie ihre rot lackierten Zehen ausstreckte und breitbeinig mit der Arbeit begann. Ich filmte zwischen ihre Beine und nahm die dunklen Schamhaare auf, welche die Sicht auf mehr verdeckten. Wenige

Frauen haben da unten noch ein volles Dreieck stehen. Sophie liebte das Spiel mit der Kamera. Sie schaute erst mir tief in die Augen, dann dem iPhone. Ihre Füßchen leisteten gute Arbeit, mein Dong stand längst wie eine Eins.

Nach 10 Minuten spürte ich meine Eier jucken, der Orgasmus kündigte sich an. Genüsslich massierte sie weiter und beendete den Footjob nach meinem spritzigen Höhepunkt.

Am nächsten Morgen wollte ich nochmal filmen, und sie war einverstanden. Diesmal entschied sie sich für die 69er-Position und die Kamera wurde am Ende meiner Füße platziert, sodass man ihr Gesicht und meinen Penis sah. Ohne Fußerotik ging es zur Sache. Ich leckte Schamhaare und ihren kleinen versteckten Knopf, während sie mit Händen und Mund blies. Sie war schwer auf mir drauf, aber irgendwie törnte mich das auch an, mal so dominiert zu werden.

Bitte kein Missverständnis: Ich stehe nicht auf dickere Damen, schön sexy schlank ist mir am liebsten, aber diese Sophie war schon irgendwie knuddelig. Als sie immer schwerer wurde, krachte sie zum Orgasmus und brachte mich kurz darauf zu selbigem. Anstatt mit ihrem Mund, beendete sie es mir mit der Hand. Es war geil. Ich dankte ihr für die schöne Nacht und sah sie nie wieder.

Aber das Video schaue ich mir hin und wieder an. Der Footjob war echt genial. Und die 69 auch. Lustig, wie sie anfängt zu grinsen, als ich komme, so stolz und mächtig schaut sie da drein. Und ich stöhne halb vor Lust und halb unter ihrem Gewicht.

Hätten Ray Dolby, Charles Anderson und Charles Ginsberg nicht im Jahre 1956 die Videokamera, die Video und Audio gleichzeitig aufnehmen kann, erfunden, wie traurig wäre heute wohl das Leben …

Kapitel 21:
Aiko

Dem „Kind der Liebe" ist dieses Kapitel gewidmet. Das bedeutet der Name Aiko nämlich. Als Boss war es mir wichtig, regelmäßig Jungtalente zu fördern und Praktikumsplätze zu vergeben. Einen davon sicherte sich Aiko. Die kleine Japse konnte perfekt Deutsch und überzeugte durch ein hervorragendes Studium und beste Empfehlungen eines Boss-Kollegen.

Zudem war sie sehr hübsch. Gerade mal 1,55 m groß, vielleicht 45 kg leicht, lange japanische Haare und ein kleines Halbmondgesicht. Ich organisierte sie mir schnell in mein Umfeld und lernte sie dadurch besser kennen. Sie war 24 Jahre alt und fühlte sich in meiner Nähe schnell wohl. Sie blickte fast väterlich auf zu mir.

Ich nahm sie mit auf Geschäftsessen und nach Wien, wo ich eine fünftägige TV-Produktion leitete. Aiko reiste als meine persönliche Assistentin mit. Nach der langen Fahrt, auf der sie mir über ihre Familie in Japan, ihre Auswanderung, ihr Studium und ihre Hobbys erzählt hatte, checkten wir im schönen „Vienna Hotel" ein und machten uns in unseren Zimmern frisch für das Geschäftsessen am Abend.

Aiko sah umwerfend aus, wie eine kleine Fee. Im kurzen Rock holte sie mich gut gestylt ab und wir verbrachten mit der Wiener Crew einen konstruktiven Abend mit leckeren Speisen und Getränken. Gegen 23 Uhr fuhren wir zurück ins Vienna, wo ich Aiko bat, noch zu mir aufs Zimmer zu kommen. Wir machten am Laptop die Planung für den nächsten Tag fertig und ließen uns erschöpft in die Sessel fallen.

Aiko wollte irgendwie noch nicht gehen, das wollte ich auch nicht, also sprachen wir über Gott und die Welt und landeten beim Thema „Skurriles Sexualleben der Japaner". Aiko erzählte mir Erstaunliches, z.B., dass die heutige japanische Jugend jede Form von romantischer Liebe und Intimität ablehnt. Nicht einmal die Ehe ist eine Option für sie. Millionen Japaner sind absolut nicht an einer Beziehung interessiert. Weder langfristig, noch für eine Nacht, noch auf rein sexueller Basis.

Zudem hat die emotionale Verschlossenheit zugenommen. Japaner wissen zu wenig über das andere Geschlecht und möchten seltsamerweise auch nicht mehr darüber erfahren. Nachdem 70 Prozent der Japanerinnen nach der Geburt des ersten Kindes ihren Job verlieren, ist der Anreiz, Nachkommen in die Welt zu setzen, gering. Staatliche Programme zur Reintegration junger Mütter in den Berufsalltag sind nicht vorhanden, und ausgehend vom alten Familienbild in Japan ist der Platz der verheirateten Frau bei ihren Kindern.

Dieses Modell lehnen die Japanerinnen allerdings kategorisch ab, da die permanente weibliche Erwerbstätigkeit mit Unabhängigkeit in Verbindung gesetzt wird. Japanische Männer haben gelernt, ohne Geschlechtsverkehr auszukommen. Das Leben als Single ist einfacher. Frauen sind anstrengend und kosten Geld.

Virtueller Sex wird dafür ganz groß geschrieben. Virtual-Reality-Freundinnen, Online-Pornos und Anime-Karikaturen sind zu erotischen Sinnbildern geworden. Es ist nicht außergewöhnlich, wenn 30-jährige Japener nur dann sexuelle Erregung empfinden, wenn sie einen weiblichen Roboter betrachten. Krass, oder?

Die Geburtenraten in Japan sind in den vergangenen Jahren drastisch gesunken. 61 Prozent der ledigen Männer und 49 Prozent der Frauen im Alter von 18 bis 34 Jahren waren – aufgepasst – noch nie in einer festen Liebesbeziehung. Dass die Japaner anders sind als wir Deutschen, war mir schon klar, aber so anders??

Aikos Geschichten fesselten mich, und längst lag ich auf dem Bett, während sie im Sessel weitererzählte. Mehr weiß ich nicht, denn ich schlief ein. Am nächsten Morgen wurde ich um 5 Uhr wach. Ich öffnete meine Augen, doch ich war nicht alleine. Da lag eine Puppe auf meiner Brust. Es war Aiko. Ich schüttelte sie behutsam wach und erfuhr, dass sie die Nacht in meinem Arm verbracht hatte.

„Du bist einfach eingeschlafen. Ich habe Dich zugedeckt und mich kurz dazugelegt. Mehr weiß ich nicht", rechtfertigte sie die Situation. Ich überlegte. „Hatten wir Sex miteinander?" Aiko guckte mich überrascht an. „Nein, wie kommst Du da drauf?" Ich schaute auf den Wecker und ließ mich wieder

119

fallen. „1 Stunde noch, bevor es klingelt." Aiko sah müde aus, genauso wie ich mich fühlte. „Komm, lass uns noch die Stunde ausruhen, bevor wir auf müssen", flüsterte sie mir zu und ließ sich wieder fallen. Ich fiel mit.

Als ich die Decke zurechtrückte, bemerkte ich, dass ich in Unterhosen war. Und ich bemerkte auch, dass Aiko in Unterhosen war. „Sorry, aber ich wollte nicht, dass sich Deine schicke Hose faltet. Ich habe sie Dir vorsichtig ausgezogen, kurz nachdem Du eingeschlafen warst." „Soso", antwortete ich mit einem Augenzwinkern und wurde wacher, „und dabei musstest Du Dir auch gleich Deine Hose ausziehen?"

„Hey, ich will doch auch nicht, das meine verknickt, und außerdem: Schlafen in Hose ist doch bescheuert." Da hatte sie Recht. Die Stimmung wurde intensiver. Ich hob die Decke hoch und betrachte Aikos kurzen, aber zierlichen Beine. „Was machst Du da?", fragte sie mich verunsichert. „Schauen, mehr nicht", grinste ich.

Mein Blick fiel auf ihr weißes süßes Unterhöschen. Obwohl es nicht durchsichtig war, konnte ich schwarze Schamhaare darunter erkennen. Klar und deutlich waren sie. „Stimmt es eigentlich, dass alle Japaner sich untenrum nicht rasieren? So wie Du auch?", fragte ich sie plump. „Was ist daran schlimm? Das ist doch von Natur aus so gewollt", antwortete sie trotzig. „Schamhaare haben unsere Muttis und Väter getragen, aber heutzutage sind 3 von 4 Deutschen clean da unten."

„Aber ich fühle mich wohl damit. Das ist in unserer Kultur halt so", erklärte mir die Kleine. Pause. „Also bist Du rasiert da unten?" Neugierig war ihr Blick auf einmal. Diese Chance musste ich nutzen. „Ja, klar, was glaubst denn Du? Ist doch viel schöner beim Blasen und Ficken, wenn man alles genau sehen kann." Wir schauten uns an. Die Spannung stieg.

„Darf ich mal sehen?" „Nur wenn ich auch mal sehen darf", konterte ich. „Na gut." Gleichzeitig zogen wir unsere Höschen aus. Während sie mir ihre schwarzen Schamhaare offenbarte, präsentierte ich ihr meinen steif gewordenen Dong. Schockiert und interessiert zugleich starrte sie ihn an. „Wow, der ist ja riesig!" Ja, für japanische Verhältnisse sicher, dachte ich. Dort sind 15 cm wie hierzulande 30. Während mein Penis fröhlich vor sich hin zuckte, hörte ich plötzlich folgende Worte:

„Darf ich ihn mal anfassen?" „Natürlich, mach ruhig", lächelte ich und sah zu, wie Aiko ihre kleine linke Hand ausfuhr und mit ihren schlanken Fingern meinen Penis berührte, dann umfasste. Es fühlte sich verboten an.

Aiko schein alles um sich herum zu vergessen, nur mein Schwanz zählte im Moment. Vorsichtig bewegte sie meine Vorhaut rauf und runter, um zu sehen, was dann passiert. Sie wirkte sehr unsicher dabei. „Sag mal, wie viele Männer hast Du schon gehabt?", fragte ich sie. „4", antwortete sie, „alles Japaner. Du bist der erste Deutsche, den ich nackt sehe und dessen Penis ich berühre. Er fühlt sich ganz anders an als die japanischen. Und ich kann wirklich alles sehen bei Deinem."

Ich war glücklich und ließ sie weiter die Doktorschwester spielen. Langsam wurden ihre untersuchenden Bewegungen zu wichsenden. Sie wusste genau, wie es geht. Ich legte mich zurück und genoss. Aikos linke Hand arbeitete immer schneller, bis ich nach etwa 5 Minuten abspritzen musste. Mein Sperma segelte hoch hinaus und Aiko grinste wie ein Honigkuchenpferd dabei.

Ich schaute auf den Wecker, ein paar Minuten hatten wir noch bis zur unangenehmen 6, da wollte ich mich revanchieren. „Leg Dich hin und schließe Deine Augen", befahl ich ihr. Sie war meine Assistentin, also musste sie gehorchen. Ich suchte mit Händen und Mund den Weg zu ihrer Perle und bearbeitete diese mit meiner Zunge. Sie schmeckte japanisch da unten. Bisschen salzig, bisschen Sushi. Ich mag Salz und Sushi. Nur das Strüppige hätte nicht sein müssen.

Aiko stöhnte ordentlich, als ich ihre kleine Knospe zum Pulsieren brachte. Während sie ausschnaufte, machte uns der Wecker deutlich, dass nun leider Schluss mit Liebe sei. Aufstehen, duschen. Aiko verschwand in ihrem Zimmer, danach trafen wir uns zum Frühstück. Der Arbeitstag war lang und hart. Am Abend – nach dem Gemeinschaftsessen – war uns beiden klar, dass wir erneut Sex miteinander haben werden.

Ich bat Aiko um einen Blowjob, doch das wollte sie nicht. Auf die Frage „Warum?" antwortete sie: „Weil ich das noch nie gemacht habe. Weißt Du, japanische Männer wollen nur ficken. Da ist nicht viel mit streicheln, küssen, wichsen oder blasen." „Na, dann lernst Du es halt bei mir", gab ich zurück und erklärte ihr, was wichtig ist für einen guten Blowjob. „Keine Angst, es kann gar nichts passieren. Du kannst einfach ausprobieren und wirst schnell sehen, was gut bei mir ankommt", beruhigte ich sie.

Mit dieser Sicherheit fing sie an, meinen steifen Penis zu küssen. Sie kniete zwischen meinen Beinen, hatte ihre langen schwarzen Haare zum Zopf zusammengebunden und bemühte sich. Ein Kuss auf die Vorhaut, ein Kuss auf die Eichel, ein Kuss auf das Schambein. Ihre Hände streichelten derweil meinen Bauch.

Endlich umfasste sie meinen Dong mit ihrer kleinen linken Hand und traute sich, den Mund zu öffnen. So führte sie mein Monster in ihren Mund ein. Zuerst einen halben Zentimeter, dann einen ganzen Zentimeter. Als sie bemerkte, dass sie ihn nicht küssen kann, wenn er in ihrem Mund ist, versuchte sie die Zunge einzusetzen. Gutes Mädchen! Auch lernte sie, mit ihren Lippen zu blasen.

Dabei wichste sie ganz langsam den Ansatz des Penisschaftes hin und her. Es fühlte sich verdammt gut an. Ihre festen Brüste hingen nicht hinunter, dafür waren sie zu klein. Aiko fühlte sich von Minute zu Minute wohler bei ihrem Blasekurs und intensivierte ihr Spiel. Plötzlich setzte sie ab. „Du, wie schmeckt eigentlich Sperma?", fragte sie mich mit großen Augen. „Mach weiter, dann findest Du es in Kürze heraus", lallte ich und drückte ihren Kopf wieder nach unten.

Sie ließ es mit sich machen und blies mutig weiter, bis ich meinen Orgasmus spürte. Heftig zuckend kam ich in ihren Mund. Mein Sperma war zu viel für sie. Es lief aus ihrem Mund heraus, während sie hustete, aber fleißig weiter wichste. Es war verdammt viel Sperma diesmal. Die arme Kleine.

Gut hatte sie es gemacht, ihr erster Blowjob war Geschichte, und ich freute mich schon auf den nächsten. Bis dahin leckte ich sie erneut zu einem saftigen Sushi-Orgasmus. Krass war: Wir hatten uns bis dahin nicht geküsst. Es ging nur um Sex. Und dabei blieb es auch. Sie wollte lernen, Erfahrungen mit einem deutschen Mann sammeln, Neues ausprobieren, einen Monster-Penis spüren. Von Küsse, Romantik oder Liebe war nie die Rede. Gott sei Dank. Dann sind die Fronten ja geklärt.

Wir schauten zusammen ein wenig fern, bis sie meinte: „Ich möchte Deinen Penis jetzt auch mal in mir spüren, wie das sich anfühlt." Gesagt, gefühlt. Sie hatte ein rotes Kondom dabei und drückte es mir in die Hand. Ich zog mir die Kapuze an und missionierte sie. Ich spürte das Ende ihrer Röhre, die war echt kurz und fantastisch eng.

Also bemühte ich mich, ihre Gebärmutter nicht zu zerstören und verwöhnte sie mit sanften bis mittelharten Stößen. Dann durfte sie reiten. Das konnte sie ziemlich gut. Beenden wollte ich es Doggy Style, von hinten. Ihre süßen kleinen Pobacken sahen aus wie eine.

Ich lochte ihre Muschi von hinten und kam laut stöhnend zu meinem Ende. Just da kam auch sie zu ihrem Orgasmus. Die folgenden 3 Tage und Nächte mit Aiko waren schön. Sie blies mir einen, ich leckte sie, ich fickte sie. Jeden Morgen und Abend in derselben Reihenfolge. Dabei wurde sie von Mal zu Mal besser, was den Blowjob anging. Zum Schluss konnte sie schon richtig gut schlucken und saugte alles brav ein, bis zum letzten Tropfen.

Unser Sex-Lehrgang endete mit dem Ende des Wien-Trips, da waren wir uns einig, ebenso darüber, dass es ein Geheimnis zwischen uns bleibt. Wenige Wochen später endete Aikos Praktikum bei uns – doch das nächste Abenteuer stand bereits an: Frauke.

Kapitel 22:
Frauke

„Hallo, ich bin Frauke" – so stellte sich mir eine große Blonde auf der 35. Geburtstagsfeier meines langjährigen Kollegen Sascha vor. Sascha hatte geladen in seine schicke Penthouse-Wohnung, und über 100 Leute waren da. Aber diese Frauke war ein Traum. Über 1,80 m lang und schlank. Anfang 30.

Ich erfuhr, dass sie eine langjährige Wegbegleiterin und die ehemalige Freundin von Sascha war. Ihre langen hellen Haare waren gelockt, ihr kurzer Minirock offenbarte viel Beinhaut. Ihre Brüste waren groß. Sehr groß. Gemacht groß. Das sah ich sofort. Sie wirkte intelligent und dumm zugleich. Wir kamen intensiv ins Gespräch und ich erzählte ihr offen über meine Frau und 2 Kinder. Auch sie hatte Kinder, ebenfalls 2, schon sehr früh bekommen.

„Aber einen Mann habe ich aktuell nicht, schon seit 4 Jahren nicht, sind alles Spinner. Zum Vögeln seid Ihr Männer gut, aber zu mehr nicht." Harte Worte. „Na hör mal, da tust Du uns Männern aber sehr unrecht", konterte ich etwas erbost. „Du kannst doch nicht alle über einen Kamm scheren." Sie nuckelte am Schampus herum und glotzte mich blöd an. „Na, immerhin sind wir zum Vögeln gut", stichelte ich zurück, „sonst wärt Ihr Ladies ja ganz allein."

„Aber was glaubst Du, wie viele Typen nicht richtig vögeln können? Die denken, die Presslufttaktik macht uns Frauen glücklich. Weit gefehlt!" „Da hast Du Recht", nickte ich, „nicht jeder Mann hat es drauf ... aber es gibt sie trotzdem, die Guten, die wissen, wie es geht und die jede Frau befriedigen und glücklich machen können." Dabei grinste ich sie selbstüberzeugt an.

„Na klar", stieg sie auf meinen Flirt ein, „und Du bist natürlich einer davon ...". „Klar", bestätigte ich und begab mich in Womanizer-Pose. „Weißt Du, Sprüche klopfen können viele, aber wirklich abliefern nur ganz wenige." „Herzlichen Glückwunsch, einer dieser ganz wenigen steht vor Dir." So ging das noch 10 Minuten weiter, bis sie genug hatte: „Dann beweise es mir!" Darauf hatte ich gewartet.

Ich packte sie entschieden am Arm und zog sie hinter mir her ins Freie. „Hey, was soll das? Lass mich los!", zickte sie mich an. „Was willst Du von mir?" „Du wolltest doch, dass ich Dir beweise, dass ich's drauf habe. Genau das will ich Dir jetzt zeigen." Sie verstand. „

Können wir zu Dir?", fragte ich sie. „Ja, die Kinder sind übers Wochenende bei ihrem Vater." „Gut, dann los, wir haben 2 Stunden Zeit, dann sollte ich nach Hause." Sie nickte und war einverstanden. Ich fuhr ihr nach und wir landeten kurz darauf in einer kleinen Ortschaft nahe Ismaning. Sie wohnte schick in einem großen Haus. Während sie sich frisch machte, erfrischte ich mich mit einem Minzdrop.

Dann kam sie und setzte sich aufs Bett. „Na, dann zeig mal, was Du kannst", lud sie mich ein, loszulegen. Ich legte mein Sakko beiseite, kniete mich zu ihr aufs Bett und küsste sie. Zuerst sanft, dann wilder mit Zunge. Gleichzeitig drückte ich sie nach unten, bis ich auf ihr lag. Meine Hände waren unter ihrer Bluse und spürten ihre Riesendinger. Ihre Brustwarzen waren auch riesig und verdammt hart.

Frauke schien mein Liebesspiel zu gefallen. Schließlich zog ich ihr den Rock aus, drunter hatte sie kein Höschen. So ein Luder! Ich konzentrierte mich voll auf sie und streichelte ihre kahl rasierte Muschi. Dann widmete ich mich ihrer schiefen Klitoris und bearbeitete diese zuerst mit einem Finger, dann mit mehreren, schließlich mit Mund und Zunge. Der zeige ist, was guter Sex ist, dachte ich, und gab mein Bestes.

Aber irgendwie war das nicht gut genug, denn die große Blondine mit den roten Schuhen kam einfach nicht zum Orgasmus. Ich leckte, saugte und rubbelte da unten rum, mindestens 20 Minuten, aber sie kam einfach nicht, die blöde Kuh. Zwar stöhnte sie ganz gut, aber je länger es dauerte, desto unsicherer wurde ich. Normal brauche ich nicht länger als 10 Minuten, um jede Frau der Welt zu einem Orgasmus zu bringen. Mit meiner speziellen Lecktechnik schaffe ich das sogar in unter 5 Minuten.

Aber diese Frauke schien orgasmusresistent zu sein. Als ich schon verzweifelt aufhören wollte, wurde sie lauter und kam wie ein Erdrutsch. Sie schüttelte sich und zuckte, als wenn ich sie unter Strom gesetzt hätte. 220 Volt.

125

Als das Erdbeben fertig war, schaute sie mich glücklich an und meinte: „Also, das ist der erste Orgasmus, den mir ein Mann besorgen konnte, seit 4 Jahren!"

Im Nachgespräch stellte sich heraus, dass Frauke massive Orgasmusprobleme hatte, aber nur mit Mann. Allein konnte sie sich ohne Hindernisse zum Höhepunkt rubbeln oder vibrieren, aber in der Interaktion mit einem Mann würde das so gut wie nie klappen. Als Entschuldigung berichtete sie von einer brutalen Vergewaltigung, als sie 17 war. „Seitdem komme ich mit Männern so gut wie nie." Armes Ding, aber ich hatte es geschafft. Ich, der Womanizer!

Und ich wollte Frauke beweisen, dass ich wirklich einer der Allerbesten bin. Also lenkte ich das Gespräch aufs Küssen um und penetrierte sie. Da sie die Spirale hatte und gesund aussah, verzichteten wir aufs Kondom. Ich fickte sie von oben, während ich mit meiner Zunge ihre liebkoste. Je härter ich fickte, desto besser gefiel es ihr.

Nach 10 Minuten spritzte ich ab. Frauke war glücklich und attestierte mir: „Du hast echt gehalten, was Du versprochen hast. Du weißt, wie man eine Frau befriedigt!" „Und Du? Weißt Du, wie man einen Mann befriedigt?", gab ich ihr zurück. „Na klar", triumphierte sie. „Beweise es!", konterte ich. „Kannst Du denn schon wieder?" „Gib mir ein paar Minuten, dann kannst Du zeigen, wie gut Du bist."

Frauke sah verdammt sexy aus, doch leider blies sie grottenschlecht. Mein Penis wurde einfach nicht richtig steif in ihrem Mund. Sie gab sich sicher größte Mühe, doch es war vergebens. Sie arbeitete viel zu viel mit ihren spitzen Zähnen und hatte keine Ahnung davon, was beim Blasen wirklich wichtig ist. Nach 15 Minuten verging mir die Lust und ich bat sie, mit der Hand weiterzumachen. Doch leider war auch dies nicht ihre Stärke. Viel zu fest umschloss sie meinen weichen Dong und schleuderte ihn hin und her. Sie bog ihn in Winkel, die nicht gut sind für ihn.

Nach weiteren 5 Minuten brach ich das Ganze ab. „Also, ich bin schon ein wenig enttäuscht, muss ich zugeben", raunzte ich los, „irgendwie funktioniert das nicht, so, wie Du es machst." Das machte Frauke wütend. „Das liegt aber nicht an mir. Ich kann jeden Mann zum Orgasmus bringen!"

„Aber doch nicht so!", fauchte ich zurück. „Das ist ja mega-peinlich, was Du machst. Zuerst beißt Du blöd an ihm herum, dann brichst und quetschst Du ihn mir fast ab – Junge, Junge, das ist echt traurig."

„Das liegt an Dir! Du bist doch eben schon gekommen, daher klappt´s jetzt nicht mehr", warf sie mir vor. „Ach ja?", griff ich nach meinem Schwanz. „Ich zeige Dir mal, wie einfach das ist."

Ich wichste ihn mir in 1 Minute steif und spritze nach 3 Minuten mein Sperma aufs Bett. „So, Du siehst, es lag nicht an mir." Frauke schluckte tief. Mit dieser Niederlage konnte sie nicht umgehen. „Hau ab, Du Drecksack, und lass Dich hier nie wieder blicken!" Hastig zog ich mich an und knallte die Tür hinter mir zu. „Blöde Nutte!", schimpfte ich noch und fuhr frustriert nach Hause.

Kapitel 23

Andreas geheime Kiste

Ich war im Keller unterwegs und auf der Suche nach bestimmten Unterlagen aus meiner Vergangenheit, doch dafür musste ich erst Andreas Kisten beiseite räumen. Eine nach der anderen. Auch sie hatte viel Krimskrams in die Beziehung mitgebracht aus ihrer Vergangenheit, Sachen, die wir in unserer Wohnung nicht brauchten.

Die Kisten waren allesamt deutlich beschriftet, nur eine nicht. Das machte mich neugierig. Ich war allein unten und hatte meine Ruhe, also konnte ich auch einen Blick riskieren. Vorsichtig öffnete ich die Truhe und schaute rein. Nichts Besonderes. Blätter, Gegenstände, Sonstiges, ausgedruckte Fotos … und ein USB-Stick, der in einem undurchsichtigen Umschlag verklebt und eingerollt war.

Dieser Stick machte mich neugierig. Ich musste den Inhalt sehen. Ich räumte alles wieder zurück und lebte weiter. Als Andrea eines späten Nachmittags mit den Kindern im Zoo und ich früher als geplant schon zu Hause war, sah ich meine Gelegenheit gekommen. Andrea würde gegen 19 Uhr zurück sein, es war 17 Uhr, also hatte ich Zeit. Ich holte mir den USB-Stick, stöpselte ihn an meinen Laptop an und wartete auf die Ordner.

Ich überflog sie, aber nur einer interessierte mich: Der, der mit „x" beschrieben war. Ich doppelklickte und stieß auf 2 Unterordner. Einer hieß „x Fotos", einer „x Videos". Wahnsinn, dachte ich, mein liebes braves Frauchen hat also doch ein Geheimnis. Und dieses werde ich jetzt lüften!

Ich öffnete den Fotoordner, und über 500 Fotos waren da drin. Nacktfotos von Andrea, Selfies, die noch vor meiner Zeit waren. Jung war sie da, 18 oder 19. Sie stand vor dem Spiegel und posierte sehr verführerisch. Dann Nacktfotos, die jemand von ihr gemacht hat, wahrscheinlich ihr erster Freund oder irgendein Macho-Stecher. Sehr lasziv und versaut sah sie aus auf den Fotos, mein Schatz. Dann Fotos, auf denen sie gefickt wurde, Arsch-Pics von hinten.

Mein Penis war längst steif und ich kopierte mir alle Fotos auf meinen Laptop. Nun zum Video-Ordner. Doppelklick. 3 Dateien. Datei 1: Andrea masturbiert. Alleine. Oh la la. Jugendsünde. Hübsch. Geil. Datei 2: Andrea bläst einen Schwanz. Hui! Sie kniet, er steht und filmt manuell von oben. Er wichst sich selbst zu Ende und spritzt auf ihre Brüste. Krass!

Datei 3: Andrea wird von einem Kerl gebumst. Scheint körperlich derselbe zu sein wie der Blowjob-Fritze. Sie reitet ihn, er fickt und kommt von hinten in ihr. 3 Amateuraufnahmen, die aber ihren wahnsinnigen Reiz haben. Während der Videos habe ich mir einen runtergeholt, zu den Jugendsünden meiner Frau, die nun auf meinem Laptop sind. Ich brachte den Stick wieder in den Keller.

Zeitsprung. 2,5 Wochen später: Andrea und ich hatten Paarabend. Die Kinder durften bei Freunden übernachten, wir machten es uns gemütlich und romantisch. Andrea sah sehr gut aus. Ihr ging es gut, sie fühlte sich in ihrer Haut wohl. Als wir im Bett kuschelten, sagte ich auf einmal: „Du bist so schön, mein Schatz. Diese Schönheit verdient ein Foto für die Ewigkeit." „Wie meinst Du das?", fragte sie unsicher zurück. „Leg Dich mal quer übers Bett, ganz lasziv", kommandierte ich sie und holte meine teure Kamera aus der Schublade.

„Was hast Du vor?" „1, 2 schöne erotische Fotos von Dir machen." Sie zögerte kurz, doch dann war der Bann gebrochen. Andrea begab sich in verführerische Pose und kokettierte mit mir. Ich stand über ihr und blitzte hinab. Tolle Fotos! Geile Fotos! Andrea spielte erstaunlich bereitwillig mit und griff nach wenigen Minuten nach meinem Penis, der steif wie eine Eins von mir abstand. Genüsslich leckte sie meine Eier und nahm ihn tief in ihren Mund. Klick. Klick.

Ich fotografierte weiter, während sie mir gut einen blies. Bevor ich kam, drückte ich auf die Filmfunktion. Andrea bemerkte dies und wichste zu Ende, sodass mein Samenerguss sichtbar war. Es war geil! Glücklich ließ ich mich auf sie fallen und wir knutschten lachend wie 2 verliebte Teenager, die gerade einen kleinen Porno gedreht haben.

Einen großen Porno drehten wir später, die Andrea war überraschend in Laune dazu und bereit, die Kamera mitlaufen zu lassen. Ich leckte sie fett und nach 69 fickte ich sie, dann sie mich. Erneut wichste sie mich zu Ende und nahm ihn nach dem dritten Spritzer in den Mund, um fertig zu blasen. Genial war das! Danach schauten wir unser Meisterwerk an und schliefen ein.

Andrea weiß bis heute nichts davon, dass ich ihre Jugendsünden entdeckt und angeschaut und dass ich sie auf meinem Laptop verschlüsselt deponiert habe. Dort befinden sich auch die Nacktfotos von Andrea, die ich gemacht habe, sowie unser gemeinsamer Porno. Hin und wieder schaue ich mir das Ganze in Ruhe an und bin einfach nur glücklich.

Kapitel 24:
Sabrina

Dass ich mal mit einer Ü-50erin schlafen würde, hätte ich nie gedacht. Aber Sabrina war so eine. Eine Ausnahme unter den bereits verwelkten Frauen. Sie sah aus wie Sophia Loren. Ihre Ausstrahlung erfüllte den Raum, Klasse und Stil hatte sie, auch Rasse. Sie hatte italienische Wurzeln und war die Chefin einer anderen großen TV-Produktionsfirma, mit der wir für ein Projekt kooperierten. Dazu mussten wir nach Hannover.

Zu viert flogen wir hoch und blieben 5 Tage. Sabrina holte uns persönlich ab, und ich war entzückt. Noch nie hatte ich Interesse für eine Frau dieses Alters, aber Sabrina sah aus wie 35. Ihre 52 sah man ihr keinesfalls an. Herzlich begrüßte sie uns und brachte uns ins Hotel. Nach dem gemeinsamen Abendessen blieben Sabrina und ich sitzen, um die 4 Tage komplett durchzuplanen.

Sie zeigte viel Bein, aber schönes Bein. Ihre langen rötlich-gefärbten braunen Haare hatte sie frisch vom Frisör gebügelt bekommen. Make-up: Dezent, aber effektiv. Brüste: Gut. Figur: Top! Schöne Hände und künstlerisch dekorierte Fingernägel. Wir verstanden uns gut und flirteten recht bald miteinander. Der Altersunterschied spielte für mich keine Rolle. Irgendwann war uns beiden klar: Das endet heute noch im Bett.

Also warum das Ganze hinauszögern? Hier werden Nägel mit Köpfen gemacht! Jawohl. Sabrina orderte noch eine Flasche Schampus, und zusammen machten wir uns auf in mein Zimmer. Dort zog Sabrina ihr Gewand aus. Zum Vorschein kam der schönste Ü-50er-Körper, den ich je gesehen habe. Schöner als alle Ü-50er-Körper, die ich jemals in der Sauna sah, war der. Sabrinas Körper war in Topform, sie auch, als sie zu knutschen begann.

Ich hatte das Gefühl, ich werde gleich von 2 Frauen geküsst, so intensiv tat sie das. Auf lästiges Petting hatte sie keine Lust, sie wollte mich sofort spüren. Meine Versuche, ihn ihr erst mal in die Hand zu drücken oder in den Mund zu stecken, scheiterten kläglich. Sie wollte ficken. Na gut.

Steif war er ja schon, also zog ich mir das Kondom über, das sie mir in die Hand drückte, und drang in sie ein. Es fühlte sich sehr weich an und etwas weit, kein Wunder in dem Alter. Ich fickte sie tief, und das in mehreren Stellungen. Ihre Muschi war saftig und tropfte. Dabei stöhnte sie professionell.

Als sie dann auf mir reiten durfte, kam sie dreimal hintereinander, im Abstand von jeweils 1 Minute. Nach ihrem dritten Mal war mein erstes Mal. Ich schoss meinen Jubelsaft in die Hülle hinein und war ebenso durchschwitzt vom Akt der Chefliebe.

Nach einem Glas Schampus wollte die Gute nochmal gefickt werden. Ich erfüllte ihr den Wunsch, doch auch diesmal kam ich zu kurz mit meinen Blowjob- und Handjob-Fantasien davor. Ich nagelte sie von hinten in Luke 1, dann in Luke 2, danach durfte sie sich wieder selbst zum Orgasmus reiten, diesmal andersherum. Sie rutschte auf mir hin und her, bis sie erneut mehrfach hintereinander kam, und dann ich meine Ladung abschoss.

Übernachten wollte sie aber nicht bei mir, sie küsste mich auf den Mund und verabschiedete sich mit den Worten „Bis morgen, Süßer!". Der nächste Tag war stressig und lang. Am Abend fragte ich Sabrina, doch die wollte nur noch schlafen bei sich zu Hause. Ich aber war geil und sexhungrig. Also auf die Pirsch!

Ich ging in eine Bar, die mir empfohlen wurde, und bestellte mir ein Bier. Ich schaute in die Runde, doch fündig wurde ich nicht. Schade. Dann halt noch eines. Plötzlich kam eine junge Schwarze ins Lokal und nahm neben mir Platz. Sie war echt schwarz. Sie bestellte ein Helles. Ich musterte sie. Sie war etwa Mitte 20 und schön. Normalerweise stehe ich nicht auf Frauen dieser Art, diese Unbekannte war eine Ausnahme.

Ich musterte sie. Etwa 1,70 m groß, schlank, mittellange schwarze Haare, schöne Hände, volle Lippen, süße Augen. Ins Gespräch mit ihr zu kommen war gar nicht einfach, da sie kaum Deutsch konnte und nur sehr wenig Englisch. Ich erfuhr, dass sie als Flüchtling vor 1 Jahr aus Afrika rüberkam und nun in Deutschland ein neues Leben begonnen hat. Sie hieß Shari, was das weite Land, die Beschützte, Prinzessin, Tochter des Königs, ungeschliffener Diamant oder Kind der Sonnengöttin bedeutet.

Das Gespräch war sehr holprig, aber das hinderte mich nicht daran, mit ihr zu flirten. Sie ließ es sich gefallen und kokettierte mit ihren Reizen. Als ich ihr meine Intention auf Sex klarmachte und ihr meine Einladung auf eine heiße Nacht ins Ohr flüsterte, drückte sie mich weg und rieb ihre Finger vor meinen Augen hin und her. Das Money-Symbol!

Aha, Geld will sie also, die Schlampe. Ich war erstmal sprachlos über die Hobby-Prostituierte. Nach Deutschland kommen, dem Staat das Geld aus der Tasche ziehen, alle Leistungen in Anspruch nehmen, nicht arbeiten wollen, aber abends dann schwarz anschaffen gehen – so haben wir das gern!

„Money, Money", flötete sie weiter. „Wie viel?", fragte ich zurück. „Hundred Euros!", stammelte sie in miserablem Deutsch. Naja, dachte ich, im Puff kostet das auch so viel für eine Dreiviertelstunde, also warum nicht? Diese Shari fand ich optisch einfach sehr reizvoll, also warum mir nicht dieses Abenteuer gönnen? „Ja", willigte ich ein und erklärte ihr, dass wir dazu in mein Hotelzimmer gehen.

Sie wollte lieber irgendwo ums Eck im Gebüsch, wenn ich sie richtig verstanden habe, aber das kam für mich nicht infrage. „No, Hotel", dominierte ich sie. „Hundred Euros for Fuck in Hotel." Sie nickte schließlich, ich zahlte unsere Drinks und wir gingen.

Sharis Körper war nicht so schön, wie ich dachte. Einige hässliche Narben kamen zum Vorschein. Die Arme muss verprügelt, vergewaltigt oder gefoltert worden sein, wahrscheinlich alles zusammen. Bereitwillig legte sie ihren schwarzen Körper auf das weiße Bettlaken und spreizte ihre Beine. „First Money, then Fuck." Wie unromantisch! Ich hatte es hier mit einer eiskalten Geschäftsfrau zu tun.

Ich kramte in meinem Geldbeutel, holte 50 Euro heraus und legte diese auf den Nachttisch. „Half Money now, rest Money after Fuck." Ihr blieb nichts anderes übrig, als mitzumachen. Ohne Kondom wollte ich die nicht vögeln. Ihr war es egal, aber mir nicht. Ich hatte Gott sei Dank noch Gummis dabei und stülpte mit ein Noppiges über.

Dann drang ich in den schwarzen Tunnel ein. Da die Kleine nicht richtig mitfickte und auch nicht stöhnte, sondern es mehr oder weniger über sich ergehen ließ, nagelte ich sie zur

Strafe richtig hart durch. Meine Stöße waren brutal, es musste einfach sein. Das Bett wackelte, ich kam mir fast schon wie ein Monster vor, so hart penetrierte ich ihre Stoppelhaar-Pussy.

Ihr Gesicht war verzerrt, aber sie schrie nicht. Nach 10 Minuten war ich am Ende und ließ es kommen. „Money", forderte die Gefickte von mir. „Ja, ja", nervte es mich, und ich ging mit gefülltem Kondom an meinem Schwanz zu meiner Börse und hielt ihr den zweiten Fünfziger hin.

„You get, but after Massage. Hundred Euro für 1 Stunde, not for 10 Minuten", stammelte ich ihr in ihrem Englisch-Deutsch entgegen. Sie guckte verdutzt. „No, Money for Fuck." „Aber doch nicht für nur 10 Minuten! Im Puff 100 Euro für one Stunde!" Das verstand sie. Ich guckte sie böse an, da fügte sie sich.

„Blokey", nickte sie, „aber Money now!" „Nein, Rest-Money after Massage!" Ich hatte die Hosen an, ich war es, der bestimmte, für 100 Euro will ich ja schließlich auch eine angebrachte Gegenleistung haben. Also legte ich mich bequem aufs Bett und gab ihr das Symbol, meinen Rücken zu massieren. Sklavisch tat sie das. Lustlos und mittelmäßig fühlte es sich an, aber mir gefiel es trotzdem.

„Down, Po", kommandierte ich ihre Hände tiefer. Sie knetete meinen durchtrainierten Hintern durch und berührte mehrfach meine Eier, wobei ich meine Beine breit machte und ihr so den Zugriff erleichterte. Schnell war mein Dong wieder steif. Ich drehte mich um und gab ihr das Zeichen, sich mit ihren Händen um meinen Helden zu kümmern. Sie wollte blasen, aber ich wollte mir weder die Pest noch die Cholera, auch nicht AIDS holen. „Hands!"

Ihre dunklen Finger umschlossen meinen Dick echt gut. Sie wichste schnell, da sie es schnell zu Ende bringen wollte. „Slow, slow!", fuhr ich ihr in die Attacke und schaute sie böse an. Sie hatte Angst und gehorchte. Ja, so machte mir den Handjob nun Spaß! Gut wichste und massierte sie meinen Prödel rauf und runter.

Irgendwann überschritt ich den point of no return und spritzte stöhnend ab. Shari zuckte und ließ von meinem Dick ab. So etwas mag ich gar nicht! Zu Ende wichsen ist Pflicht! Ich zog ihre Hand wieder zurück an meinen Penis und sie musste weiter masturbieren, bis mein Orgasmus komplett abgeschlossen und mein ganzes Sperma draußen war. „Hier", drückte ich ihr den zweiten 50er in die Hand.

Eilig wusch sie sich die Hände, zog sich an und ging mit ihrem Geld. Ich duschte mich ab und legte mich Schlafen. Am nächsten Abend war Sabrina wieder dran. Und auch diesmal zählte für sie nur der Fick. Kein Handjob, kein Blowjob. Nur Knutschen und Ficken. Mir egal.

Ich fickte sie und schenkte uns beiden Orgasmen. Dasselbe in Nacht Nr. 4. Tags darauf war das Abenteuer Sabrina beendet, fürs Erste, denn eine weitere Zusammenarbeit war bereits geplant und terminiert.

Kapitel 25:
Unmoralische Angebote

Sind immer sehr spannend. Es ist extrem knisternd, wenn die Voraussetzungen ganz besondere sind. Das übliche Szenario – Frau kennenlernen, mit ihr flirten, Sex mit ihr haben, Ciao – das kenne ich zur Genüge. Alles gut damit.

Aber auch unmoralische Angebote kenne ich zur Genüge. Diese sind immer etwas Spezielles, da sie entweder verboten sind oder irgendeinen anderen Haken haben. Viele dieser unmoralischen Angebote habe ich angenommen, andere abgelehnt. Als verheirateter Mann, Vater zweier Kinder und in langjähriger Partnerschaft mit meiner tollen Frau Andrea habe ich schon viele Betten anderer Frauen kennengelernt.

„Nein" zu sagen fällt mir äußerst schwer bei einer attraktiven Frau, aber manchmal ist es besser so. So z.B. bei Jeanette. Die war nämlich erst 16 und geil auf mich. Ich war zu diesem Zeitpunkte bereits Anfang 30. So sexy die Schülerin, die mich massiv auf einem Konzert bedrängt hatte, auch war, mir war es zu riskant, mit ihr in die Kiste zu gehen. Nicht einmal auf einen Blowjob in den Büschen ließ ich mich ein.

Ein anderes unmoralisches Angebot war das von Andreas ehemals bester Freundin Lana-Christina. Diese Tussy baggerte mich ungeniert an, während ich im dritten Jahr mit Andrea zusammen war. Lana-Christina sah toll aus, ihr Körper war der Wahnsinn. Dazu war sie sehr nett. Als wir zusammen im Freibad waren und Andrea auf Toilette, schlug sie mir aus dem heiteren Himmel einen Fick vor.

„Also, wenn Du mal Lust auf Abwechslung hast, Dich würde ich nicht von der Bettkante stoßen", grinste sie mich an. „Unverbindlichen Sex kannst Du jederzeit mit mir haben, Andrea wird davon nichts erfahren", lockte sie mich.

Ich war sprachlos. Doch sie meinte es ernst: „Du gefällst mir! Ich beneide Andrea um Dich. Ich würde Dich gerne mal so richtig verwöhnen und Dich spüren", säuselte sie mir ins Ohr, ehe Andrea zurückkam. Ich hatte einen Steifen bekommen und bedeckte ihn mit einem Handtuch.

Lana-Christina hatte dies natürlich bemerkt und flirtete hinter Andreas Rücken kräftig weiter mit mir. Als wir im Wasser waren, suchte sie Körperkontakt und versuchte, mich unter Wasser zu drücken. Was für Andrea harmlos aussah, war in Wirklichkeit ein heißer Flirt. Wir beide kämpften und ihre Hände waren überall.

Andrea lachte, weil sie es nicht kapierte, und auch ich nutzte die Gunst der Stunde und spürte jeden Zentimeter von Lana-Christinas Traumkörper. Die hübsche Blondine hatte es mir angetan. Dieses unmoralische Angebot musste ich einfach nutzen! So kam es, dass ich einen One Night Stand mit Andreas Busenfreundin hatte. Dieser fand bei ihr statt.

Lana-Christina empfing mich überschwänglich und megasexy. Sie wusste genau, was sie wollte: Mich. „Das bleibt aber unser Geheimnis", stellte ich sicher und spürte schon ihre roten Lippen auf meinen. Gut fühlten sie sich an, genauso wie ihre Hände, die mich nun zum zweiten Mal abtasteten und erforschten. Schnell war ich nackt, sie auch. Ihr Körper war der Hammer! Wer die Playboy-Fotos des hübschen Stunt-Models Miriam Höller kennt, weiß, wovon ich rede.

Lana-Christina gab mir einen Blowjob, den ich nie vergessen werde. Derart leidenschaftlich lutschte und blies sie meinen Penismann, dass ich alles um mich herum vergaß. Ihre linke Hand kraulte dabei meine Eier, während ihre rechte meinen Dong sanft umschloss. Nach nur wenigen Minuten war es schon vorbei: Mein Sperma verteilte sich in ihrem Mund und wurde einfach so vernichtet. Genüsslich öffnete sie ihren Mund, um mir zu beweisen, dass sie alles geschluckt hatte. Eine Leistung bei meiner Spermamenge!

Nun machte ich oral. Ich küsste Lana-Christinas wunderschöne Schmetterlingsklitoris und leckte ihre Schamlippen auf und ab. Meine Zungenspiele brachten sie schnell zum Orgasmus Nummer 1, dann zum Orgasmus Nummer 2. Nach einer kurzen Pause vögelten wir uns das Hirn raus. Es war stark leidenschaftlicher Sex vom allerfeinsten.

Ein paar Mal trafen wir uns dann noch und vergnügten uns geil, ehe Lana-Christina ein erstklassiges Jobangebot aus Bregenz, Österreich erhielt und wegzog. Leider ging daran auch die intensive Freundschaft beider Frauen kaputt.

Ein anderes unmoralisches Angebot erhielt ich von einem … Mann: Klaus, der mir seine Frau anbot. Klaus und Jule führten eine offene Ehe, ich kannte beide aus dem Fitnessstudio und verstand mich gut mit ihnen. Klaus war eine Hühne, knapp 2 m groß und voller Muskeln. Jule war eine Powerfrau, die fünfmal die Woche ihren Körper formte.

Eines Trainingsabends bot Klaus mir einen Fick mit seiner Frau an, genauer gesagt einen Dreier mit ihr und ihm. „Wir sind offen und suchen immer wieder neue Sexpartner, Du verstehst? Du gefällst der Jule gut, und auch wir beide verstehen uns doch prima. Hast Du Lust?" „Wie stellt Ihr Euch das denn genau vor?", fragte ich nach.

„Na, Du kannst mit der Jule machen, was Du bzw. was Ihr wollt, und ich schaue zu. Ich stehe auf sowas. Und irgendwann steige ich ein und wir können Jule doppelficken." „Sorry, nicht mein Ding", antwortete ich dem Glatzenmann, „nicht böse sein." „Alles gut", schlug er ein und wir trainierten weiter.

Am nächsten Trainingsabend versuchte Jule es. Sexy marschierte sie auf mich zu und meinte: „Da hat mir der Klaus doch erzählt, dass Du keine Lust auf mich hast …", zwinkerte sie mir zu. „Verstehe mich nicht falsch, Jule", gab ich zurück, „das Angebot, mit Dir Sex zu haben, ist sehr reizvoll, aber ich stehe nun mal nicht darauf, wenn ein anderer Mann dabei ist im Raum."

„Verstehe …", sinnierte sie, „dann lassen wir Klaus einfach raus." Ich glotzte sie an. „Nur wir beide." „Und was ist mit Klaus?" „Der wird das schon schlucken", meinte sie lächelnd, „ich werde es ihm schonend beibringen." Und tatsächlich hatte der Klaus nichts dagegen. Einzige Bedingung von Klaus: Keine Küsse. Damit war ich einverstanden.

Und so kam es, dass Jule und ich heißen Sex hatten, im Haus von den beiden. Jules Körper war fast schon der einer Bodybuilderin, sehr muskulös und trainiert, die hatte echt Power. Optisch waren mir diese vielen Definitionen leider nicht sexy, aber die Frau hatte eine echt krasse Kondition beim Reiten. Wie ein wildes Tier ritt sie mich über 20 Minuten lang im abartigen Tempo, bis ich – nachdem sie 4 Orgasmen hatte – auch endlich Erlösung fand. Mein Höhepunkt war Erlösung pur. Salvation, here I come!

Durchgeschwitzt und erschöpft lag ich da und wollte die Muskelpussy nun lecken. Jule kam noch zweimal, dann war ich platt und wollte nur noch ausruhen, doch sie wollte nochmal ficken. Ich ließ sie erneut reiten bis in den Wahnsinn.

Dieses intime Erlebnis änderte nichts an meinem guten Verhältnis zu Klaus. Es wurde zwischen uns kein Wort darüber verloren, wir sahen uns öfter im Fitnessstudio, wo er und Jule hart trainierten und sicher noch andere „Opfer" für Jules Sexlust fanden.

Sex für Karriere habe ich schon oft ermöglicht. Jungen Mädels bei uns in der Firma z.B. Aber mich selbst hochgeschlafen habe ich noch nie. Zweimal hatte ich solch ein Angebot, wo ich ältere Frauen hätte befriedigen sollen für Karriere, aber so eine Nutte bin ich nicht.

Ich hätte zwar schneller Karriere gemacht und würde heute sicher noch mehr verdienen, als ich das ohnehin schon tue, aber verkaufen kann, werde und will ich mich nicht. Niemals! An niemanden! Apropos Geld: Wie schön es ist, viel Geld zu haben, bringt mich zu Torrie und Whitney.

Kapitel 26:
Torrie & Whitney

Diese beiden bildhübschen Hostessen lernte ich während eines geschäftlichen England-Aufenthalts kennen. Ich war für einige Tage im schönen Oxford und hatte die Aufgabe, mit den „Chippies" ein neues TV-Format zu finalisieren. Meine Expertise ist mittlerweile weit über die Grenzen Deutschlands bekannt und gefragt.

Ich war alleine unterwegs und kam in ein rein männliches Team, was mich sehr ärgerte, da hübsche Beine und Gesichter immer eine schöne Auflockerung während der Arbeit für mich darstellen. Der erste Tag war voller Arbeit, bis spät nachts, aber am zweiten Tag steigerte sich meine Lust nach Sex enorm. Ich entschloss, mir mal wieder eine Hostess zu gönnen. Nette Abendbegleitung, schöne Nacht und so.

Übers Internet fand ich schnell die passende Agentur und hübsche Damen. Ich blieb bei Torrie hängen. Einer wunderhübschen 28-Jährigen. Blonde lange Haare, Hammerfigur. Große Augen, süßes Lächeln, lange Beine. Ihre Fotos überzeugten mich und ich buchte sie für den nächsten Abend.

Wie ein Kind freute ich mich an Tag 3 auf mein Date. Torrie erschien sexy-elegant beim vereinbarten Restaurant. Sie war ihre umgerechnet 1000 Euro auf jeden Fall wert. Abgemacht waren Abend plus Nacht. „Hello, I'm Torrie, nice to meet you", stellte sie sich im Oxforder Akzent vor. Wir aßen schick und unterhielten uns prima.

Torrie hatte die besten Manieren, Stil und Etikette. Eine richtige Lady war sie. Sie fragte mich ein wenig über mich aus, ich erzählte ihr das Nötigste und dachte schon längst an den Sex mit ihr. Später fuhren wir dann in mein Hotel, wo es ernst wurde. Romantisch kamen wir zur Sache. Sexy schälte sich Torrie aus ihrem Abendkleid und präsentierte mir Reizwäsche der Marke „superteuer, aber supergeil". Ich zog ihr den BH aus, sie sich ihren String-Tanga. Zum Vorschein kam ein Luxuskörper. Kein Gramm Fett zu viel, perfekte Kurven, schöne stehende Brüste, glatt rasierte Muschi, rot lackierte Fingernägel.

Lasziv drückte sie mich aufs Bett und küsste mich. Ich küsste mit. Die meisten Hostessen küssen ja nicht, aber Torrie tat es gerne und intensiv. Ich schien ihr also zu gefallen. Geil! Ihre Hände waren in meiner Hose und kneteten meine Salami. Kurz darauf war auch ich nackt und Torrie fragte mich, wie ich es gerne hätte.

„Ridin'", wünschte ich mir. Sie stülpte mir ein Kondom über und hockte sich auf mich drauf. Ganz langsam ließ Torrie meinen 15 cm Penis tief in ihre Muschi gleiten. Und genauso langsam ritt sie ihn auch. Ich hätte gerne schneller gehabt, doch verstand ebenso schnell, dass ihre Technik unglaublich intensiv war.

Über 20 Minuten war ich so in ihr, erotisch und sinnlich ritt sie ganz langsam meinen Dong hoch und runter und trieb mich so an den Rand des Wahnsinns. Dann merkte ich, dass alles ein Ende nehmen musste. Mein Orgasmus kam immer näher. Torrie spürte meine stärker werdende Nervosität und ritt genüsslich in Slowmotion weiter. Ich kam. Hammer! Mein Körper verwandelte sich in Hulk, meine Muskeln spannten sich derart an, als wäre ich aus Stein, dann die Erlösung.

So einen krassintensiven Orgasmus hatte ich lange nicht mehr erlebt! Torrie beobachtete mich dabei und grinste. Sie genoss es doch auch! Erledigt ruhte ich mich aus und hielt Torrie in meinem Arm. Was für eine Superfrau! Ein bisschen Smalltalk überbrückte die Pause, bis ich wieder bereit war. „One more?", fragte sie etwas überrascht, als sie mein steifes Glied bemerkte.

„Yes", lächelte ich und überschüttete sie mit Komplimenten, dass meine starke sexuelle Erregung an ihrer unglaublichen Schönheit lag. Das freute sie sehr. Ich wollte mehr und fragte sie, ob sie erneut – genauso wie vorher – auf mir reiten würde und ich dies mit meinem iPhone filmen dürfe. Sie guckte mich verdutzt an, meinte aber dann: „Alright, for a little extra."

Diese „little extra" betrug umgerechnet 140 Euro. Das war es mir wert. Ich legte mich hin, nahm mein iPhone in die Hand und drückte aufs Knöpfchen. Torrie lächelte in die Kamera und kam auf mich zu. Sie nahm meinen Penis in die Hand und spielte kurz mit ihm. Dann war das Kondom dran. Diesmal nahm sie ihn mit Kondom sogar kurz in den Mund für einen Blowjob-Teaser, dann hockte sie sich erneut auf mich drauf und begann ihren Slowmotion-Ritt. Ich schaute durchs iPhone und sah, wie mein steifer Penis ihre wunderschöne Muschi fickte bzw. wie ihre wunderschöne Muschi meinen steifen Penis fickte. Geil!

Dass ich meine Frau wieder einmal betrog, war mir in diesem Moment mal wieder scheißegal. Ich verletze sie damit ja nicht. Ich tue ihr nichts Böses. Ich habe lediglich meinen Spaß und hole mir das, was ich brauche.

Sweet Torrie ritt genauso geil und intensiv wie vorhin. Und auch diesmal dauerte es wunderschöne 20 Minuten, bis ich meinen Höhepunkt erreichte. Laut stöhnend kam ich und nahm meine ganzen Zuckungen mit auf, dann ihr strahlendes Gesicht im Close-up, dann ihre Brüste im Close-up. „Thanks", bedankte ich mich artig für die Filmerlaubnis und küsste sie auf ihren Mund.

Die Nacht blieb sie bei mir. Am nächsten Morgen ging es um 6 Uhr weiter. Ich musste um 9 im Office sein, also hatten wir noch Zeit für geilen Morgensex. Diesmal bat ich sie um einen Blowjob. Den gab sie mir, sogar ohne Kondom. Sie konnte irrsinnig gut blasen. Es dauerte nicht mal 5 Minuten, ehe ich ihr das Zeichen gab. Elegant wichste sie alles aus mir raus.

Ich bedankte mich mit Küssen auf den Mund und tiefer. Je tiefer ich kam, desto mehr ließ sie sich fallen. Schließlich hatte ich ihre Klitoris im Mund. Die war megasensitiv und duftete nach Rose und Jasmin. Ich präsentierte ihr meine legendäre Lecktechnik und schenkte ihr so 2 sehr heftige Orgasmen. Viele Hostessen lassen sich nicht von ihren Kunden dort unten lecken und zum Höhepunkt bringen, aber diese Torrie war echt locker drauf und spielte mit. Schließlich bekam sie zur Belohnung ja auch 2 geile Orgasmen.

Ein letzter Fick noch, dann musste ich mich fertigmachen und gehen. Diesmal nagelte ich sie Doggy Style und knetete dabei ihren wohlgeformten Arsch durch. Zum Abschied fragte ich Torrie nach einem weiteren Date für den Abend und die Nacht, sie sagte zu. Tagsüber erhielt ich eine Sms. Es war Torrie. Sie bot mir an, ihre Kollegin Whitney mitzubringen. Im Doppelpack würde es dann nur 1650 statt 2000 Euro kosten, und ich dürfe mit den beiden alles machen was ich wolle, inklusive filmen.

Was dann folgte, war ein Foto von Whitney. Sie sah aus wie die Zwillingsschwester von Lindsay Lohan. Wow! Die musste ich haben!

„Deal", antwortete ich Torrie, die das mit einem Smiley quittierte. Um Punkt 19 Uhr traf ich beide Ladies beim Edel-Italiener. Whitney war ein Traum. Selten habe ich so ein hübsches Gesicht gesehen, und auch ihre Figur war der Hammer. Sie war ein paar Zentimeter kleiner als Torrie, ihre langen braunen Haare trug sie offen, sie war dezent geschminkt und hatte ein blumiges Top mit kurzem Rock an.

Sie war 24 Jahre jung und machte ebenfalls ein topgepflegten, hochwertigen Eindruck auf mich. Dezent schob ich den Ladies einen Umschlag mit der Bezahlung zu. Nach Check lächelten mich beide süß an. Nach dem leckeren Speisen ging es ins Hotel. Ich hatte mir längst den Plan für den Abend überlegt. Zuerst ein gemeinsames Bad in der sehr großen Badewanne. Torries Körper kannte ich ja schon, nun war Whitney dran, sich zu entblößen.

Auch ihr Körper war der Hammer. Ihr Titten waren gemacht, mittelgroß und schön, sie hatte Schamhaare, aber nur einen hauchdünnen Strich nach unten zur Pforte hin. Zu dritt nahmen wir in der Wanne Platz und dimmten das Licht auf Kuschelmodus. Whitney setzte sich an das eine Ende der Wanne, Torrie an das andere, ich nahm in der Mitte Platz. Schnell wurde daraus ein Sandwich.

Whitney massierte mir die Schultern und den Rücken, Torrie streichelte meinen Hals und meine Brust. Wie geil! Ich fühlte mich als König von England. Whitneys Hände wanderten tiefer und kraulten meinen Po, dann umschlang sie mich und landete in meinem Schoß. Gleichzeitig war auch Torrie dort angekommen. 4 Hände spielten nun mit meinem Dong und mit meinen Glocken.

Ich genoss, während ich von Whitney in den Hals und hinter den Ohren, und von Torrie auf und in den Mund geküsst wurde. Meinen Orgasmus wollte ich aber unbedingt sehen, also stand ich auf und ließ die beiden gute Handarbeit erledigen. Mit jeweils einer Hand masturbierten mich Torrie und Whitney so zu einem dynamischen Orgasmus. Mein Sperma spritze aus der Wanne raus und landete am Boden. Die beiden kicherten wie 2

143

kleine Mädels. „Come on, Ladies", forderte ich die beiden auf, mir ins Bett zu folgen. Dort musste Körperpflege betrieben werden. Eincremen. Zuerst Whitney.

Die sollte sich hinlegen und entspannen. Unsere 4 Hände verteilten die gesunde Creme fachmännisch auf Whitneys Körper. Wir massierten die Creme gut ein und kümmerten uns liebevoll um ihre Arme, ihren Rücken, ihren sexy Po, ihre schönen Beine und Füße. „Turn around, please." Nun war ihre Vorderseite dran. Ich kümmerte mich um ihre Brüste und ihren trainierten Bauch, während Torrie Whitneys Unter- und Oberschenkel eincremte.

Schließlich trafen wir uns an Whitneys Pussy. Abwechselnd und gemeinsam streichelten wir diese und widmeten uns vermehrt ihrer Clit. Whitney genoss es und schwebte im siebten Himmel. Plötzlich war Torries Mund an Whitneys Pussy. Was für ein Bild! Genüsslich und erfahren schlürfte sie darin herum, dann durfte ich. Während ich meine Zungenspiele an ihrer empfindlichsten Stelle veranstaltete, küsste Torrie ihre Kollegin mit Zunge. Whitney kam.

Sie keuchte ihre Stimme in Torries Mund, der fleißig weiterzüngelte. Und auch ich züngelte fleißig weiter, was Whitney kurz darauf einen zweiten und dritten Orgasmus bescherte. Erschöpft aber glücklich zog sie mich an den Haaren hoch und auf sich. Sie drückte mich fest. Nun war es Torrie, die sich auf eine vierhändige erotische Massage freuen durfte.

Ich massierte mit Creme ihre Beine bis zum Po hinauf, Whitney ihre Arme und ihren Rücken. Umdrehen. Ich kümmerte mich um Torries Brüste und ihren Bauch, Whitney um ihre Beine. Wir trafen uns an blanker Pussy. Diesmal war ich der erste, der Oralsex anbot und gab. Während ich Torries Luststelle entfachte und bearbeitete, knutschte Whitney mit ihr und ihren Nippeln.

Torrie kam nach etwa 7 Minuten zu einem Megaorgasmus. Whitney wollte weiterlecken und schenkte Torrie 2 weitere, während ich das Knutschmonster spielte. Ich wusste, jetzt war ich an der Reihe. Ich legte mich entspannt auf den Bauch und genoss, wie 4 zarte Hände zweier wunderhübscher Frauen mich verwöhnten. Da fiel mir ein, ich durfte ja filmen!

„Wait just a Second", richtete ich mich auf und griff nach meinem iPhone. „Torrie, can you put it there on the Table please", bat ich die Blondine um Unterstützung. „Perfect, and now Click on the Red Button!"

Ich konnte sehen, dass die Einstellung passte, also drehte ich mich um. Mein Penis stand bereits wie eine Eins, doch die beiden Damen verstanden es, mich weiter heiß zu machen. Whitney streichelte und küsste meine Brust, meinen Bauch und zwischendurch mich, Torrie massierte und berührte jeden Zentimeter meiner Schenkel sanft und immer erotischer.

„Ah!", stöhnte ich auf, als ich endlich Hände an meinem Penis spürte. Während Torrie meine Eier kraulte und küsste, begann Whitney mit dem Handjob. Aus dem Handjob wurde ein Blowjob. Tief nahm Lindsay 2 ihn in ihren Mund und verwöhnte meine Eichel mit ihrer Zunge. Nun wollte auch Torrie. Sie blies schneller und nahm ihre rechte Hand kräftig zur Hilfe. Dann wieder Whitney. Nur Mund, dafür tief. Es war genial!

Mein Gott, wie geil ist es, viel Geld zu haben, denn mit Geld ist alles möglich! Ich betrachtete die astreinen Körper der beiden Hostessen und genoss, wie professionell sie arbeiteten. „Cumshot!", bereitete ich sie auf den Höhepunkt vor. Whitney übernahm das Ruder und beendete die Massage mit einem fantastischen Handjob in genau der richten Geschwindigkeit und mit genau dem richtigen Druck.

Hoch spritzte es hinaus, die Ladies kicherten, und Torrie wichste den Rest heraus. Wir zelebrierten unser Zusammensein mit einer teuren Flasche Schampus, welche die Stimmung weiter anhob und mich schnell in die Laune versetzte, nun beide ficken zu wollen. Beide gleichzeitig ging leider nicht, daher abwechselnd.

Zuerst Torrie Doggy, dann Whitney Doggy, jeweils so 2 Minuten. Dann Löffelchen. Dann Missionar. Jeweils abwechselnd bzw. hintereinander. „Cumshot is coming soon", kündigte ich an, während ich in Whitney war. Torrie nickte, was bedeutete, ich dürfe in Whitney kommen. Der Orgasmus war heftig und das Kondom voll mit meinem Sperma.

Glücklich schliefen wir, nachdem ich den beiden den Schlachtplan für den nächsten Morgen erklärt hatte, zu dritt Arm in Arm und Kopf auf Brust ein.

Von 6 bis um 8 hatten wir Sex. Zuerst fickte ich beide und kam in Torrie, dann leckte ich Torrie zu 2 Orgasmen, dann knutschte ich mit Whitney, während die Torrie ihr 3 Zungen-Highlights schenkte.

Den Schluss bildete ein Double Blowjob, den ich manuell filmte. Ich kam herrlich und dankte den beiden Hostessen und Sex-Göttinnen für die wunderbaren Stunden. Das war's dann auch mit Sex in Oxford. 48 Stunden später war das Projekt abgeschlossen und ich düste zurück zu meiner Familie.

Kapitel 27:
Womanizer im Alter

Wie werde ich sein, wenn ich mal älter bin, so 50 oder 60? Werde ich dann immer noch so fremdvögeln? Diese Frage stelle ich mir oft, weil ich weiß, dass Potenz vergänglich ist und dass sich Menschen während des Älterwerdens oft verändern. Ich glaube aber, dass der Womanizer-Trieb so tief in mir steckt, dass er immer mein Leben mitbestimmen und mitlenken wird. Fremdgehen gehört einfach zu meiner Persönlichkeit.

Aber ich sehe Fremdgehen ja nicht als etwas Schlimmes an, sondern als etwas Hilfreiches, was mir Freude schenkt und wodurch ich im Umgang mit meiner Frau und meinen Kindern harmonischer und liebevoller bin, weil ich einfach glücklich bin mit meinem Leben.

Meine Frau wird älter, das sehe ich ganz genau. Sie ist immer noch bildhübsch, ihr Körper ist schön, trotz der Geburt zweier Kinder, aber an ihr nagt der Zahn der Zeit genauso wie bei jeder Frau über 30. Eines Tages werde ich sie sexuell nicht mehr attraktiv finden. Lieben werde ich sie immer, das eine ist ja nicht das andere. Ich werde mich nie von Andrea und den Kindern trennen, zu viel Liebe ist damit verbunden, mit den 3 für mich wichtigsten Personen auf Erden.

Aber irgendwie muss ich ja meine Sexualität ausleben. Andrea gibt mir im Bett viel. Sie weiß genau, wie ich es mag, wo und wann. Sie kennt meine erogenen Zonen und kann diese perfekt betätigen. Unser Sex ist immer noch jung, dynamisch, liebevoll und erfüllend. Aber der Kick ist natürlich längst gestorben. Den muss ich mir woanders holen.

Schon über ein Dutzend Jahre betrüge ich sexuell meine Frau jetzt schon. Betrügen, was für ein unschönes Wort. Sagen wir es so: Komme ich auf meine Kosten. Hunderte Mädels und Frauen waren es, die ich parallel zu Andrea hatte. Und noch ist kein Ende in Sicht. Ich bin sexuell sehr stark angetrieben und 1 Frau ist einfach zu wenig für mich. Es soll und muss immer etwas Neues, etwas Reizvolles, Geiles sein für mich. Auch ich werde älter, das weiß ich.

147

Mein Bauch ist längst nicht mehr der Sixpack von früher, meine Geheimratsecken sind tiefer geworden, aus meinen Lachfältchen sind Lachfalten und dann Lachgruben geworden … aber trotzdem sehe ich immer noch verdammt gut aus.

Ich bin in meinen besten Jahren. Schick, charmant, ein Ladies Man, ein Womanizer, der genau weiß, wie das Spiel läuft und wie man Frauen ins Bett bekommt. Andrea vertraut mir, und Situationen, wo ich ungestört fremdvögeln kann, kann ich immer erschaffen.

Ich denke, mit 50 werde ich immer noch problemlos 25-Jährige ficken können, mein Status und mein Auftreten üben einen großen Reiz auf junge Frauen aus, da mache ich mir keine Sorgen. Mit 60 werde ich wohl dann eher die 30+-Jährigen ficken, und mit 70 die ganz jungen Frauen wieder, für die ich aber dann zahle. Ist besser so. Ich bin halt ein Womanizer und werde es immer sein!

Kapitel 28

Andrea, meine große Liebe

Andrea, Du bist die Liebe meines Lebens.
Als ich Dich das erste Mal sah, war mir klar:
Wir beide gehören zusammen.
Du und ich.

Du und ich.
Wir sind füreinander geschaffen.
Unsere Körper passen perfekt zusammen.
Unser Humor ist derselbe.
Unsere Ziele sind eines.

Wir gründeten Leben. Eine Familie.
Danke für die Kinder.
Jean Paul und Anna Lina.
Unsere Schätze, unser Leben, unsere Liebe.

Für immer werde ich Dich lieben.
Für immer, das ist keine Floskel.
Bis in alle Ewigkeit menschlichen Daseins.
Bis zu meinem letzten Atemzug.
Und darüber hinaus.

Du bist der Wald, in dem ich lebe.
Du bist die Luft, die ich atme.
Du bist die Motivation, die ich spüre.
Du bist die Nahrung, die mir Leben schenkt.
Du bist die Liebe, die mich inspiriert.
Du bist das Herz, das in mir schlägt.

Auch in ruppigen Momenten liebe ich Dich.
Wenn Du mich anbrüllst, nehme ich Dich in meinen Arm.
Wenn Du Dich wegdrehst, drehe ich mich zu Dir hin.
Wenn Du mir Sexentzug gibst, küsse ich Dich trotzdem.
Wenn Du mir Unrecht tust, verzeihe ich Dir.

Ich trage Dich immer in meinem Herzen.
Immer. Tag und Nacht. Egal was ich gerade tue.
Immer bist Du bei mir. Immer ich bei Dir.
Danke, dass es Dich gibt.

Kapitel 29

Luisa – Teil 2

Welcome back, Luisa! Die superhübsche Erotik-Masseuse war wieder da. Aus Langeweile surfte ich eines Nachmittags im Office im Net und schaute, was der Erotik-Massagesalon am Münchner Hauptbahnhof Neues zu bieten hatte. Da entdeckte ich doch glatt das Foto meiner Luisa wieder, der hübschen Blondine, die mich mit ihren genialen Handjobs immer an den Rand des Wahnsinns gebracht hatte.

Ich musste sie wiedersehen! Ich rief an und ließ mir einen 45-minütigen Termin mit ihr geben. Wie ein aufgeregtes Kleinkind freute ich mich ganze 2 Tage lang auf die Massage. Luisa erkannte mich sofort wieder und küsste mich fast auf den Mund. Sie sah genauso aus wie damals, ihr Top-Körper hatte keinen Lebenstag eingebüßt.

Mit unfassbarer Sinnlichkeit startete sie ihre B2B-Massage auf meinem Rücken und knabberte an meinen Ohrläppchen. Gleichzeitig glitten ihre Hände unter mein Becken und streichelten meine Eier. Als ich mich umdrehte, erstach ich sie fast. Mein Dong war härter wie Eisen. Luisas Hände passten wie damals perfekt um meinen Speer und schleuderten ihn auf Weltrekord. Ich war so glücklich, meinen blonden Massageengel wieder zu haben und verabredete mich direkt für nächste Woche wieder mit ihr. Hier der Hunderter. Danke. Ciao. Bussi.

Für meine zweite Massage ließ ich mir etwas Besonderes einfallen. Ich wollte unbedingt 2 Orgasmen von ihr gemacht bekommen. „Luisa, könntest Du direkt loslegen und es mir besorgen, dann mich zärtlich erotisch massieren, und zum Abschluss mir ein zweites Happy End schenken?", bettelte ich sie lieb an. „Na klar", grinste sie und freute sich darauf, mich damit noch glücklicher zu machen.

Ich legte mich nach der Dusche auf den Rücken und bekam einen geilen Handjob mit schnellem Cumshot. Geschafft! Dann der gemütliche Teil. Umdrehen. Sehr sinnlich massierte sie mich mit Händen, Brüsten und ihrem sonstigen Körper in ein Gefühl des Himmels hinein.

Von unten und hinten griff sie mir an meine Säcke, was sofortige Wirkung zeigte. Ich spürte den Dong unter meinem Bauch immer härter werden. Dann durfte ich mich erneut drehen und Luisa schenkte mir meine zweite Entsamung. Diesmal mit der anderen Hand. Beide Hände fühlten sich so verdammt gut an, diese Frau konnte die besten Handjobs.

In meiner ewigen Handjob-Bestenliste gehört sie definitiv zu den Top 3. So ging es weiter, Woche für Woche. Ich wurde wieder abhängig von der Superfrau und ließ jede Woche einen Hunni springen. Kein Problem für mich, das Geld habe ich ja, und Andrea bekam von meinen Mittagspausentrips nichts mit. Oh, what a life!

Luisa besorgte mir pro Session 2 Handjobs, manchmal klappte auch nur einer, ich bin ja keine Maschine und werde älter, aber trotzdem war es immer geil. Monate lief das so, bis mir Luisa eines Tages sagte: „Du, ich höre demnächst auf. Mein Freund hat mir einen Antrag gemacht und ich habe angenommen. Ich werde ihn heiraten. In 3 Wochen ist hier Schluss für mich, ein neues Leben beginnt."

Ich freute mich für sie, war aber auch sehr traurig, da mir die Dates mit ihr viel bedeuteten. Sie war zu einer guten Gesprächspartnerin geworden, ein enormes Vertrauensverhältnis hatte sich zwischen uns aufgebaut und ich liebte ihre Massagen Plus. Sie erzählte mir, dass ihr Zukünftiger ein ehemaliger Klient sei, ein attraktiver Geschäftsmann Ende 40, mit viel Kohle und einer geilen Villa am Münchner Stadtrand. Glückliches Schwein.

Die 3 letzten Wochen Luisa konsumierte ich wie Hasch. Jeden zweiten Tag besuchte ich sie und ließ mir zweimal die Palme wedeln, zwischendurch meinen Körper sanft streicheln und massieren. Zum finalen Abschied gab Luisa ihrem treuesten Stammkunden einen Kuss auf den Mund. „Danke für die schöne Zeit mit Dir", lächelte ich sie dankbar an und verabschiedete mich.

Kapitel 30

Das Glory Hole – Teil 3

Florida – here I come again! Nach dem großen Erfolg der TV-Show, die wir für die United Film Production Ltd. konzipiert und umsetzt hatten, sollte es diesmal ein Action-Show-Format sein. Ich nahm 4 aus meinem Team mit: den attraktiven Peter, den schüchternen Leo, die zierliche Lulu und Praktikantin Elissa. Wir residierten erneut im „Grand Flo" und trafen uns nach später Ankunft und wenig Schlaf am nächsten Morgen pünktlich um 8 Uhr Ortszeit mit dem Chef und genialen Sprücheklopfer Matt.

Matt freute sich sehr mich wiederzusehen und schmetterte gleich einen geilen Witz in die Runde, der alle erheiterte. Nach Briefing bildeten wir mit 4 seiner Angestellten Teams und starteten mit der Arbeit. Der Tag verging schnell und erfolgreich, sodass wir um Punkt 19 Uhr gemeinsam beim leckeren Italiener saßen und gut dinierten. Dass die Stimmung fantastisch war, muss ich wohl nicht erwähnen, da Matt wieder Dutzende Brüller auf Lager hatte.

Peter, Leo und ich entschlossen uns, danach noch einen trinken zu gehen, die Amis waren alle hundemüde und unsere Ladies hatten andere Pläne. Als wir durch die Straßen schlenderten, erzählte ich meinen beiden Kollegen und Kumpels von der Glory Hole Bar ein paar Ecken weiter. Da beide – so wie ich – in festen Beziehungen waren und auch nicht gerade treu, hatte ich keine Bedenken, sie darauf anzusprechen.

Der kernige Peter, 35, fast 2 m groß und gut trainiert, war sofort Feuer und Flamme. Der zurückhaltende Leo, 31, war etwas vorsichtig, doch schließlich – nach 10 Minuten Überredungskunst – willigte er ein. Zu dritt betraten wir also die legendäre Glory Hole Bar, in der ich schon diverse geile Abenteuer erlebt hatte. Nach 2 Bier verzogen wir uns in die wichtigeren Ecken des Gebäudes, wo leider kaum etwas los war an diesem Abend. Vielleicht würde sich das noch ändern. Lediglich 1 Glory Hole war in Arbeit. Ein dicker Ami stöhnte vor sich hin, während er bedient wurde. Sonst war nichts los.

Wir setzten uns auf eines der Sofas und warteten. Peter fand das alles höchst interessant, aber Leo fühlte sich sichtlich unwohl. Als 2 weitere Abendpaare vor und hinter die Wand gingen und mit dem Sex starteten, stand er auf und meinte: „Sorry, Jungs, aber das ist nichts für mich. Ich gehe schlafen." Wir hatten Verständnis mit dem Loser und verabschiedeten ihn in die Heia.

Peter und ich blieben und hielten Ausschau, aber freie Frauen waren nicht zu sehen. Nicht einmal in den dunkelsten Winkeln des Raumes. „Russisch Roulette", schoss es plötzlich aus Peter heraus. „Was meinst Du genau damit?", fragte ich ihn erstaunt. „Weißt Du was: Wir beide stecken unsere Dongs durch die Wand und warten einfach was passiert." Coole Idee. Meine Bedenken, dass da auf einmal Männer daran lutschen könnten, waren nicht von Dauer, da wir ja schließlich nicht im Gay-Bereich waren.

„Ok", grinste ich, und zusammen standen wir auf und platzierten uns an die schwarze Wand. Hosen auf, Hosen runter. Seite an Seite standen wir nun da und schauten uns an. 5 Minuten, 10 Minuten. Nichts. Plötzlich hörten wir Frauenstimmengetuschel, das immer näher kam. Waren die auf dem Weg zu uns? Hoffentlich!

Da war er: der erste Kontakt! Peter stupste mich an und deutete nach unten, was bedeutete, dass er sein Schicksal gefunden hatte. Und auch ich spürte Mund. Hurra! Schön warm und weich war der. Nun spürte ich auch Hand. Yes! Mein Penis war längst supersteif und durfte nun verwöhnt werden. Peter genoss auch und strahlte mich an. „Das war eine super Idee von Dir", flüsterte er mir ins Ohr, „die bläst echt genial!" „Meine auch, meine auch", stöhnte ich sanft zurück.

Peter kam. Sein Gesicht sah aus wie das von King Kong in Rage. Sein Sperma muss viel gewesen sein, denn auf der anderen Seite der Wand ertönte Husten. Probleme beim Schlucken, wie? Auch ich war jetzt soweit und schoss mein Sperma raus in den Mund der unbekannten Empfängerin, die schön weiterlutschte, bis er müde und erschöpft sich zusammenzog. „Fanastisch", jubelte Peter und zog seinen Penis glücklich wieder ein. Ich auch.

Während wir sie in unseren Hosen verstauten, hörten wir erneut dieses Frauengetuschel, und wie es von Sekunde zu Sekunde leiser wurde. Die beiden Honigmäulchen wollen uns gar nicht kennenlernen? Haben es wohl eilig. Wir bückten und uns riskierten einen Blick durch die Holes, und was wir sahen, verschlug uns die Sprache: Es waren unsere Kolleginnen, die zierliche Lulu und Praktikantin Elissa. Was für Säue! Was für geile Luder! Die 2 Ladies sahen genauso aus wie die beiden, also mussten sie es sein. Verwechslung ausgeschlossen.

Peter und ich waren sprachlos. „Das ist doch nicht möglich, das ist doch nicht zu fassen!" Ich war noch sprachloser und bekam kein Wort raus. „Aber geil war es!", ergänzte Peter. Fassungslos setzten wir uns auf ein Ecksofa und sinnierten über das Vorgefallene. Die Zeit verflog, bis uns eine sexy Frauenstimme ansprach: „Hey, guys! Hello?"

Eine schwarzhaarige rassige Schönheit war es, die wohl schon seit einiger Zeit versuchte, uns auf sie aufmerksam zu machen. Nun hatte sie unsere volle Aufmerksamkeit. Sie hieß Natasha und war 26. Wir boten ihr einen Platz zwischen uns an, doch sie entschied sich für unseren Schoß. Zum Reden war die nicht hier, sondern zum Ficken. Das erklärte sie uns auch kurz, knapp und direkt.

„I want both of you Guys", zeigte sie auf unsere Brüste, und bevor wir eine Wahl hatte, schnappte sie uns an den Händen und zog uns mit sich zur Glory Hole Wand. „Bist Du wieder fit?", fragte Peter mich. „Denke schon, und Du?" „Denke auch", lechzte er und steckte als erster seinen echt langen Penis durch das Kreisloch. Später erfuhr ich seine Länge: 23 cm im erigierten Zustand. Hut ab, mein Freund. Meiner ist knappe 15 cm. Aber auf die Länge kommt´s ja nicht an, sondern wie man damit umgeht. So.

Die geile Natasha werkelte schon an Peters Salami herum, dann auch an meiner, als ich sie ihr anbot. Ein doppelter Hand- & Blowjob war es, der uns in Stimmung brachte. Nun wollte sie gefickt werden. Aber leider hatte keiner von uns Kondome dabei. Zum Glück gab es auf der Toilette einen entsprechenden Automaten und ich erklärte mich bereit, schnell welche zu organisieren.

155

Als ich mit der Ware zurückkam, waren Peter und Natasha bereits am Bumsen, ohne Kondom. Er stieß hart zu und nagelte Tashas Pussy hart. „Komm, jetzt Du ein bisschen", wich er brav zur Seite, sodass ich mir schnell ein Gummi überzog und in die saftige Höhle durfte. Ich fickte langsamer und weicher als Peter, aber fühlte mich sehr wohl dabei.

Jetzt durfte das Muskelpaket wieder ran. Der 35-Jährige, Vater eines Kindes und verheiratet mit der etwas molligen Tina, machte nun ernst und zerlegte mit seinen Stößen fast die Wand. Natasha aber schien es zu gefallen, denn sie stöhnte wie ein Pavian. Nebenan meinte ein älterer Mann, wir sollten es doch bitte nicht übertreiben, aber das war dem Peter egal und er bebte zu seinem Cumshot.

Jetzt durfte auch ich auf die Zielgerade einlaufen. Ich intensivierte meine Stöße und ejakulierte ins Kondom. Glücklich bedankten wir uns bei unserer rassigen Fickpartnerin und gingen schlafen.

Am nächsten Morgen saßen wir, die Münchner Crew, gemeinsam beim Frühstück und es lag eine seltsame Stimmung in der Luft. Leo war irgendwie traurig und noch stiller als sonst. Peter und ich zwinkerten uns mehrfach zu, vor allem in Bezug auf Lulu und Elissa. Ihn beschäftigte wohl dieselbe Frage wie mich: Wer von den beiden hat es gestern mir bzw. ihm besorgt?

Lulu arbeitete seit 1,5 Jahren für mich, sie war 27 Jahre alt und sehr zart gebaut, etwa 50 kg bei einer Größe von 1,70 m. Sie war hübsch aber irgendwie unscheinbar. Keine, die einem sofort ins Auge sticht, wo man sagt: „Mann, ist die sexy!" Sondern eher eine, deren Schönheit man entdeckt, wenn man genauer hinsieht. Sie präsentierte sich uns auch nie aufreizend in Minirock oder Nuttenschminke, sondern war immer anständig auf Business gekleidet und hergerichtet. Aber darunter musste sie einen schönen zierlichen Körper haben.

Elissa war erst 23 und eine große Frau. Sie war länger als ich, knapp 1,85 m, aber schlank und sexy. Ihre langen blonden Haare hatte sie immer zu einem Rossschwanz zusammengebunden. Ihre Fingernägel waren lila lackiert. Ihr Tick. Außerdem flirtete sie gerne mit den Kollegen. Wahrscheinlich war es ihre Idee gewesen, besagte Bar aufzusuchen.

Optisch gefielen mir beide ganz gut. Fertig gefrühstückt, nun in die Firma und arbeiten. Der Tag wurde schnell zum Abend und für Peter und mich war klar: Wir würden wieder die Glory Hole Bar aufsuchen. Vielleicht würden Lulu und Elissa ja auch wieder kommen. Leo fühlte sich erneut als Außenseiter und kapselte sich rechtzeitig ab. Armer Vogel.

Peter und ich wollten kein Risiko eingehen, von unseren beiden Kolleginnen an der Sexwand erkannt zu werden, also beschlossen wir, ihnen heimlich zu folgen. Und tatsächlich führte ihr Weg schnurstracks über die paar Ecken in besagtes Etablissement. Wir staunten. Und beobachteten sie von draußen. Nach 1 Cocktail verschwanden sie nach hinten. Wir rein und hinterher.

Beide gingen erstmal auf Toilette, was uns die Gelegenheit gab, sie zu überholen. Wir düsten ins Sündenzimmer und eilten hinter die schwarze Wand, wo 4 Plätze belegt, aber die anderen noch frei waren. Nebeneinander steckten wir unsere bereits vor Aufregung halberigierten Glieder durch die Löcher und warteten.

Und da kam vertrautes Kichern und Tuscheln wieder näher. Diesmal gab es keinen Zweifel mehr: Es waren mit hundertprozentiger Sicherheit Elissa und Lulu! Geil! „Schau mal, die beiden sind ja schon wieder da – die haben wohl auf uns gewartet", hörte ich Elissas Stimme leise kichern. „Diesmal tauschen wir, diesmal nimmst Du den Großen", führte sie fort, was bedeutete, dass Tags davor Lulu mich befriedigt hatte. Nun also durfte die zierliche Lulu den langen Schwanz von Peter massieren und blasen.

Ich freute mich auf Elissa. Sie nahm meinen Penis sanft in ihre Hand und wichste ihn vollsteif. Dann begann sie zu blasen. Das konnte sie leider nicht so gut wie die Lulu. Zu viel Zahn setzte sie ein und nur die Vorhaut nahm sie in den Mund. Hey, mein Dong ist doch keine Wiener Bratwurst, an der man herumknabbert!

Peter hatte mehr Glück mit der blasenden Lulu. Er zeigte Daumen hoch und genoss. Lulu war echt die begabtere Bläserin von beiden. Trotzdem konzentrierte ich mich auf Elissas Arbeit und kam zu meinem Höhepunkt.

Auch Peter wollte erlöst werden und zuckte zu seinem schönsten Moment. Geil war es wieder gewesen, von den Kolleginnen nichtsahnend befriedigt worden zu sein. Die Ladies verduften genauso schnell wie am Abend zuvor und wir nahmen erneut auf dem Sofa Platz und ließen das Geschehene Revue passieren.

Sie werden sich sicher fragen, warum ich, wenn ich schon in Florida bin, nicht meine heiße Affäre Ella reaktivierte? Nun ja, ich fragte Matt natürlich nach ihr, doch sie arbeitete nicht mehr für ihn. Schade.

Die nächsten Tage waren genauso erfolgreich wie die Abende. Lulu und Elissa wurden ebenso wie Peter und ich zu Stammgästen der Glory Hole Bar, und jedes Mal folgten wir ihnen vom Restaurant unbemerkt dorthin und überholten sie, während sie auf Toilette waren. Dann bekamen wir unsere Befriedigung und die Girls verschwanden schnell, während wir meistens noch einen zweiten Blowjob anderer Ladies genossen.

Leo war zum Außenseiter geworden, er verbrachte seine Abende allein im Hotel. Als das Projekt erfolgreich abgeschlossen war, flogen wir zurück nach München. Peter arbeitet bis heute für mich. Leo kündigte kurz darauf und suchte sich etwas Neues. Elissa ist mittlerweile eine feste Mitarbeiterin geworden und arbeitet Seite an Seite mit Lulu. Die beiden wissen bis heute nicht, dass sie ihrem Boss mehrfach einen geilen Orgasmus geschenkt haben.

Kapitel 31:
Kerstin

Die 22-Jährige war die süßeste Verführung, seit es Schokolade gibt. In Minirock und bauchfreiem Shirt stellte sie sich offiziell bei mir für ein Praktikum vor. Dabei flirtete sie nicht schlecht mit mir, um den Job zu bekommen. Den bekam sie auch, in der Hoffnung, dass ich als Gegenleistung auch diverse Jobs von ihr bekomme. Die ersten 2 Wochen verliefen ganz normal.

Kerstin hatte eine Medienausbildung absolviert mit guten Noten und war sehr interessiert an allem. Sie war etwa 1,67 m groß und hatte einen perfekten Body. Eine Christina Aguilera in jung. Eines Montagmorgens erschien sie mit einem blauen Auge auf Arbeit. Und sie humpelte. Ich fragte sie, was los sei, doch sie wimmelte ab. Ich gab ihr zu verstehen, dass sie jederzeit mit mir vertraulich sprechen könne, doch sie lehnte erneut ab und meinte nur, alles sie gut. Ich ahnte nichts Gutes.

Tatsächlich klopfte es spät am Nachmittag an meiner Officetür und Kerstin stand vor mir. Sie blickte mich traurig und an fragte, ob sie kurz Zeit für sie hätte. „Natürlich", antwortete ich und bat sie vertrauensvoll zu mir herein. Dann platzte es aus ihr heraus: Ihr Freund habe sie am Wochenende geschlagen. Als Grund gab sie Eifersucht ihres Typen an. „Begründet oder unbegründet?", fragte ich nach. „Naja, ich habe mit einem anderen Kerl geschlafen, 1 Mal nur, aber das ist doch kein Grund, mich gleich zusammenzuschlagen, oder?"

Als Fremdgeher empfand ich das genauso. Kerstin begann zu weinen und ich nahm sie brüderlich in den Arm. Dabei spürte ich ihren Traumkörper eng und straff. Sie presste sich in mich hinein und schluchzte mein Sakko voll. In diesem Moment kam Andrea, meine geliebte Frau, hereingestolpert. Ohne Vorwarnung, ohne Vorankündigung. Sie sah mich Arm in Arm mit der süßen Kerstin im Minirock und ließ vor Schreck ihre Tasche fallen.

Wütend in dem Glauben, ich würde gerade mit meiner jungen Praktikantin Zärtlichkeiten austauschen, schnaubte sie davon. Ich ihr sofort hinterher.

„Bleib stehen", rief ihr ihr zu, „ich kann Dir das erklären, Du wirst schockiert sein, was da passiert ist." „Das glaube ich Dir gern, Du", rotzte sie aggressiv zurück. Ich nahm sie etwas heftig am Arm, schleifte sie die paar Meter in mein Büro zurück und schloss die Tür hinter uns. Zum Glück hatte das Theater keiner sonst mitbekommen.

„Das ist Kerstin, meine Praktikantin, und das ist Andrea, meine Frau", stellte ich die beiden Ladies sich gegenseitig vor. Andrea war schockiert, als sich Kerstin schamhaft zu ihr umdrehte und ihr somit das blaue Auge und die Schrammen am Kinn und an der Stirn offenbarte. „Um Himmels Willen, was ist Dir denn passiert?", platzte es aus ihr heraus.

„Mein Freund hat mich brutal einfach so zusammengeschlagen", heulte das kleine Ding weiter. Ich ergänzte: „Und sie hat sich mir gerade eben anvertraut. Dagegen muss sofort etwas unternommen werden. Ich muss sie beschützen." Andrea hatte verstanden, sie nahm die Maus in ihre Arme und tröstete sie. Gemeinsam entschlossen wir uns, dies der Polizei zu melden und Anzeige zu erstatten.

Zu Hause entschuldigte sich Andrea dann vollstens bei mir für ihr Misstrauen und schenkte mir als Wiedergutmachung einen tollen Ritt. „Es sah echt so aus, als würdest Du sie gerade küssen", erklärte sie mir später, „aber als ich dann ihr Gesicht sah, war mir klar, dass ich Dir massiv Unrecht getan hatte. Entschuldige bitte nochmal dafür. Du biste der beste Mann, den es gibt." Kuss. Kuss.

Kerstin trennte sich natürlich von ihrem gewalttätigen Bumser. Ihre Blessuren heilten schnell, keinerlei Narben blieben zurück. Schön. Unser Verhältnis wurde von Tag zu Tag inniger, sie vertraute mir mittlerweile voll und ganz und war mir für ewig dankbar für die Hilfe, die ich ihr schenkte. Zudem lieferte sie als Praktikantin echt gute Leistungen ab.

Der nächste Businesstrip stand an. Zürich. 3 Tage TV-Kongress, bei dem ich präsent sein musste und selbst 2 Vorträge hielt. Als Begleitung nahm ich ganz bewusst Kerstin mit, die sich darüber mächtig freute. Ich buchte das schöne Hotel „Züricher See", 2 Einzelzimmer nebeneinander. An einem Donnerstagnachmittag stand die fünfstündige Autofahrt an.

In meinem BMW inkl. sämtlicher Sonderausstattung düsten wir los. Die Stunden vergingen wie im Fluge, da wir fantastischen Smalltalk führten. Kerstin wollte mehr über mich wissen, fragte mich über Andrea und meine Beziehung aus und wollte wissen, ob ich treu sei. „Naja", räusperte ich mich, „ich handhabe das so ähnlich wie Du." Sie kapierte und grinste.

Kerstin erzählte mir offen über ihr Liebesleben, dass sie vor dem Schläger bereits 2 feste Beziehungen hatte, aber einfach nie ganz treu sein konnte. „Das ist glaube ich nichts für mich, die Monogamie, ich brauche die Abwechslung", sinnierte sie vor sich hin. Auch lesbische Erfahrungen hatte sie schon gemacht, auch schon Dreier mit 2 Männern erlebt. Geil! Mit 22 hat die echt schon einiges auf dem Kerbholz.

Endlich angekommen! Punkt 19 Uhr war es, als wir das Hotel betraten. Schön war es. Unsere Zimmer standen dem in nichts nach. Am Empfang wurde uns erklärt, dass die Sauna und der Wellnessbereich noch bis 20 Uhr geöffnet seien, sollten wir Lust darauf haben. Wir schauten uns an und waren uns sofort einig: Ja, haben wir!

Hastig stellten wir unsere Koffer in unseren Zimmern ab und zogen uns entsprechend um. Bademantel und Badelatschen, beides vom Hotel gestellt, sonst nichts. 5 Minuten später standen wir im Aufzug auf dem Weg nach unten. Mir war klar, dass dies etwas Besonderes werden könnte. Kerstin war ein sehr attraktives und offenes Mädel. Seit dem Vorfall flirtete sie immer wieder mit mir. Ich wusste, sie mag mich.

Das Hotel hatte 2 Saunen, eine Citrus und eine Pfefferminze. Die Citrus war belegt, mindestens 3 schwitzende Körper konnte ich erkennen, die Minze war leer. Also dort hinein. Ich machte den Anfang, entledigte mich meines Mantels, nahm mir ein Handtuch vom Stapel und setzte mich auf die obere Empore. Und Kerstin? Wo war sie? Hatte sie Schiss bekommen und war sie abgehauen? Oder hatte sie sich für die andere Saunakabine entschieden? Hm. Über 2 Minuten wartete ich, und immer noch kein Zeichen von ihr.

Dann endlich öffnete sich die Türe und eine tropfende Kerstin kam herein. Pudelnackt. „Ich war noch unter der Dusche, das soll man ja vor dem Saunieren", lächelte sie süß und legte sich eine Empore unter mir hin. Was ich sah, war der helle

161

Saunawahnsinn: ein absoluter Traumkörper! Kerstin lag da, hatte die Augen geschlossen und die Lippen sinnlich bewusst ein wenig geöffnet.

Ich betrachtete sie von oben bis unten. Ihre langen blonden Haare waren zusammengebunden, ihre Brüste waren jugendlich wunderschön, 2 Piercings verzierten ihre Brustwarzen, ihr Bauch war trainiert und faltenfrei, ihre Muschi kahl rasiert, aber gepierct, ihre Schenkel zart und sexy. Ihre Fußnägel grün lackiert. Uff. Ich bekam sofort einen Ständer. Da aber kein Besuch hereinschneite, genehmigte ich mir diesen.

Nach 5 Minuten drehte sich Kerstin um und legte sich bäuchlings. Nun konnte ich ihre Backside inspizieren. Ihr Rücken war tätowiert, irgendwelche Engel- und Teufelsymbole waren da drauf, sah gut aus. Ihr Po könnte jedes Playboy-Cover zieren. Sie war eine absolute Traumfrau mit diesem Hammerbody! Nach weiteren 5 Minuten stand sie auf und meinte: „So, ich brauche eine kurze Pause." Sie verließ die Sauna und bog ums Eck, wohl unter die Dusche. Ich folgte ihr und verdeckte mein immer noch erigiertes Glied so gut es ging mit dem Handtuch.

Das kalte Duschwasser brachte mich wieder zur Ruhe. Nach 10 Minuten auf der Liege war noch Zeit für eine zweite Saunarunde. „Diesmal in die Citrus", meinte sie fröhlich und wir checkten ein. 2 Männer waren noch drin, und 2 weitere kamen dazu. Kerstin lag wieder mit geschlossenen Augen auf dem Rücken und präsentierte ihre Schönheit allen. Das zeigte schnell Wirkung. 3 der 4 anwesenden Männer bekamen eine Erektion. Auch ich war mal wieder dabei.

Peinlich berührt verließen 2 mit ihrem Knüppel schnell die Sauna, während der dritte pervers Kerstins Körper anstarrte und dann hasserfüllt in meine Richtung blickte, weil er wohl dachte, sie sei mein Mädel. Als auch er und der andere, kaltherzige Mann raus waren, lachte ich laut auf und verriet Kerstin das Geschehene: „Stell Dir vor, 3 von den 4 Kerlen hatten einen Steifen. Die haben Dich angestarrt und sind dabei voll geil geworden."

„Ist nichts Neues für mich", winkte sie ab, „ich weiß, welche Wirkung ich auf Männer habe." So ein Luder! Als wir die letzten Minuten vor Schließung des Bereiches Seite an Seite im Bademantel relaxten, blickte sie plötzlich rüber zu mir und fragte: „Und Du, hattest Du auch einen Steifen?" Erwischt! Was sollte ich ihr antworten? Am besten die Wahrheit: „Beide Male", gab ich offen und ehrlich zu. Bestätigt lächelte sie in sich hinein und zwinkerte mir zu.

Ehe wir das Gespräch vertiefen konnten, mussten wir den Saal räumen. Umziehen, essen. Kerstin kam so, wie ich sie liebte: im Minirock mit sexy Top. Ich elegant in Jeans, Hemd und Sakko. Das Essen schmeckte hervorragend. Wir unterhielten uns gut. Der Wein war köstlich, die Stimmung wurde heiß zwischen uns.

„Nach Sauna ist eine schöne Massage das Beste", versuchte ich mein Glück. Aber bevor ich „Bekomme ich noch eine von Dir?" sagen konnte, sagte sie: „Bekomme ich noch eine von Dir?" Sie war schneller, aber dachte in dieselbe Richtung. Cool. „Gerne", antworte ich, „aber nur, wenn ich dann auch eine von Dir bekomme." „Geht klar", nickte sie.

Wir gingen in ihr Zimmer und sie verschwand kurz im Bad, während ich mein Sakko, meine Schuhe und die Jeans auszog. Gerade als ich mir mein Hemd aufknöpfte, knöpfte sie die Tür auf und kam splitterfasernackt auf mich zu, griff mich beim Hemd, zog mich zum Bett und ließ sich genüsslich bäuchlings darauf fallen. „Ich gehöre Dir, Champ, jetzt freue ich mich auf eine wunderschöne Massage. Du darfst mich überall massieren, wo auch immer Du willst."

Solch eine geile Einladung konnte ich keinesfalls ausschlagen. Ich entledigte mich des blauen Hemdes, nahm etwas Creme, die seitlich am Bett auf mich wartete, und begann, ihren wunderschönen Rücken zärtlich-intensiv zu massieren. Kerstin stöhnte ins Kissen und genoss. Ich beschloss, sie richtig schön zu verwöhnen und ließ mir Zeit. Über eine halbe Stunde knetete ich ihren Rücken durch, ehe ich tiefer zum Po wanderte und auch diesen massierte.

Lasziv öffnete sie ihre Beine, sodass ich ihr auch zwischen die Schenkel fahren und von hinten ihre feuchten Schamlippen ertasten konnte. Als ich über ihr A-Loch fuhr, atmete sie tief ein uns aus. Also nochmal. Und wieder. Aber auch ihre wunderschönen Beine wollten eingecremt und massiert werden. Zuerst den linken Schenkel, dann den rechten. Dann beide.

163

„Du, mach mal kurz die Augen zu", hörte ich auf einmal ihre Stimme im Raum. „Warum?", fragte ich unsicher nach. „Frag nicht, sondern tue es einfach." Na gut, dachte ich, und schloss sie. „Jetzt aufmachen", hallte es 20 Sekunden später in meine Ohren. Ich öffnete und entdeckte ein eingepacktes Kondom auf ihrem Rücken. Wortlos wusste ich, was zu tun ist!

30 Sekunden später drang ich auch schon von hinten in sie ein. Kerstin lag flach auf dem Bauch und streckte mir ihren süßen Arsch entgegen. Mein Penis war zum dritten Mal für sie steif an diesem Abend, und legte nun los.

Zärtlich und doch intensiv vögelte ich sie und entlockte ihrem Mund so manchen Schrei und ihrem Körper geil zuckende Windungen. Doch ihre enge Muschi war zu viel für mich: Bevor ich merkte, dass der point of no return am Kommen war, war er auch schon überschritten und ich ejakulierte nach nicht einmal 3 Minuten.

Überrascht drehte sich Kerstin über die Schulter um zu mir, während ich mich seitlich fallen ließ: „Hey, war's das denn schon?" Ich holte erst mal Luft: „Ja, sorry, ich bin gerade gekommen. Zu früh, ich weiß, aber der Fick mit Dir war einfach so verdammt geil. Ich konnte ihn nicht mehr halten." Eine wahre Ausrede, die Kerstin aber nicht gefiel. „Und ich dachte, wir treiben es jetzt eine halbe Stunde oder länger in allen denkbaren Positionen."

„Keine Sorge, meine Süße, das werden wir heute noch, versprochen", schenkte ich ihr ihr niedliches kindliches Lächeln zurück. „Bis dahin, dreh Dich doch mal um", kommandierte ich sie und legte in der Zeit das Kondom mit Inhalt weg. Sie verstand und öffnete ihre Beine. Ich tauchte ab in das süßeste Paradies, das ich je geschmeckt habe. Nach Lavendel und Rose roch es. Naja, vielleicht lag es auch am aromatisierten Gummi, das wir benutzt hatten. Egal.

Köstlich schlürfte ich ihre hautfarbenen Schamlippen hoch und runter und konzentrierte mich dann auf ihre fast viereckige Klitoris. Die pulsierte wie verrückt, als ich sie zu lecken begann. Mit viel Druck und meiner speziellen Technik musste sie so nach höchstens 5 Minuten heftig kommen. „Wahnsinn, das war heftiger als ein Womanizer-Orgasmus, und der ist schon krass", seufzte sie.

Aha, sie kannte und besaß das Wunderteil also auch! Ehe sie ausruhen konnte, war ich schon wieder in ihrem Schoss vergraben und schenkte ihr kurz darauf einen zweiten, noch heftigeren Höhepunkt. „Crazy, wie geil Du das machst!", lobte sie mich und küsste mich endlich zum ersten Mal auf den Mund. Sweet. Dann in den Mund. Mit Zunge. Noch sweeter.

Während des Knutschens spürte ich ihre Hand plötzlich an meinem Penis, der längst wieder steif war. „Jetzt aber", küsste sie weiter und hielt mir ein neues Kondom hoch. Ich schnallte es über und wurde von ihr nach unten kommandiert, diesmal wollte sie unbedingt auf mir reiten. Der Anblick Kerstins auf mir war nicht in Worte zu fassen. Ich hatte das Gefühl, der Teufelsengel sitzt da auf mir drauf. Die Sünde und Schönheit persönlich.

Ihre kindlich aussehende Pussy rutschte auf und ab und verschluckte meinen ganzen Penis immer wieder. Ihre festen Brüste waren ein Traum. Oh nein! Kaum begonnen mit dem Ritt, spürte ich schon wieder meinen Orgasmus viel zu früh anfahren. „Verdammt noch mal, was ist denn los mit mir? Diesmal musst Du länger durchhalten!", sagte ich still zu mir, doch ich hatte keine Chance. Kerstins Ritt war einfach zu geil und ich kam erneut nach gerade mal 3 oder 4 Minuten zum Cumshot.

Kerstin spürte dies natürlich. Sie ritt noch ein wenig aus, dann schaute sie mich vorwurfsvoll an: „Kommst Du immer so schnell?" „Nein", erwiderte ich, „normal nicht. Normal kann ich locker eine halbe Stunde durchhalten. Ich habe meinen Dong gut im Griff." „Und warum bei mir nicht?" „Es muss an Dir liegen, Du bist einfach so verdammt sexy und gut im Bett."

Das zauberte ihr wieder ein Lächeln in ihre hübsche Gesichtspartie. „Sei mir bitte nicht böse, dass ich so schnell gekommen bin, aber ich verspreche Dir, Du wirst heute noch Deinen 30-Minuten-Fick bekommen." „Alles gut", lächelte sie verschmitzt und kroch in meinen Arm. „Ich fühle mich sehr wohl bei Dir", knabberte sie in mein Ohr und küsste mich auf den Mund. „Ich auch mit Dir, Süße", küsste ich sie zurück.

Nach einer Kuschelstunde wurde ich wieder munter. Das merkte auch Kerstin, die schon ihre Hand an meinem Dong hatte und ihn für Runde 3 vorbereitete. „Diesmal mache ich in der Missionarsstellung", kündigte ich ihr an und steckte ihn vorsichtig rein. Kerstin spreizte ihre Beine weit auf und ich begann zu rammeln. Schön langsam, um meinen Höhepunkt bestmöglich hinauszuzögern. Kontrolliert fickte ich sie gut, bis wir in Löffelchen wechselten. Das war auch geil.

Dann wollte sie rückwärts auf mir reiten, auch gut. Nun im Stehen. Puh. Wir beide waren schon ordentlich verschwitzt, aber noch nicht am Ende. Eine seltsame Figur aus dem Kamasutra sollte es sein, die Kerstin sich nun wünschte. Einverstanden. Wir mussten ein wenig gelenkig sein, aber es funktionierte. Kerstin kam zum Orgasmus, was wiederum meinen Samenerguss bedingte. Glücklich und erschöpft sanken wir beide dann zusammen und atmeten tief durch.

„Das war echt geil", war das erste, was sie sagte, „das war richtig geiler Sex. Danke dafür." Ich freute mich wie Joe und nahm sie fest in meinen Arm. So schliefen wir ein. In der Hektik hatten wir vergessen, den Wecker zu stellen, so mussten wir am nächsten Vormittag echt schnell machen, um nicht zu spät zum wichtigen Kongress zu kommen. Das Frühstück musste leider ausfallen. Schade.

Der Tag war lang und anstrengend. Mein Fachvortrag über die „Erschaffung und Umsetzung spannender TV-Formate" lief äußerst erfolgreich. Einige Kolleginnen flirteten heftig mit mir und wollten mich für ihr Bett gewinnen. Vor allem die attraktive Susanne, eine bekannte Jungproduzentin Anfang 30, die sich schon am späten Vormittag direkt nach meinem Talk an mich ranschmiss.

Sie war hübsch und intelligent, trug Businessstil mit langen braunen Haaren. Die musste ich haben! Aber nicht hier und nicht jetzt, das konnte ich der süßen Kerstin nicht antun. Susanne war mir auf jeden Fall eine Sünde wert. Im Gespräch am Mittagstisch einigten wir uns auf eine Kooperation. Ich würde demnächst in ihre Firma nach Stuttgart kommen und dort mit ihr und ihrem Team gemeinsam etwas Spannendes auf die Beine stellen. Und mehr.

Zurück zu Kerstin. Nach erledigter Arbeit und vielen förderlichen aber auch sinnlosen Gesprächen zogen wir uns dezent um 18:30 Uhr zurück und verzichteten auf die große Galaparty, da wir erneut Sauna und mehr genießen wollten. In der Wärmekabine sorgte der Engel wieder für 2 Steife, die übereilig

166

und peinlich ergriffen die Sauna verließen, zumal deren Frauen neben ihnen saßen. Danach aßen wir edel beim Edel-Italiener zu Abend und starteten unseren Sexabend.

„Du, bekomme ich heute die versprochene Massage von Dir?", flötete ich sie interessiert an. „Klar, leg Dich hin und relaxe", konterte sie aufgeregt und packte ein Fläschchen Babyöl dazu. Ich legte mich auf dem Bauch, schloss meine Augen und wartete. Ganz zärtlich startete Kerstin mit ihrer erotischen Massage. Es war himmlisch. Ihre sanften Hände streichelten meinen Rücken, meinen Nacken, meine Schultern und meine Arme entlang.

Dann endlich den Po. War das aufregend! Zärtlich flutschte sie zwischen meine Beine und unter mein Becken. Und schon hatte sie den längst steifen Steve in ihren Händen. Geil, wie sie auch meine Hoden massierte dabei. Irgendwann musste ich mich umdrehen, denn sonst hätte ich das Bett bekleckert. Da stand er nun, hoch wie der Eifelturm, gerader als der Schiefe Turm von Pisa, und wartete auf weitere Berührungen.

Kerstin griff nach einem Haarband, knotete fix ihre langen, sauberen Haare zusammen und senkte ihren Mund. Was folgte, war ein sensationeller Blowjob! Ich hörte das Halleluja in meinen Ohren pfeifen. Mit ihrem Zungenpiercing spielte sie an meiner Eichel und verwöhnte mit ihren Lippen meinen Penisschaft.

„Warte", hechelte ich aufgeregt, „das ist so geil, wie Du das machst, darf ich das Finish aufnehmen?", fragte ich sie übermütig. „Ok, mach ruhig", grinste sie, „aber nur, wenn wir danach auch unseren Fick aufnehmen." „Deal", keuchte ich und schnappte mir mein iPhone. Schnell musste ich sein, da mein Orgasmus bald am Kommen war.

30 Sekunden später spritzte ich meinen Samen in ihren Mund hinein. Die erste Ladung schluckte sie, dann wichste sie schön mit der Hand weiter und verteilte die Ladungen 2 bis 4 in ihrem Gesicht. Ladungen 5 bis 7 landeten auf meinem Bauch. Nach Ladung 8 war Schluss. Sie setzte mit ihrem Mund wieder an, züngelte geil an meiner Spitze herum und lutschte nun mein komplettes Glied sauber. Wahnsinn!

Alles recorded! Juhuu! Während sie sich in meinen Arm kuschelte, schauten wir uns den Cumshot gemeinsam an – eine der allerbesten Aufnahmen, die ich je angefertigt hatte! Danke, Kerstin. Während ich mich erholte, leckte ich die süße cleane Muschi zu 3 Orgasmen. Danach wurde gefickt: Ich sie von vorne, oben, hinten, unten, seitlich. Sie mich von vorne, oben, hinten, unten, seitlich. Mein Höhepunkt kündigte sich an, als sie auf mir ritt. Schnell hob sie ihr Becken, riss mir das Kondom weg und wichste mich für die Aufnahme schön sichtbar zu Ende. Hoch spritzte ich wieder heraus und sie lächelte teuflischgeil dabei.

Erschöpft aber glücklich schliefen wir ein. Der nächste Tag startete mit einem Guten-Morgen-Blowjob zum Wachwerden. Nach herzhaftem Frühstück hielt ich in der Kongresshalle meinen zweiten Vortrag und hatte den ganzen Tag über wieder mit diversen mich anflirtenden Frauen, vor allem wieder Susanne, zu kämpfen. Kerstin bekam das natürlich mit und grinste nur, schließlich wusste sie, würde sie am Abend wieder diejenige sein, die mich besaß.

Das tat sie dann auch. Sie blies mir einen, ich leckte sie und dann fickten wir zweimal hintereinander, da ich das erste Mal schon nach 2 Minuten in ihr kommen musste. Nach enger Nacht ein letzter Frühfick, dann ging es nach Brot und Käse zurück nach München. Kerstin blieb noch 3 Monate bei uns, dann verließ sie uns nach Frankfurt. In diesen 3 Monaten hatten wir noch ein paar Mal Sex, meist abends bei mir im abgeschlossenen Office oder in einem Stundenhotel. Es war immer geil mit ihr!

Kapitel 32:
Welcome back, Melly

Wer meine Vergangenheit kennt, weiß, wer Melly ist. Sie war vor vielen Jahren meine erste richtige Affäre neben Andrea gewesen. Längst hatte ich sie vergessen gehabt, doch plötzlich stand sie vor mir und überwältigte meine Gefühle. Hier ein kurzer Rückblick über meine innige Affäre mit Melly:

Long ago: Ich war auf dem Weg in mein Büro, da kam eine hübsche Blondine zu mir in den Fahrstuhl. Ich musterte sie. Sie war nervös, etwas zittrig, schaute in den Spiegel und richtete ihr Haar. „Keine Sorge, alles sitzt prima", eröffnete ich die Konversation. „Wie bitte?" schreckte sie auf.

„Ihre Haare, alles in bester Ordnung, sieht gut aus", beruhigte ich sie. „Ah, ok, danke", stammelte sie. „Kann ich Ihnen helfen?", fragte ich. „Ich habe einen Termin mit Herrn Müller, ein Bewerbungsgespräch." „Na, dann kommen Sie mal mit, ich bringe Sie hin", bot ich ihr an und führte sie in das Büro meines damaligen Chefs.

Sie wurde tatsächlich eingestellt und wenige Tage später startete sie bei uns. Als ich sie wiedersah, war sie überglücklich: „Ich hab's geschafft! Sie arbeiten auch hier, oder?" „Ja, schon seit einigen Jahren. Ich bin für die Produktion der TV-Shows zuständig." „Na, dann werden wir wohl öfter zusammenarbeiten", meinte sie grinsend. „Ich bin die Melina, auch genannt Melly." Ich freute mich.

Melina war 1,70 m groß und äußerst schlank. Sie hatte mittellange blonde Haare und ein sehr hübsches Gesicht. In der Mittagspause erzählte sie mir einiges über sich:

„Ich bin 24, habe nach der Schule eine Ausbildung zur Kamerafrau gemacht und arbeite seit 2 Jahren in der Branche. Ich möchte Regisseurin werden und große Filme produzieren." Ich informierte sie über meinen beruflichen Werdegang und meine Aufgaben in der Firma. „Da kann ich sicher voll viel von Dir lernen", strahlte sie mich an. Ich strahlte mit. Die nächsten Tage lernte ich Melly immer besser kennen.

Wir verbrachten nicht nur Großteile unserer Arbeitszeit zusammen, sondern auch die Pausen. Wir verstanden uns gut und hatten einen identischen Humor. Sie wurde zu meiner inoffiziellen Assistentin. Zusammen flogen wir nach Hamburg, um dort eine Produktion zu unterstützen. Wir wohnten Hoteltür an Hoteltür, doch viel Zeit blieb uns erst einmal nicht. Das Studio war 10 Minuten entfernt, die Kollegen erwarteten uns schon händeringend.

Es war 21 Uhr, als wir uns auf den Weg zurück ins Hotel machten. „Puh, war das ein anstrengender Tag!", jammerte Melly. „Ich habe einen Riesenhunger jetzt." „Ich auch. Komm, wir gehen was essen."

Das Hotel-Restaurant war genau richtig. In einem netten, gemütlichen Ambiente ließen wir es uns schmecken. Wir quatschten noch 1 Stunde, bevor wir uns verabschiedeten und auf unsere Zimmer gingen. Ich rief Andrea an, wir telefonierten 20 Minuten. Dann legte ich mich aufs Bett und begann zu lesen, als es plötzlich an meiner Tür klopfte.

„Wer ist da?" „Ich, Melly." Ich öffnete. „Darf ich reinkommen?" „Klar", antwortete ich. Sie hatte ihren Laptop unter dem Arm und setzte sich auf mein Bett. „Hast Du Lust, noch einen Film zu schauen? Ich habe einige wirklich starke auf dem Rechner." „Ja, gerne, was hast Du denn da?"

„Die Batman Filme, die Scary Movie Reihe, andere Komödien." Weiter ließ ich sie erst gar nicht reden. „Scary Movie ist cool!" „Lass uns den zweiten Teil schauen, den finde ich am geilsten", meinte sie und bereitete das Spektakel vor. Wir holten uns 2 Cola aus der Minibar und lümmelten uns aufs Bett.

Wir lagen nebeneinander und lachten ordentlich ab. Dieser Film ist echt hammerlustig! Dann kam die Szene, als der Typ und das Mädchen in der Eiskammer gefangen waren und er sie dazu bewegte, ihm einen runterzuholen. Sie wichste ihm die Nudel, bis er eine unrealistische Wahnsinnsladung abspritzte.

Melina schaute mich während dieser Sequenz immer wieder an. Sie rückte auch immer näher an mich heran, wir hatten nun schon Körperkontakt. Als der Film zu Ende war, ließen wir die lustigsten Momente Revue passieren. „Als die Tussi dem Typ einen runterholte, bin ich richtig geil geworden", lachte Melly.

„Ja, das war so krass, das muss man sich mal vorstellen. Der Kerl spritzt sie voll weg." „Weißt Du, auf was ich jetzt Lust habe?", fragte sie mich mit einem verführerischen Blick. „Auf was?", fragte ich zurück. „Auf eine wohltuende Massage. Ich bin echt fertig, das war ein anstrengender Tag. Jetzt ein bisschen Entspannung und Zärtlichkeit, das wäre toll."

Ich überlegte kurz. Melly war eine tolle Frau, sie gefiel mir, Sex mit ihr konnte ich mir gut vorstellen. Das einzige Problem sah ich darin, dass wir Kollegen waren und ich sie nicht schnell loswerden konnte. Noch bevor ich ihr eine Antwort gab, zog sich Melly ihr T-Shirt und ihre Jeans aus und schmiss sich aufs Bett. Da lag sie, halbnackt, nur mit einem String-Tanga bekleidet.

Sie hatte einen wunderschönen Rücken, einen süßen Po und Beine wie eine Prinzessin. Ihr Kopf lag seitlich, ihre Augen waren geschlossen, sie atmete ruhig und entspannt. Ich konnte nicht widerstehen. Ich holte frische Bodylotion aus dem Badezimmer und zog meine Jeans aus. In Shirt und Unterhose begann ich, sanft ihren Körper zu massieren und zu kneten. „Oh, ist das schön", hauchte sie mit zarter Stimme. „Du kannst das voll gut."

Ihr Rücken fühlte sich toll an, weich, warm und gesund. Je tiefer meine Hände arbeiteten, desto aufgeregter wurde ich. Wie gerne hätte ich ihren Po berührt, doch ich traute mich nicht. Sie wusste, dass ich in festen Händen war, das blockierte mich.

Nach einer halben Stunde setzte sie sich auf, drehte sich oben ohne zu mir und sagte: „Das war eine superschöne Massage. Danke. Jetzt bist Du dran, verwöhnt zu werden." Sie zog mir mein Shirt aus, ich legte mich hin und entspannte mich. Melly knetete und streichelte meinen Rücken und meine Beine.

„Und, gefällt Dir das?", fragte sie mich. „Ja, sehr", erwiderte ich. Dann kam es: „Du hast einen voll knackigen Po, darf ich den auch massieren?" „Klar", antwortete ich.

Schwupps, zog sie mir die Unterhose aus und betastete meinen Po. „Der fühlt sich voll geil an", lobte sie. „So einen knackigen Arsch habe ich noch nie gesehen. Nicht einmal mein Freund hat so einen." Ich schluckte. „Du hast einen Freund?" „Ja, schon seit 3 Jahren. Wir sehen uns aber nur selten, da er bei der Bundeswehr arbeitet und viel unterwegs ist. Aber das ist ok.

So habe ich meine Freiheiten. Ich weiß auch, dass er mir nicht ganz treu ist, aber wer ist das schon." Recht hat sie!

Langsam wurde ich nervös, und zwar sexuell. Mir war klar, dass Melina mehr wollte. „Kannst Du Dich erinnern, was das Mädel mit dem Typ im Film machte?", fragte sie mich. Ich wusste genau, was sie meinte, ihre rhetorische Frage war klar zu durchschauen, aber ich stellte mich blöd. „Was meinst Du?" „Na, wie sie ihm einen runterholte." „Ja", erinnerte ich mich. „Wenn Du willst, mache ich das auch bei Dir." Pause.

Ich blickte über meine Schulter nach hinten und sah ihr süßes Gesicht, ihre Brüste und ihren wunderschönen Körper. Sie lächelte mich an. Ich drehte mich um, schloss meine Augen und ließ sie machen.

Sie streichelte meinen Oberkörper, dann wanderten ihre Hände tiefer, bis sie an meinem mittlerweile vollsteifen Penis ankamen. Mit ihren cremigen Fingern umkreise sie ihn zart und spielte mit meinen Hoden, bis sie ihn endlich in die Hand nahm und mit ihrer linken Faust umfasste.

Ich stöhnte auf, es fühlte sich umwerfend an. Sie grinste die ganze Zeit, es schien ihr wahnsinnig zu gefallen. Während sie mit der rechten Hand meinen Körper liebkoste, machte die linke Hand ernst und wichste meinen Schwanz auf und ab – mal schnell, mal langsam. Nach 4 Minuten spürte ich meinen Orgasmus kommen. Ich hatte keine Chance, ihn hinauszuzögern, dazu war alles zu geil. Hoch spritzte ich, sehr hoch.

Die erste Ladung ging in ihr Gesicht, aber das störte sie nicht. Sie wichste bis zum Ende und presste die letzten Samentropfen aus mir heraus. Mir drehte sich alles. Was für ein Handjob, dachte ich. Es war megageil!

Genüsslich leckte sie das Sperma von meinem Bauch und kuschelte sich an mich. Ich genoss Mellys Wärme und ihre Umarmung. „Du bist echt heftig gekommen, Du hast genauso wild abgespritzt wie der Junge im Film", prustete sie los. Ich lachte mit. „Du hast es verdammt gut gemacht." Wir schauten uns in die Augen und küssten uns. Sehr zärtlich, sehr romantisch. So küsste ich eigentlich nur Andrea. Mir war klar, dass Melly etwas Besonderes war.

Den nächsten Tag konnten wir kein Auge voneinander lassen. Als wir mit der Arbeit fertig waren, stürmten wir ins Hotel und hatten zum ersten Mal richtigen Sex miteinander. Melinas Muschi war unglaublich schön. Ein kleiner Schamhaarstrich führte von ihrem Venushügel zu ihrer Klitoris. Wir streichelten uns ewig, bis ich in sie eindrang.

Wir hatten sehr zärtlichen und gefühlsintensiven Sex, zuerst in der Missionarsstellung, dann Doggy Style, final in der Reiterstellung. Melly erreichte ihren Höhepunkt mit einem lauten Stöhnen, ich folgte kurz darauf.

Mein Handy klingelte: Es war Andrea. „Hallo Schatz, wie geht es Dir?", begrüßte sie mich voller Freude. „Gut, Liebling, und Dir?", antwortete ich. Melly saß neben mir auf dem Bett, nackt, und hörte zu. Andrea erzählte mir von ihrem Tag und wollte wissen, wie es bei mir war.

„Viel Arbeit, aber alles geschafft. Das sind echt Pfeifen hier, die haben von Tuten und Blasen keine Ahnung", meckerte ich. „Gleich gehe ich etwas essen und mache mir dann einen ruhigen Abend. Ich lese gerade das Buch, das Du mir geschenkt hast. Spannend." Ich wünschte ihr eine gute Nacht und schickte ihr viele Küsse durchs Telefon.

„Das war also Deine Freundin?", fragte Melly. „Ja", bestätigte ich. „Du liebst sie sehr, oder?" „Ja." „Du möchtest mit ihr alt werden?" „Ja." „Sie muss eine glückliche Frau sein, Dich als Freund zu haben. Mein Freund ist zwar auch ganz ok, aber wenn ich die Wahl hätte zwischen Dir und ihm, ich würde mich sofort für Dich entscheiden." Sie küsste mich.

„Danke, dass Du leise warst und mich nicht verraten hast", sagte ich. „Ist doch selbstverständlich, dass ich Dir da nichts kaputt mache, wir können ja auch so unseren Spaß haben, oder?", fragte sie mich mit einem verführerischen Blick. „Klar", antwortete ich. „Davon darf Andrea nichts wissen, und sie darf es auch niemals erfahren, verstanden?" „Logisch, das bleibt unser Geheimnis."

Nach dem Essen war erneut Sex angesagt. Melly zog mich aus und küsste meinen Oberkörper. Sie saugte an meinen Brustwarzen, bis sie hart waren. Dann glitten ihre Hände und Lippen immer tiefer, während ich immer geiler wurde. Schließlich war sie da, wo sie sein sollte: an meinem Schwanz.

Sie nahm ihn in den Mund und verschluckte ihn voll. Mein Penis ist nicht der längste, im erigierten Zustand ist er et-

173

wa 15 cm lang, Durchschnitt also, aber diese 15 cm verschwanden komplett in ihrem gierigen Mund. „Deep Throat" wird so etwas in Porno-Kreisen genannt. Mit ihren zarten Lippen übte sie ordentlichen Druck auf meine Vorhaut aus, was mich sehr erregte. Lange, tiefe Züge, dann kurze, schnelle. Melly machte mich wahnsinnig. 3 Mal stoppte ich sie, sonst wäre ich viel zu früh gekommen, dann ließ ich mich gehen.

„Jetzt gleich!", stöhnte ich laut, was für sie das Zeichen war, den Job mit der Hand zu beenden. Während ich abspritzte, leckte sie meine Eier und bekam einiges von meinem Samen ab, der in ihrem Haar, auf ihrer Stirn und ihrer rechten Wange landete. Es war ein Hammerorgasmus! Zur Belohnung leckte ich ihre saftige Pussy, bis sie bebend zu ihrem Höhepunkt kam.

Am nächsten Tag sah ich Andrea wieder. Alles war wie immer, doch tief in meinem Herzen spürte ich etwas für Melly, Gefühle, die da eigentlich nicht sein durften. Hatte ich mich in meine Kollegin verliebt? Nein, sicherlich nicht. Oder vielleicht doch? Ich war durcheinander. Die 3 Tage mit Melly waren superschön gewesen. Ich freute mich schon auf Montag und darauf, sie wiederzusehen.

Das Wochenende mit Andrea war leider etwas anstrengend. Sie wollte unbedingt einen Ausflug zum Chiemsee unternehmen. Ich wollte lieber zu Hause bleiben und Musik machen. Ich spiele 4 Instrumente: Klavier, E-Gitarre, Bass und Schlagzeug. Ab und zu möchte ich abschalten, an nichts denken und frei sein. Das geht mit Musik am besten.

Andrea ließ nicht locker und überredete mich schließlich zu dem Trip. Ich war echt genervt und fügte mich in mein Schicksal. Viel lieber wäre ich jetzt bei Melly, dachte ich mir während der Fahrt. Dieser Wunsch wurde am Montag wahr, als ich die Süße wiedersah. Andrea hatte gerade viel Prüfungsstress und war nicht einfach handzuhaben. Umso mehr freute ich mich auf den lockeren Umgang mit Melina. Wir arbeiteten nun täglich zusammen, ich organisierte meine und ihre Projekte so, dass sie immer bei mir war.

Ich liebte Andrea sehr, doch mir war klar, dass Melly mir auch sehr viel bedeutete. Ich wollte unbeschwingt Zeit mit ihr verbringen, tollen Sex mit ihr haben, mit ihr lachen und sie besser kennenlernen. Doch wie sollte das funktionieren? Ich war doch in einer festen Beziehung, die ich nicht beenden wollte. Die nächsten Wochen war ich hin und her gerissen. Klar hatte Andrea Priorität, aber ich nutzte jede Chance, um Zeit mit Melly zu verbringen, auch Freizeit. Andrea erzählte ich von Geschäftsessen oder Meetings und war dann 2 oder 3 Stunden bei Melly. Andrea schöpfte nie Verdacht, sie vertraute mir voll und ganz.

Es pendelte sich so ein, dass ich fast täglich kurz bei Melina war und wir Sex zusammen hatten, bevor ich zu Andrea fuhr oder sie zu mir kam. Mit Andrea aß ich dann zu Abend, wir kuschelten und hatten Sex, bevor wir Seite an Seite einschliefen. Oft aber redeten wir auch nur.

Ich merkte, dass sich die Beziehung mit Andrea verändert hatte. Es war nun deutlich mehr Stress in unserem Alltag und Umgang miteinander, wir waren gereizter und blökten uns sogar an. Das durfte nicht sein! Was war los? War Melly daran schuld? Oder ich? Ich wusste es nicht, doch ich war auch nicht gewillt, mir darüber Gedanken zu machen. Arbeit, Melly, Andrea – das war der Ablauf, an den ich mich gewohnt hatte. Andrea durfte nichts von Melly erfahren und Mellys Freund natürlich nichts von mir.

Ich lebte zweispurig. Ich entfernte mich immer weiter von Andrea und genoss immer intensiver die Romanze mit Melly. Ich organisierte sogar einen viertägigen Kurzurlaub mit Melly in Paris, den ich Andrea als Arbeitstrip verkaufte. Melinas Freund machte auch keine Probleme, da sie ihm dieselbe Story erzählte.

Dann kam der Tag, der mir die Augen öffnete. Rainer, mein bester Freund und Kumpel, stand heulend bei mir im Büro. Er erzählte mir, dass seine Susi sich von ihm getrennt hat, und das nach 5 Jahren Beziehung. Die beiden wollten sogar heiraten und eine Familie gründen. Rainer war ein Playboy wie ich und hatte auch mal hier und da etwas neben seiner Beziehung am Laufen. Aber dass er eine Affäre über 6 Monate hatte, wusste ich nicht.

Als er immer weniger Zeit für Susi hatte und kaum noch zu Hause war, wurde sie misstrauisch und spionierte ihm nach. Sie erfuhr von seinem Zweitleben, zog sofort aus der gemeinsamen Wohnung aus und verließ Rainer auf nimmer Wie-

175

dersehen. Rainer war völlig fertig, am Boden zerstört. Ich kümmerte mich um ihn und beruhigte ihn, so gut ich konnte. Als er
weg war, wurde ich nachdenklich. Was wäre, wenn mir dasselbe
passiert?

Ich öffnete die oberste Schublade meines Schreibtisches
und holte ein Fotoalbum von Andrea und mir heraus. Ich schaute die Fotos an und begann zu weinen. Vor Rührung, vor Freude, so eine tolle Frau an meiner Seite zu haben. So oft war ich
ihr fremdgegangen, nie hatte sie etwas gemerkt. Nun die Sache
mit Melly, die aus dem Ruder gelaufen war. Ich musste eine
Entscheidung treffen: Melly oder Andrea.

Auf der einen Seite stand meine Freundin Andrea, die
ich von ganzem Herzen liebte. Unsere Beziehung hatte sich
durch Melly ein wenig verändert, sie war schwieriger geworden, doch sie hielt der Belastung stand und ich freute mich immer, sie zu sehen und bei ihr zu sein. Der Sex mit Andrea war
nach wie vor toll. Sie war die Frau, mit der ich eine Familie
gründen wollte, sie sollte die Mutter meiner Kinder sein. Mit ihr
wollte ich alt werden.

Auf der anderen Seite stand meine Geliebte Melly, die
für mich mehr war als irgendein Fick. Wir hatten nun schon
knapp 6 Monate etwas, eigentlich ein Wunder, dass wir das so
lange vor unseren Partnern verheimlichen konnten. Die Melina
brachte mich zum Lachen, ich fühlte mich wohl bei ihr, der Sex
war super, wir hatten viel Spaß zusammen. Aber mehr als eine
Affäre würde sie wohl nie werden. Sie heiraten? Nein. Eine Familie mit ihr gründen? Nein. Sie war etwas für den Moment, für
eine Phase in meinem Leben. Ich hatte mich in sie verknallt und
den Übermann gespielt, den Boden unter den Füßen verloren
und gedacht, das könne schön so weitergehen, das Lotterleben.

Mir war klar, dass ich mit diesem Doppelleben aufhören
musste. Mir war auch klar, dass ich eine der beiden Frauen verlieren würde. Andrea wollte ich unter keinen Umständen verlieren, also stand fest: Ich musste das mit Melly beenden.

Am nächsten Tag nahm ich mit Melly die Henkersmahl-
zeit ein. Ich druckste herum. „Du, ich muss Dir etwas sagen."
„Ich Dir auch", schoss es aus ihr heraus. Was dann kam, haute
mich um. Sie lächelte mich an: „Ich habe mich in Dich verliebt
und möchte fest mit Dir zusammen sein."

Um Himmelswillen! Schlimmer kann es nicht kommen, dachte ich. „Aber das geht nicht, ich habe eine Freundin, und Du hast einen Freund", versuchte ich ihr diesen Gedanken auszutreiben.

„Dann verlassen wir sie eben", konterte sie. „Du liebst Deine Freundin doch kaum noch, Du verbringst mehr Zeit mit mir, als mir ihr. Und mein Freund ist auch nicht der, den ich will. Ich hätte viel lieber Dich." „Aber das geht nicht." „Warum denn nicht? Mach Schluss mit Andrea und lass uns zusammen glücklich sein." „Ich kann nicht", meinte ich. „Ich will Andrea nicht verlieren, und so weitermachen kann ich auch nicht."

Melina schaute mich ernst an. „Soll das heißen, dass Du mir den Laufpass gibst? Dass es aus ist?" Ich nickte. Ich versuchte ihr, meinen Standpunkt und meine Situation zu erklären, doch das interessierte sie herzlich wenig. Sie stand auf und verließ wütend und mit Tränen im Gesicht das Restaurant. Ich fühlte mich schuldig und zitterte. Das Essen ließ ich stehen, der Appetit war mir vergangen.

Die nächsten Tage sprach Melly kein Wort mit mir. Alle meine Versuche, ein vernünftiges Gespräch mit ihr zu starten, blockte sie eiskalt und gnadenlos ab. Dann erfuhr ich, dass sie zum Monatsende gekündigt hatte. Nach nur 6 Monaten in der Firma. Ich war schockiert.

„Warum?", fragte ich sie. „Warum gehst Du?" „Wegen Dir", war ihre Antwort. „Was ist denn so schwer daran, vernünftig und in Ruhe über alles zu sprechen?", wollte ich wissen. „Es hätte so schön mit uns werden können, aber Du hast alles versaut", schoss sie zurück und ging. Gut, vielleicht ist es besser so, dachte ich.

Ein paar Tage später mussten wir nach Zürich – es sollte unser letzter gemeinsamer Trip werden, und ein versöhnlicher Abschied. Ein dreitägiges Projekt erwartete uns. Während der Fahrt schwiegen wir uns an. Ich hatte nicht den Mut, über uns zu sprechen, und Melly tat so, als würde sie schlafen.

Am Abend, nach erledigter Arbeit, klopfte es an meine Zimmertür. Ich öffnete, es war Melly. „Darf ich reinkommen?", fragte sie mit gesenktem Haupt. „Äh, klar", antwortete ich überrascht. Noch bevor ich die Tür schließen konnte, umarmte sie mich und drückte mich fest an sich. Sie weinte.

Ich tröstete sie und streichelte ihr über den Kopf. „Das alles ist so furchtbar", begann sie. „Ich wollte doch auch nicht, dass es so kommt, aber es ist halt passiert." „Was meinst Du?", fragte ich mit sanfter Stimme. „Dass ich mich so sehr in Dich verliebe", schluchzte sie.

Als sie sich beruhigt hatte, setzten wir uns aufs Bett und besprachen die Lage. Melina entschuldigte sich für ihr ablehnendes und strafendes Verhalten mir gegenüber, ich entschuldigte mich für das Zerstören ihrer Hoffnungen. „Wir beide haben Fehler gemacht und viel riskiert", sagte ich, „fast zu viel. Wenn wir jetzt aufhören, können wir das retten, was uns wichtig ist."

„Bin ich Dir denn überhaupt nicht wichtig?", wollte sie wissen. „Natürlich bist Du mir wichtig, sehr sogar, das weißt Du", beruhigte ich sie. „Ich würde mich verdammt gerne weiter mit Dir treffen und Sex mit Dir haben, aber das geht nicht." Ich erzählte ihr die Geschichte von Rainer, und sie begann mich zu verstehen.

„Manchmal im Leben gibt es leider Entscheidungen, die getroffen werden müssen, auch wenn sie einem masiv schwer fallen. Und das ist so eine. Ich liebe Andrea wirklich, mit ihr möchte ich eine Familie gründen. Wenn ich sie verliere, weiß ich nicht, was mit mir passieren würde. Verstehst Du?"

Sie nickte. „Bei mir ist auch alles durcheinander. Mit Patrick läuft es nicht optimal. Das mit Dir war so wunderschön, das wollte ich einfach haben. Du bist ein toller Mann, ich würde alles für Dich tun, sogar Patrick verlassen. Aber wenn Du keine Beziehung mit mir willst, dann muss ich das akzeptieren."

Ich fragte sie, ob ihre Kündigung endgültig sei, was sie bestätigte. Sie hatte sogar schon ein paar Vorstellungsgespräche organisiert. Sorgen um ihre Zukunft musste sich Melly nicht machen. Sie war gut, zuverlässig, kompetent und intelligent in dem, was sie beruflich tat. „Dann werden wir uns ab nächster Woche wohl nicht mehr sehen", meinte sie mit leiser Stimme. „Ja, sieht so aus", bestätigte ich.

„Und so zum Abschied, wollen wir uns da nicht doch noch lieb haben, was meinst Du?" Ich schaute sie fragend an. „Ich möchte Dir zum Abschied nochmal ganz nahe und glücklich mit Dir sein." „Ok", sagte ich. „Aber Du weißt schon, dass danach alles vorbei ist." „Ja." Ich nahm sie in den Arm, wischte ihr die Tränen aus dem Gesicht und küsste sie zärtlich auf den Mund. Melly erwiderte den Kuss und legte meine Hand in ihren Schoß.

Die Zärtlichkeiten gingen in ein Liebesspiel über, das mit geilem Sex und krönenden Höhepunkten auf beiden Seiten endete. Es war so schön, so vertraut. Melly war glücklich, sie lächelte mich an und drückte mich fest an sich. „Ich werde Dich so sehr vermissen", flüsterte sie mir ins Ohr. „Ich Dich auch", gestand ich ihr. Wir küssten uns und schliefen Arm in Arm ein.

Die nächsten 2 Tage vergingen wie im Fluge. Wir arbeiteten, hatten tollen Sex und genossen die finalen Zärtlichkeiten, die wir uns geben durften. Die letzte Nacht mit Melly war wunderschön. Wir kuschelten ganz eng, Tränen flossen. Auch für mich war es schwer, Abschied zu nehmen, ich hatte mich an sie gewöhnt und fühlte mich sehr wohl mit ihr.

„Meine Süße, ich wünsche Dir alles Gute. Es war toll mit Dir, danke für alles." Wir küssten uns ein letztes Mal. Melly arbeitete noch 3 Tage bei uns, dann war sie weg.

1,5 Jahre später: Plötzlich stand Melly wieder vor mir. Sie hatte sich gar nicht verändert und sah umwerfend aus. „Hi, wie geht's Dir?", begrüßte sie mich mit einem breiten Grinsen. Ich war baff. „Ich bin für 1 Woche hier bei Euch in der Firma, ich arbeite jetzt für eine Company in Düsseldorf und wir haben dieses Gemeinschaftsprojekt. Ich hoffe, unsere Zusammenarbeit wird gut." Nach anfänglichen Sprech- und Sprachschwierigkeiten fand ich ins Gespräch und wir nutzten die erste Pause, um uns näher zu kommen.

„Erzähl, wie ist es bei Dir gelaufen die letzte Zeit?", wollte sie wissen. „Mir geht es gut", antwortete ich, „ich kann nicht klagen." „Bist Du immer noch mit Andrea zusammen?" Eine heikle Frage. „Ja, wir sind mittlerweile zusammengezogen." „Freut mich", lächelte sie. „Freut mich wirklich."

„Und bei Dir?" „Ach, beruflich ist alles ok, ich gehe meinen Weg, aber privat ist es chaotisch gewesen. Nach Dir habe ich mich von Patrick getrennt, dann gab es ein halbes Jahr keinen Mann, dann im Wochentakt einen anderen. Zwischendurch mal die eine oder andere Kurzbeziehung, ein paar Wochen oder Monate, aber nichts Gescheites. Wirklich nichts."

Sie machte eine Pause. „Ich habe oft an Dich denken müssen, gerade in der Anfangszeit nach unserer Trennung. Ich habe Dich schrecklich vermisst." „Ich Dich auch", entgegnete ich und umarmte sie. Es fühlte sich so vertraut an. „Hast Du Lust, nach der Arbeit noch etwas trinken zu gehen?" Ich überlegte nicht lange. „Gerne, ich muss nur Andrea Bescheid geben." Ich rief meinen Schatz an und erzählte ihr vom Wiedersehen mit meiner ehemaligen Assistentin:

„Wir gehen heute Abend noch etwas trinken, über alte Zeiten plaudern und so, ich komme etwas später nach Hause." „In Ordnung", meinte Andrea verständnisvoll. Sie vertraute mir total, diese Frau ist echt Gold wert.

Ein paar Stunden später saßen Melina und ich in einer Bar und ließen unsere Affäre Revue passieren. „Es war so schön mit Dir, so zärtlich, so eng, Du gabst mir das Gefühl, etwas Besonderes zu sein", schwelgte sie in Erinnerungen, die ich in genau demselben Wortlaut beschreiben würde. „Ich war so sehr verliebt in Dich, in Deinen Körper, den Sex mit Dir."

Sie schaute mich an, schaute mir tief in die Augen. „Du hast Dich gar nicht verändert, Du bist noch genauso attraktiv wie damals, unglaublich attraktiv. Ich hätte so gerne noch einmal Sex mit Dir", hauchte sie mich an. Ab diesem Moment gab es für mich kein Halten mehr. Ich konnte nicht widerstehen, aber ich wollte auch nicht. Im Eiltempo ging es in ihr Hotel, wo wir alte Zeiten hochleben ließen.

Melinas Körper war weiblicher geworden, sie hatte an den richtigen Stellen 2-3 kg zugelegt, ihre Haare waren länger als damals, ein Tattoo schmückte ihre rechte Schulter, ein dünner Schamhaarstrich verzierte ihre süße Muschi.

„Was möchtest Du?", fragte ich aufgeregt. „Ich möchte von Dir gefickt werden", stöhnte sie und öffnete ihre Beine. Es fühlte sich so himmlisch an, diese bekannte Pussy zu bumsen. „Endlich, so schön, geil, weiter. Ah, Wahnsinn, Oh!", säuselte sie wie in Trance, während meine Stöße immer härter und auch schneller wurden.

Im Nähmaschinentempo spritzte ich ab. Auch sie zuckte und krächzte laut. „Wahnsinn, wir sind zusammen gekommen!" Sie umarmte mich und wollte mich gar nicht mehr loslassen. „War das schön!" In der Tat, es war schön, ach was, es war superschön! Ich wusste, warum ich Melly damals ein halbes Jahr vögelte. Sie war so süß und gerade dabei, mir erneut den Kopf zu verdrehen.

Nach 30 Minuten Pause meinte sie: „Ich möchte Dir jetzt unbedingt einen blasen, ok?" „Klar!" Mit Engelshänden berührte sie meinen Schwanz, der 1 Minute später wieder wie eine Eins stand. Nun war ihr Mund dran. Ich lag auf dem Bett und sah zu, wie sie mich oral verwöhnte. Zuerst lag sie neben mir auf Hüfthöhe, dann kam sie auf mich drauf und blies in der 69er-Position weiter.

Diese Gelegenheit nutzte ich, um sie mit meiner Zunge zu verwöhnen. Melly stöhnte laut auf, als ich diese 2 cm tief in ihre Muschi steckte und dann mit den kreisenden Bewegungen Druck gegen die vordere Scheideninnenwand ausübte.

„Oh Gott, oh Gott, Wahnsinn!", rief sie immer lauter und kam zu einem bebenden Orgasmus. Just in dem Moment explodierte auch ich und spritzte meine Ladung in ihr Gesicht. Mit ihrer rechten Hand masturbierte sie meinen Penis in einem Wahnsinnstempo. Mit so schnellen Bewegungen hatte es mir bisher noch keine besorgt. Ein Wunder, dass sie sich dabei nicht den Arm auskugelte.

Erschöpft fielen wir beide zusammen und küssten uns. „Du weißt, dass das nur ein paar Tage mit uns geht", sagte ich nachdenklich. „Ja, ich weiß. Solange Du Andrea hast, habe ich keine Chance." So schön dieser Abend auch war, einfach war die Situation nicht. Klar wollte ich Melly jeden Abend poppen, aber was sollte ich Andrea sagen? Alles, nur nicht die Wahrheit.

Am nächsten Abend stand „Bowling mit Kumpels" auf dem Programm, naja, zumindest erzählte ich das der Andrea. In Wirklichkeit war ich wieder mit Melly verabredet. Direkt nach der Arbeit fuhren wir in ihr Hotel und legten los. Sie wollte mich reiten und tat das im wahrsten Sinne des Wortes. So einen wilden Ritt habe ich selten erlebt. Melly ging ab wie Schmidts Katze und ich hatte die Befürchtung, dass entweder gleich das Bett oder mein Becken zusammenbricht.

Nach einer kurzen Pause und einem heftigen Orgasmus war Massagezeit angesagt. Ich liebkoste jeden Zentimeter von Mellys mir bekanntem Körper und begann, mit meinen Fingern an ihrer Klitoris herumzuspielen.

„Mach es bitte mit dem Mund, so wie gestern", bat sie mich. „Das war unglaublich." Ich erfüllte ihr den Wunsch und bereitete ihr wieder einen Höhepunkt der Extraklasse.

Dann war meine Zeit gekommen. Ich entspannte mich und sah zu, wie Melina meinen Körper einölte und mich von oben bis unten massierte. Mein Penis war längst steif, als sie ihn in die Hand nahm und zu masturbieren begann. Zuerst mit einer, dann mit beiden Händen bewegte sie meine Vorhaut auf und ab, hoch und runter. Die ganze Zeit blickte sie mir tief in die Augen und stöhnte lustvoll dabei.

Plötzlich ganz schnelle Züge, dann extrem langsame, dann wieder schnelle. „Ich komme, ich komme!", rief ich hektisch und spürte meinen Saft brodeln. Melly stellte ihre Handbewegungen ein und wartete auf die erste Ladung, die ihr voll ins Gesicht ging. Ihre Zunge hatte sie herausgestreckt, ihre Augen waren geschlossen. Die nächsten Ladungen kamen.

Es fühlte sich seltsam an, nicht gewichst zu werden, während ich kam, sie hielt ihn lediglich fest mit beiden Händen und ließ den Samen spritzen. Es war gut, aber ich mag mit Wichsen mehr. Egal.

Mittwoch wollte Andrea unbedingt mit mir ins Kino, da ging nichts. Am folgenden Tag leider auch nicht. Aber dann: Mellys letzter Abend stand an. Andrea hatte Frauentreff mit ihren besten Freundinnen und meinte, sie würde vor Mitternacht nicht zu Hause sein.

Melly und ich hatten also den ganzen Abend Zeit, um uns zu verabschieden und Sex miteinander zu haben. Ich kam auf die Idee, das Spektakel zu filmen. Sex mit Melina ist eine bildliche Erinnerung wert. Ich fragte sie: „Wer weiß, wann wir uns wieder sehen. Ich würde gerne eine Erinnerung von uns haben und ein bisschen filmen, ist das ok?" „Was willst Du denn filmen?" „Na, uns." „Du meinst den Sex", grinste sie mich an.

„Ja", gab ich zu. „Der ist so schön und ich weiß, dass ich viel und oft an Dich denken werde, und für solche Momente …". „Schon gut, ist ok, aber nur, wenn ich auch eine Aufnahme bekomme." Ich zögerte. „Hey, ich vermisse Dich doch auch und möchte auch so eine Erinnerung haben." „Na, Du weißt, wegen Andrea, ich muss Dir absolut vertrauen können."

„Klar kannst Du das", meinte Melly, „Ich habe doch auch damals nichts gesagt und mich nicht zwischen Dich und Andrea gedrängt. Ich habe Stillschweigen bewahrt."

„Hm", überlegte ich. Stimmt. Ich konnte ihr vertrauen. „Ok, einverstanden", sagte ich und bereitete die Videokamera, die ich extra mitgenommen hatte, vor. „Und Action!", rief ich. Melly lag bereits auf dem Bett und hatte nur noch ihren Slip an, einen weißen String-Tanga, der ihr unglaublich gut stand.

Wir begannen uns zu küssen und zu streicheln. Zuerst leckte ich sie ein bisschen, dann blies sie mich steif. „Ich oder Du?", fragte ich sie. „Ich", antwortete sie und hockte sich fest auf mein Glied. Genüsslich ritt sie mich. Sie bewegte sich freizügiger und anrüchiger als sonst. Geil! Danke, lieber Gott, dass Du die Videokamera erfunden hast.

„Jetzt Du", forderte sie mich auf. „Von hinten." Bereitwillig kniete sie sich hin und streckte mir ihren Po entgegen. Ich steckte ihn schön tief hinein und fickte sie langsam und behutsam, dann schnell und hart. „Ich komme gleich!", stöhnte ich. „Warte", unterbrach sie. „Lass es uns richtig geil machen." Sie zog meinen Penis aus ihrer Fotze und entfernte das Kondom. „Leg Dich hin, weiter hierher, noch ein bisschen, ja, so", lenkte sie mich in die Idealposition. „So müsste der Shot am geilsten sein." Was hatte sie vor? Mit so viel Aktivität seitens Melly hatte ich nicht gerechnet. Sie ergriff meinen Penis und holte mir einen runter. Gekonnt setzte sie dabei ihren Mund ein, sie blies unglaublich gut, wie immer.

„Jetzt!", rief ich. Melly blickte tief in die Kamera, während mein Saft in ihr Gesicht schoss. Voll ins Gesicht. Melly stöhnte und leckte sich mein Sperma in ihren Mund. Eine Ladung nach der anderen verzierte ihr hübsches Face. Diese Aufnahme musste ich sehen, am besten gleich! Mellys Handbewegungen wurden langsamer, ich blickte in ihr feuchtes Gesicht. „Wahnsinn,!", flüsterte ich und nahm sie fest in den Arm.

Die Aufnahme war echt der Hammer! Als wir sie sahen, wurden wir so geil, dass wir parallel dazu poppten. Ich kam in Melly, es war toll. Leider musste ich wieder nach Hause, das Wiedersehen mit Melly war zu Ende. Schnell zogen wir das Band auf PC und brannten 2 DVDs, 1 für Melly, 1 für mich. Viele Küsse zum Schluss, eine letzte Umarmung. Adieu Melly.

Nun dies: Über 10 Jahre später sehe ich Melly wieder! Wow! Die Süße erkannte ich sofort wieder. Mit einem 2-jährigen Bub an der Hand stand sie plötzlich vor mir im Büro. Sie hatte sich optisch kaum verändert, ihre Haare waren immer noch blond und lang, ihre Augen strahlend wie eh und je.

Überschwänglich umarmte ich sie und roch ihren Duft ein. Typisch Melly. Ja. Sie wohnte und lebte mittlerweile in Spanien und hatte einen reichen Mann geheiratet, einen Immobilienmakler, der ihr ein schönes Leben ermöglichte. Die große Liebe sei es nicht, meinte sie, aber er behandle sie gut und schenke ihr viele Freiheiten und teure Sachen.

Ich erzählte ihr von meiner Ehe mit Andrea und zeigte ihr Fotos von meinen beiden Schätzen Jean Paul und Anna Lina. Sie freute sich mit mir. Nun war sie ein paar Tage in München, um alte Freude zu besuchen. Ich gehörte dazu. Während der Kleine sich mit einem kleinen Mercedes am Boden beschäftigte, meinte sie: „Du siehst immer noch so gut aus wie damals." „Du auch", meinte ich zu ihr und betrachtete sie genauer. Nochmal Sex mit ihr zu haben, das wär's, dachte ich mir.

Denselben Gedanken hatte sie auch. Stumm reichte sie mir eine Visitenkarte ihres Nobelhotels mit ihrer Mobilnummer darauf und zwinkerte mir zu. Ich wusste, was die Stunde geschlagen hat. Sie musste weiter und ich versprach ihr, sie anzurufen. Ich spielte mit offenen Karten und erzählte Andrea vom Besuch meiner ehemaligen Kollegin, dass sie jetzt verheiratet sei und einen Bub namens Serge habe. Gegen mein Treffen mit ihr hatte Andrea-Frau nichts einzuwenden, am Tag darauf stand sowieso ihr Frauenabend an und die Kids waren bei den Großeltern gut aufgehoben.

Melly hatte sich extra schick für mich gemacht und wir dinierten köstlich im Nobelrestaurant des Nobelhotels. Auch der Serge war in guten Händen, denn dieses Hotel hatte exklusive 24-Stunden-Kinderbetreuung. Melly flirtete wild mit mir und ich wusste, wo das enden würde: in ihrem Bett.

1 Stunde später war es dann soweit: Melly entblößte sich für mich und zeigte mir, dass ihr Körper immer noch wunderschön war. Ich küsste sie auf den Mund und ihre 4 Lippen und leckte sie zu 3 mächtigen Orgasmen.

Danach verwöhnte sie mich mit Händen und Mund in den siebten Himmel. Immer bevor ich kam, stoppte sie und zögerte das Finish weiter hinaus. Bis ins Unerträgliche. Nun ging es nicht mehr und ich musste kommen. Mellys Mundhöhle wurde nun gesprenkelt. Sie schluckte fleißig und alles.

Nach einer kurzen Pause fickten wir uns dann das Hirn raus. Es war gigantisch gut. Melly war mir immer noch so vertraut, ich konnte mein Glück und diese Leidenschaft kaum fassen. Leider musste ich nach Hause, aber wir verabredeten uns noch für einen zweiten Sextreff Ende der Woche, diesmal mittags.

Erneut fickten wir um unsere Leben und ich hatte 3 Samenergüsse in weniger als 2 Stunden. Melly kam satte 7 Mal in 1 Stunde. Geil! Leider war dieses Abenteuer dann auch schon wieder zu Ende, ich wünschte Melly alles erdenklich Gute und versprach ihr, in Kontakt zu bleiben.

Kapitel 33:
Wie alles begann

Immer wieder werde ich gefragt, wie ich zu dem außergewöhnlichen Womanizer geworden bin, der ich nun mal bin. Tja, einen Großteil davon habe ich sicher meinem Vater, einem ebenso erfolgreichen Womanizer, zu verdanken, Gene und so, aber auch die vielen schönen Erfahrungen und Erlebnisse mit den Hunderten Frauen machten mich zu dem, der ich heute bin. Doch wie begann alles? Wer war die Erste? Und was und wie lief das ab? Jetzt erfahren Sie es.

Meine allererste Frau hieß Raliza und war damals gerade einmal 14 Jahre alt, so wie ich auch. Wir waren in derselben Klasse und hatten eigentlich nichts miteinander zu tun. Die Klasse war aufgesplittet in Jungs und Mädels. Die Jungs interessierten sich für Fußball, Alkohol und Mädels, die Mädels für Schmuck, Mode und Jungs, aber es wurde mehr geredet als etwas unternommen.

Raliza war ein unscheinbares Mädchen, das aber durch die Pubertät enorm an Ausstrahlung und Weiblichkeit gewann. Von Woche zu Woche wurde sie hübscher und übte mehr und mehr Anziehung auf mich aus. Schließlich war klar: Ich hatte mich in sie verliebt. Ich war gerade einmal 14 und hatte schon längst damit begonnen, meine Sexualität zu erforschen und zu genießen. Selbstbefriedigung stand täglich auf meinem Plan. Dabei schaute ich mir halbnackte hübsche Frauen in diversen Zeitschriften (das Internet gab es damals ja so noch nicht) an … noch lieber ganz nackte. Ich freute mich, meinen Penis wachsen und reifen zu sehen und war stolz auf meine schon damals kräftigen Samenergüsse.

Die meisten Mädels und Jungs in unserer Klasse waren mehr verspielt als reif und widmeten sich noch nicht so intensiv dem anderen Geschlecht. Raliza aber hatte ihre neu erworbene Weiblichkeit längst entdeckt und spielte mit ihren Reizen. Sie zog sich bauchfreie Tops an, hautenge Jeans, String-Tangas und schminkte sich nicht schlecht.

Eines Tages nach Schulschluss, ich wollte gerade nach Hause gehen, da hörte ich eine weibliche Stimme rufen: „Warte mal, kannst Du mir kurz helfen?" Ich drehte mich um: Es war Raliza. Sie stürmte auf mich zu und bat mich, ihr doch bitte bei Mathe zu helfen, da ich darin so gut sei. Vor der anstehenden Klausur hatte sie Schiss und kaum gelernt: „Ich verstehe die Zahlen einfach nicht. Kannst Du mir helfen, bitte?" Hilfsbereit wie ich bin willigte ich ein und wir verabredeten uns für den kommenden Nachmittag bei ihr zu Hause. Ihre Mutter öffnete die Türe und hieß mich als Retter ihrer Tochter herzlich Willkommen.

Raliza wartete schon in ihrem Zimmer auf mich. Ich legte meinen Ranzen ab und wir begannen die Lehrstunde. Raliza folgte aufmerksam meinen Ausführungen und gab sich sichtlich Mühe, alles zu verstehen. Am Ende war die Hälfte hängen geblieben, für den Anfang nicht schlecht. Sie bedankte sich und drückte mir zum Abschied ein Dankeschön-Bussi auf die Wange. Am Abend masturbierte ich zum allererersten Mal mit Raliza in meinem Kopf. Ich stellte sie mir genau vor und kam ziemlich heftig.

2 Tage später war ich erneut zur Lern-Session geladen. Diesmal war Raliza allein zu Haus. Vater bei der Arbeit, Mutter bei einer Freundin. Raliza hatte sich richtig flott gemacht für mich. Sie trug ein sehr enges T-Shirt und hatte keinen BH darunter, das konnte ich deutlich erkennen. Ihre steifen Brustwarzen ebenso.

Sexy setzte sie sich aufs Bett und bat mich, neben ihr Platz zu nehmen. Ok. Ich fing an mit Mathe, doch das interessierte sie Motte. Sie hörte gar nicht zu, sondern fixierte mich. Das merkte ich natürlich und wurde immer unsicherer. „Was schaust Du mich denn so an?", stammelte ich sie fragend an. Da neigte sie sich schon vor zu mir und küsste mich zärtlich auf den Mund. Ich war perplex. Damit hatte ich nicht gerechnet.

Schnell kapierte ich, was Sache war und küsste mit. Raliza hatte schon Übung in dem, was sie tat. Sie konnte gut küssen. Ich hatte zuvor noch nie ein Mädchen geküsst, also machte ich einfach genau das, was sie tat. Nun spürte ich ihre Hände an meiner Brust, also musste auch ich zugreifen und berührte sanft und unsicher ihre festen Titties.

Rali stöhnte auf und drückte meine Hände fest gegen ihre Brüste. Das fühlte sich interessant an. Sie zog sich ihr Shirt aus und ich durfte nun richtig kneten. Dabei führte sie meine Hand und zeigte mir, wie sie es mochte. Für mich war das alles so aufregend, mein Penis war vollsteif und wollte frische Luft schnuppern. Raliza konnte hellsehen, denn kurz darauf erfüllte sie meinem Prügel diesen Wunsch.

Wir legten uns auf ihr Bett und sie zog mir Hose mitsamt Unterhose aus. Als sie meinen Penis berührte, tanzten die Schmetterlinge in meinem Bauch den Liebeswalzer. Raliza war die erste Frau, das erste Mädchen überhaupt, das meinen Penis berührte. Gekonnt fing sie an, meine Vorhaut hoch und runter zu bewegen. Es fühlte sich so verdammt gut an, ihre süßen Fingerchen um meinen Penis zu spüren.

Doch die Aufregung und der Druck waren zu groß für mich, und so kam ich bereits nach 2 Minuten sanften Wichsens zu einem spritzigen Orgasmus. Raliza kicherte verstohlen und grinste mich verliebt an. „Und, hat es Dir gefallen?" „Klar! Es war super!", frohlockte ich und konnte meinen ersten zarten Sex mit einer Frau kaum fassen. Wir lernten noch ein wenig, dann ging ich, diesmal mit Abschiedskuss auf den Mund.

Wieder 2 Tage später dasselbe Spiel: Raliza wartete auf mich und wir hatten freie Bude. Diesmal legten wir sofort los. Mathe interessierte uns einen absoluten Scheißdreck. Rali übernahm wieder die Initiative und küsste mich aufs Bett. Dort zog sie mich komplett aus, dann sich. Zum ersten Mal sah ich ein Mädchen in diesem Alter nackt. Es war unbeschreiblich schön. Ralis Körper glich dem einer Fee, ihre Rundungen waren mädchenhaft, ihre Haut jung und frisch. Schwarze Schamhaare verdeckten ihren Pforteneingang. Sie legte sich neben mich und wir begannen, uns gegenseitig zu streicheln.

Auf einmal ergriff sie meine Hand und führte sie zu ihrem Schambereich. Zum ersten Mal in meinem Leben durfte ich eine Klitoris streicheln. Raliza führte meine Hand gekonnt und erfahren, sie wusste genau, was ihr gefiel und wie sie es wollte. Schneller wurden meine Rubbeleien, immer schneller und zielstrebiger. Ich lernte schnell und arbeitete nun freihändig. Raliza schien es zu gefallen, sie hatte ihre Hand derweil auf meinen steifen Penis gelegt und massierte ihn sanft.

188

Plötzlich wurde sie unruhiger und stöhnte lauter. Mir war klar, dass hier gerade etwas Besonderes passiert. Ralis Orgasmus war heftig und schön. Ich rubbelte so lange weiter, bis sie meine Hand wegdrückte und sich langsam von den Anstrengungen beruhigte. „Das war schön", säuselte sie mir ins Ohr. „Das hast Du voll gut gemacht." Ich freute mich wie Samson.

„So, und nun verwöhne ich Dich", lächelte mich Raliza süß an und widmete sich meinem steifen Dong. Sie kniete sich zwischen meine erregten Beine und wichste meinen Dude, zuerst mit einer Hand, dann mit beiden. Hammergeil! Ich starrte sie die ganze Zeit an, ihr Gesicht, ihr Lächeln, ihren Körper, ihre Brüste, ihre Muschi, dann kam ich.

Mein Samen spritzte hoch hinaus und entlockte ihr ein „Hui!", dann „Oh mein Gott! Du kommst aber heftig!". Glücklich sackte ich zusammen und schaute ihr dabei zu, wie sie mit 2 Feuchtigkeitstüchern ihre Hände und ihre Brüste von meinem Sperma befreite. Dann kuschelten wir.

„Sag mal, hat Dir schon mal ein Mädchen einen geblasen?", fragte sie mich neugierig. „Nein, noch nicht", antwortete ich noch neugieriger. „Möchtest Du, dass ich es mal bei Dir mache?" Was für eine geniale Frage. Darauf gab es nur ein Ja zu antworten. „Sehr gerne, wenn Du es mir machen möchtest." Raliza nickte und zog mich hoch. Ich sollte mich hinstellen und abwarten. Das tat ich. Was hatte sie vor?

Sie verschwand kurz im Bad und kam mit einem Haargummi zurück. Mit diesem Ring bändigte sie ihre lange schwarze Mähne zum Rossschwanz und kniete sich vor mich. Mein Penis stand längst wie eine Eins und war bereit für den ersten Kontakt mit einem Mund.

Als sie meinen Penis vorsichtig küsste, hob ich fast ab. Ich blickte an mir hinunter und sah, wie Raliza ganz behutsam meinen Dick in ihren süßen kleinen Mund schob. Was sie dann machte, war der absolute Wahnsinn! Ihre Zunge war schon fleißig geübt und umfuhr meine Penisspitze, während sie schön vor und zurück blies. Dieses ganze Szenario war zu viel für mich, und nach nicht mal 1 Minute kam ich in ihren Mund.

Raliza reagierte schnell und zog meinen Schwanz aus ihrem Rachen, sodass ich auf ihre Brüste und Beine kam. Schlucken wollte sie nicht, verständlich, mit 14.

So ging das weiter mit uns. Wir trafen uns regelmäßig und intensivierten unser Petting von Mal zu Mal. Ich genoss es unglaublich, wenn sie mich oral verwöhnte, mittlerweile hielt ich nun schon immerhin 3 bis 4 Minuten durch, länger war unmöglich, so törnte sie mich an, wenn sie nackt vor mir kniete und mich mit ihrem Mund befriedigte.

Eines Tages fragte sie mich: „Möchtest Du es auch mal mit dem Mund bei mir machen?" Ich war unsicher: „Du, ehrlich gesagt habe ich das noch nie gemacht, ich weiß nicht, wie das geht." „Du musst einfach lecken. So wie Du ein Eis leckst, so leckst Du mich da unten, ok?" „Ok", stammelte ich und bereitete mich auf das erste Pussylecken meines Lebens vor.

Raliza legte sich aufs Bett und öffnete ihre Beine. Ich kniete mich vor sie und senkte meinen Kopf. Je näher ich ihrer Scham kam, desto intensiver roch ich es. Das muss wohl der „Scheidensaft" sein, dachte ich und streckte vorsichtig meine Zunge aus. Es war ein komisches Gefühl, Pussy zu lecken. Raliza gab mir gute Anweisungen und Tipps, die ich erfolgreich in die Tat umsetzte.

Ich war mir sicher, sie hatte so etwas schon mehrfach erlebt, sonst hätte sie mich nie so gut gesteuert. Je länger ich sie leckte, desto mehr Spaß hatte ich dabei. Raliza auch. Sie hatte ihre Augen geschlossen und konzentrierte sich voll auf ihren Höhepunkt, den ich ihr wenige Momente später schenkte. Nun wurde es so richtig saftig. Lecker! Ich saugte brav zu Ende und legte mich dann wieder neben sie. Rali war glücklich und küsste mich fest.

„Willst Du mit mir gehen?" Diese Frage verstand ich erst beim zweiten Anlauf. „Du meinst, ob ich Dein Freund sein will?" „Ja", sagte sie. „Ja", sagte ich. Knutsch-Kuss. Wir wurden ein Paar. Doch einfach war es nicht, denn Ralizas Eltern durften unter keinen Umständen von uns erfahren. „Meine Mama würde mich umbringen, und Dich gleich mit." Dieses Risiko war ich nicht bereit einzugehen. Mein Leben mit 14 enden zu lassen – niemals, viel zu früh!

Also mussten wir es geheim halten. Zumindest auf dieser Seite. Auf der anderen befanden sich meine Eltern, die das viel lockerer sahen. Klar durfte ich Raliza nach der Schule mit nach Hause bringen und mit ihr in meinem Zimmer verschwinden. Meine Mutter wusste, dass wir zusammen waren und ließ uns einfach machen. Mein Daddy auch. Der war sowieso kaum zu Hause, der trieb sich nach der Arbeit mit anderen Weibern rum. Wenn er mal zu Hause war, suchte er das Mann-zu-Mann-Gespräch und machte mir Mut, sie bald mal zu „knacken". Dass es da nichts mehr zu „knacken" gab, wusste er nicht, Raliza hatte ihre Unschuld nämlich schon mit 13 verloren. So ein geiles Luder!

Ich genoss die Monate mit Raliza sehr. Der Sex mit ihr war toll. Ich liebte es, wenn sie mir einen runterholte oder mir einen blies, oft tat sie das mehrmals täglich, ich konnte nicht genug davon bekommen. Eines Tages wollte sie mehr: „Du, hast Du nicht mal Lust, mit mir zu schlafen?"

Ich erstarrte – vor Angst, aber auch vor Geilheit. Natürlich hatte ich Lust, aber ich war unerfahren, ich hatte schließlich noch nie mit einer Scheide geschlafen. „Ja, schon", antwortete ich, „aber ich bin unsicher, es ist mein erstes Mal." „Keine Sorge", beruhigte sie mich, „ich weiß wie das geht. Leg Dich einfach hin und entspanne Dich."

Ich gehorchte und ließ sie machen. Sie holte ein Kondom aus ihrem Schulranzen, packte es aus und streifte es mir passend über meinen Penis. Dann wichste sie ein bisschen herum, bis alle Beteiligten bereit für das große Event waren: Ficken! My First time! Sie kniete sich über mein Becken und ließ ihren schwarzen Busch langsam runter. Mit ihrer rechten Hand ergriff sie meinen Ding Dong und stöpselte ihn ein. Mann, fühlte sich das geil an! Langsam begann sie zu reiten.

Ihre kindlichen Brüste wippten fröhlich auf und ab, ich betrachtete das Schauspiel ganz genau. Hoch, runter, rein, raus ging das ganze 4 Minuten lang, dann explodierte ich. Mein Orgasmus war megaheftig und erfüllte mich mit den schönsten Glücksgefühlen, die ich bis damals je erlebt hatte.

Leider war dies der erste und auch letzte Geschlechtsverkehr, den wir miteinander hatten, denn am selben Abend erhielt meine Mutter einen fürchterlichen Anruf von Ralis Vater, der irgendwie von unserer Affäre Wind bekommen hatte und nun den Affen spielte. Rali wurde nach Hause beordert und uns jeglicher weiterer Umgang miteinander untersagt.

Ralizas Vater tobte wie ein Berserker und drohte damit, persönlich vorbeizukommen, würde Rali jemals noch mal unser Haus betreten. Das war´s. Ende.

Uns blieb nur noch die Schule, sonst stand Raliza unter ständiger Beobachtung. Wir waren traurig und verzweifelt, denn unsere Liebe stand unter keinem guten Stern mehr. Nach einigen Wochen des Leidens entschlossen wir uns, getrennte Wege zu gehen. Raliza knutschte schon bald mit Fabian rum, ich mit Tanja.

Zeitsprung – viele Jahre später, Wiedersehen mit Rali: Es war ein Arbeitstag wie jeder andere, bis es an die Tür klopfte. „Herein!", rief ich und tippte fleißig und hochkonzentriert den Satz zu Ende, bevor ich aufblickte und in ein Gesicht sah, das ich kannte. Das konnte doch unmöglich … nein, das gibt es nicht … oder doch?

„Das gibt´s doch nicht!", schoss es aus der feschen Dame heraus. „Du?" „Raliza?" „Ja!", juchzte sie und sprang mir in die Arme. Das gab es wirklich nicht: Sie war es tatsächlich!! Gut, ich hatte mich über die Jahre kaum verändert, und auch sie sah genauso aus wie damals, nur reifer und weiblicher. Aus dem hübschen Mädchen war eine bildhübsche Frau geworden.

Raliza war ebenfalls im TV-Geschäft tätig und arbeitete für eine kleinere Produktionsfirma in Freiburg, mit der wir einen Deal eingefädelt hatten. Begeistert über dieses ungeplante, aber freudige Wiedersehen unterhielten wir uns erst einmal über uns. „Und, wie geht es Dir?", fragte ich sie. „Wie ging es damals bei Dir weiter?" „Ach, da ist so viel passiert", stöhnte Raliza und legte ihren Mantel ab.

Ich habe mit 19 geheiratet, dann direkt 1 Tochter bekommen und mich mit 21 wieder scheiden lassen, habe Journalismus studiert und war 2 Jahre in Kanada, wo ich als Model gearbeitet gabe. Nun bin ich in der Firma in Freiburg, dort wohne ich auch, ist eine schöne Stadt, die wärmste Deutschlands."

Mir wurde auch warm. Raliza sah nämlich bezaubernd aus und verstand es gut, mit mir zu flirten. „Und Deine Tochter ist bei Dir?" „Nein, bei ihrem Vater, der ist ein Taugenichts und hat genügend Zeit, sich um die Kleine zu kümmern. Ich sehe sie alle 4 Wochen." Naja. „Und Du?" „Ich bin schon seit ewigen Zeiten hier und habe mich über all die Jahre hochgearbeitet, bin

192

verantwortlich für sämtliche TV-Shows, TV-Projekte und andere diverse wichtige Arbeiten, die so anfallen", protzte ich. „Und privat? Bist Du verheiratet? Hast Du Kinder?" „Ja und ja", antwortete ich ehrlich und zeigte Raliza ein Foto von meiner Familie.

„Du bist sicher ein ganz toller und liebevoller Papa." „Das will ich meinen", bestätigte ich ihre Vermutung. Wir verstanden uns auf Anhieb wieder so gut wie früher. Raliza hatte sich auch von ihrer Art her kaum verändert, sie war so süß und niedlich wie eh und je. „Ich freue mich auf eine gute und intensive Zusammenarbeit!" „Ich auch!", strahlte Raliza und gab mir ein Bussi auf die Backe.

„Stell Dir vor, wen ich heute wieder getroffen habe", versetzte ich meine Frau Andrea in besondere Spannung. Ein paar Versuche hatte sie, doch sie landete keinen Treffer. „Meine allererste Freundin!", schoss es aus mir heraus. Damals war ich gerade mal 14 und sie war das erste Mädel in meinem Leben. Sie arbeitet für eine Produktionsfirma in Freiburg und ist jetzt ein paar Tage bei uns, weil wir ein Gemeinschaftsprojekt mit denen organisiert haben. Welch ein Zufall, oder?"

Ich eilte in unser Schlafzimmer und kramte in meinen alten Fotoalben herum. „Hier, schau mal, das ist sie!" Andrea schaute sich interessiert die Bilder an: „Eine gute Wahl. Ein echt hübsches Mädel. Wie lange wart Ihr zusammen?" „Nicht lang, ein paar Monate nur, ihre Eltern hatten etwas dagegen und verboten uns den Kontakt. Wir waren in derselben Klasse und hatten uns ineinander verliebt, doch es war wie gesagt nur von kurzer Dauer."

„Und jetzt ist sie hier?", fragte Andrea nach. „Ja", antwortete ich, „6 Tage." „Bring sie doch mal mit zum Abendessen." Ich stutzte. „Meinst Du wirklich?" „Klar, warum nicht", meinte Andrea lässig und ohne erkennbare Hintergedanken, „ist doch nett. Ich habe damit kein Problem, das ist schließlich Jahre her, weit vor unserer Zeit. Oder willst Du das nicht?" „Warum eigentlich nicht? Gerne. Ich frage sie mal, ob sie Lust hat."

Am nächsten Tag: Gesagt, gefragt. Rali war etwas überrascht, sagte dann aber schnell zu. Am Abend fuhren wir nach erledigter Arbeit zu mir. Raliza war nett und höflich und der Abend einfach nur schön. Andrea verstand sich gut mit ihr –

zum Glück. Ich hatte schon Sorgen, dass es Andrea zu viel werden würde, mit einer Ex von mir am Tisch zu sitzen und zu plaudern. Aber meine Frau ist halt die Beste!

Als Raliza weg war, sprach Andrea in höchsten Tönen von ihr: „Die ist wirklich supernett, ich mag sie. Tut mir nur leid wegen ihrer Tochter und der kaputten Ehe, aber die Schicksale des Lebens lassen sich leider nie vorbestimmen." Glücklich schliefen wir nach heißem Sex Arm in Arm ein.

Am nächsten Tag traf ich Raliza im Büro wieder. Mein Gott, war sie sexy! In hautenger Jeans und Brüste optimiertem Top begrüßte sie mich mit einer herzlichen Umarmung und startete überaus fröhlich in den Arbeitstag. „Du hast aber eine hübsche Ehefrau, und eine so nette", lobte sie mich voller Anerkennung. Sie flirtete wieder mit mir, das konnte sie verdammt gut. Beim Mittagessen ging sie in die Offensive:

„Kannst Du Dich noch erinnern, als wir beide verliebt ineinander waren und so glücklich zusammen? War eine geile Zeit." „Ich war damals so aufgeregt, Du warst meine erste Frau, es war wirklich unglaublich schön mit Dir, die ersten sexuellen Erfahrungen, der erste richtige Sex ...", schwelgte ich in Erinnerungen.

Raliza rückte näher an mich heran. „Hättest Du nicht Lust, es noch mal mit mir zu machen?", fragte sie mich gierig und voller Leidenschaft. „Du ... äh ... ich bin verheiratet", stotterte ich. „Ich weiß", antwortete Raliza frech, „aber ist das denn wirklich ein Hindernis?" Ich blickte ihr in die Augen: „Nein." „Gut, wo das geregelt ist, schlage ich bei mir im Hotel vor. Einverstanden?" „Heute Abend nach der Arbeit?" „Ok." Die Sache war gebongt. Ich freute mich schon wie ein kleines Kind auf Raliza uncensored und den Comeback-Fick nach all den Jahren mit der ersten Frau, die ich je hatte. Geil!

Endlich geschafft! Punkt 16 Uhr, das von mir bewusst verfrüht bestimmte Arbeitsende. Aufgeregt wie ein Schuljunge packte ich meine 7 Sachen und wir fuhren zum Hilton, Ralizas Bleibe für die Tage. Angekommen im Zimmer, überkam es uns beide und wir legten los wie die Feuerwehr.

Ralis Küsse schmeckten so frisch wie damals, ihr Mund war so süß, ihre Lippen zart und feucht. Ich küsste fleißig mit und brachte auch die Zunge ins Spiel. Dieses Spiel gefiel Raliza sehr, die ihrerseits unter Beweis stellte, dass sie eine wahre Zungenakrobatin geworden ist. Die Küsse wurden intensiver, die Hände starteten mit Entkleidungsarbeit. Wir zogen uns gegenseitig aus. Was ich sah, gefiel mir ungemein: Ralizas Körper war wunderschön, ihre Brüste genauso niedlich und geil wie damals, nur größer, ihre Rundungen genauso zart wie damals, nur weiblicher, ihre Pussy blitzeblank rasiert.

Noch bevor ich meine Gedanken sammeln oder sortieren konnte, kniete sie schon vor mir und hatte mein Glied im Mund. Sie blies verdammt gut! Sie hatte ihre langen schwarzen Haare wie damals zu einem Schwanz zusammengebunden und lutschte meinen Schwanz gnadenlos und zielstrebig ins helle Paradies.

Schon nach 3 Minuten spürte ich meine Eier jucken und spritzte ihr meinen Saft in den Hals. Professionell schluckte sie alles und strahlte mich an. „Damals hast Du nicht geschluckt und ich durfte auch nicht in Deinem Mund kommen", stellte ich mit einem Augenzwinkern fest. „Tja, damals war ich auch erst 14, aber man entwickelt sich ja weiter", grinste sie. „Und, hat es Dir gefallen?" „Und wie!", lächelte ich. „Du kannst verdammt gut blasen!"

Nun wollte ich mich revanchieren und ihre Pussy verwöhnen. „Leg Dich hin und schließe Deine Augen", kommandierte ich sie aufs Bett. Gespannt krabbelte Raliza in Position und spreizte ihre Beine: „Darauf freue ich mich schon seit vorgestern", grinste sie verdorben und schloss hastig die Augen. Ich tauchte ab und begann, ihren wunderschönen Venushügel zu küssen und konzentrierte mich dann auf ihre Klitoris.

Vorsichtig knabberte ich an ihr herum und kümmerte mich auch um die Schamlippen, die vor Erregung stark zitterten. Dann gab ich Vollgas: Mit meiner besonderen Lecktechnik brachte ich Raliza in wenigen Minuten zum Orgasmus.

Als sie kam, drehte sie wahrlich durch, ihr Becken explodierte und ihre Schreie waren lauter als die von King Kong. „Wahnsinn! Du kannst aber geil lecken! Noch nie hat mich ein Mann so geil oral befriedigt!" Sie strahlte und zog mich zu sich in den Arm. „Damals war schon geil, aber jetzt erst!" Ich hatte natürlich Lust auf mehr und begann, sie zärtlich zu streicheln.

Raliza stöhnte leise, ihre Brustwarzen waren steif und ihre Hände unterwegs in Richtung Schublade. Sekunden später hielt sie mir ein Präservativ von die Nase. „Lust?" „Und wie!", grinste ich und ließ sie kurz steif blasen. Kondom drüber, fertig. Und nun rein damit!

Rali wollte mich unbedingt reiten und tat es im wahrsten Sinne des Wortes. Ihre Muschi war schön eng und warm, sie verschlang meine Salami komplett. Es fühlte sie so schön an wie damals. Ich hatte meine Augen geschlossen und sah die 14-jährige Raliza auf mir reiten. Geil! Dann öffnete ich meine Augen und sah die Raliza im Hier und Jetzt auf mir reiten. Dieser Anblick war zu viel für mich: Ich kam!

Mein Becken bebte und warf sie fast ab. Raliza hatte die Situation aber schnell im Griff und ritt beherzt weiter, bis sie wenige Sekunden später ebenfalls ihren Höhepunkt erlebte. Erschöpft stieg sie von mir ab und entsorgte mein Kondom. Sexy stolzierte sie auf mich zu und kam in meinen Arm gekrochen. „Der Sex mit Dir ist so unglaublich schön", strahlte sie mich an und küsste mich, „es ist so vertraut, so schön mit Dir, es ist so wie damals, als ob kein Tag vergangen wäre." Dem konnte ich nur zustimmen. „Meinst Du, wir können die wenigen Tage, die wir haben, voll auskosten?"

„Ich weiß es nicht", holte ich sie in die Realität zurück, „ich muss schauen, ob und wie ich das hinbekomme." „Dir fällt schon etwas ein", drängte sie mich. „Naja, alles hat Grenzen, es darf auf keinen Fall meine Ehe gefährden." Trickser, wie ich bin, gelang es mir natürlich, Andrea zu täuschen und schlug so täglich bis zu 2 Bonusstunden für mich und Raliza heraus.

Unser nächstes Treffen sah als Highlight eine zärtliche Massage, die wir uns gegenseitig gaben. Nach wildem Sex mit beidseitigem Höhepunkt streichelte und liebkoste ich ihren ganzen Körper mit duftender Creme und widmete mich schließlich ihrer Klitoris. Die rubbelte ich so lange, bis sie mir ihren Orgasmus ankündigte.

Schnell noch ein bisschen gezüngelt, dann kam sie auch schon. „Ah! Ah!", schrie sie und zuckte wie vom Blitz getroffen. „Ah! Ah!" Dann entkrampfte sie und schnaufte nur noch laut. „So, und jetzt verwöhne ich Dich", lächelte sie und begann, mich mit viel Creme und ihren zarten Händen zu massieren. Es war göttlich. Raliza streichelte zuerst meinen Rücken und knetete mir sämtliche Verspannungen weg, dann kümmerte sie sich um meine Beine und massierte meine Waden. Das tat gut.

Nun war mein Po an der Reihe. „Dein Allerwertester ist noch genauso knackig wie damals", lobte sie meine 4 Buchstaben. Zärtlich beschäftigte sie sich nicht nur mit beiden Backen, sondern auch mit der Ritze und dem, was darunter lag. Ich spürte ihre Hände an meinen Eiern, sie kraulte sie und machte mich verdammt heiß. „Umdrehen bitte!"

Jetzt widmete Raliza sich voller Leidenschaft meinem Oberkörper, meiner wohlgeformten Brust, die sie sanft streichelte, dann glitt sie tiefer über meinen Bauch bis zur Peniswurzel. Mein Dong stand schon längst senkrecht in die Luft und wartete auf mehr. Rali nahm noch mal einen kräftigen Schuss Creme aus der Dose und begann, meinen Penis einzureiben.

Ihre flutschigen Finger fühlten sich einfach genial an. Mit unfassbarer Zärtlichkeit und Leidenschaft masturbierte sie mir einen ab. Ich beobachtete sie dabei: Ihr Blick war abwechselnd auf meinen Penis und auf mein Gesicht gerichtet, ihre Brüste wippten leicht mit ihren Bewegungen, ihre blanke Pussy war so schön. Ihre rechte Hand wichste schnell und mit etwas weniger Druck um den Schaft, ihre linke eher langsam, aber mit viel Druck. Beides fühlte sich absolut geil an.

Plötzlich erhöhte sie Tempo und Intensität. Ich musste kommen. Raliza hatte damit gerechnet und ihr Gesicht direkt über meinen Penis platziert. Augen geschlossen, Mund offen, Zunge an meiner Eichel. So wichste sie mich über den point of no return hinaus zu einem Wahnsinnsorgasmus! Meine Ladungen gingen voll in ihr Gesicht und in ihren Mund. Sie wichste fleißig weiter, bis ich leer war. Mein Sperma klebte an ihrem Gesicht, sie sah aus wie ein Engel.

„Mann, war das geil!", keuchte ich und blieb regungslos liegen, während sie kichernd ins Bad marschierte und ihr Gesicht erfrischte. Leider musste ich schnell wieder gehen, um den Abendessen-Termin mit Andrea und Freunden einzuhalten.

Bei unserem dritten Date erwartete mich eine faustdicke Überraschung: „Sag mal, hast Du schon mal eine Cam mitlaufen lassen?" „Was meinst Du genau?", fragte ich nach. „Na, Sex

197

gefilmt." „Ja", antwortete ich, „habe ich schon." „Ich auch", grinste Raliza, „und es war geil! Danach kann man sich zusammen das Tape ansehen und das törnt mich dann ziemlich an. Dann mache ich Sachen, die ich sonst nicht machen würde."

„Was denn zum Beispiel?", fragte ich nach. „Willst Du es nicht herausfinden?", war ihre verlockende Gegenfrage. Klar wollte ich! Raliza holte eine hochmoderne Cam aus ihrem Koffer und platzierte sie auf einen Stuhl, der 2 Meter vom Bett entfernt stand. Sie schaltete am Fernseher einen Musikkanal an und blickte mir tief in die Augen. „Los geht´s!", rief sie und drückte den roten Rekord-Knopf.

Ich saß auf dem Bett und ließ mich überrumpeln. Sie zog sich Shirt und Jeans aus und kam im schwarzen Tanga auf mich zugekrochen. Dieser Tanga hatte echt weniger Stoff als ein zehngeteiltes Taschentuch. Sie sah aus wie ein hungriger Tiger, schüttelte ihre wilde Mähne im Raum umher und begann, verdammt sexy zur Musik zu tanzen. Ich lag da und hatte schon einen Steifen. Hoffentlich nimmt die Kamera auch alles gut auf, war mein einziger und wichtigster Gedanke in diesem Moment.

Raliza zog mich bis auf meine blanke Haut aus und begann, mich glücklich zu blasen. Ich zog ihren Unterleib zu mir und stieß meine Zunge in ihr Innerstes. Aus diesem seitlichen Knäuel wurde schnell die gute 69er-Position. Sie oben, ich unten, ihre Aktivität zur Kamera gerichtet. Geil! Ich schleckte in ihr herum, bis sie so feucht wie ein Bach wurde. Sie ruckte wild auf meinem Gesicht umher und stöhnte ihre Lust in meinen Penis hinein. Ihr Orgasmus war heftig, sie zerdrückte dabei fast mein Gesicht.

Als sie fertig war, spürte ich meinen Orgasmus brodeln. Raliza kannte kein Pardon und blies genüsslich Zug für Zug weiter, bis mein ganzes Sperma in ihren Rachen schoss. Den Rest wichste sie mit der Hand heraus. „Ui!", rief sie und blickte hoch, was nur bedeuten konnte, dass ich wieder einmal meinem Künstlernamen „Hochspritzer" gerecht wurde.

„Das war geil!", juchzte Raliza und beendete die Aufnahme. „Ja, das war es!", juchzte ich mit. Nach zehnminütigem Kuscheln fragte sie mich voller Inbrunst: „Und, Lust auf Runde 2?" „Was ist Runde 2?" „Ficken! Ficken in allen denkbaren Positionen!" Diese Antwort half mir bei der Entscheidungsfindung sehr. „Ja, starten wir Runde 2", bestätigte ich und betätigte den Rekorder. „Gib her das Ding", bat mich Raliza, ihr die Cam in die Hand zu drücken. Das tat ich. „Wir filmen manuell! Komm, fick mich!", befahl sie mir und öffnete ihre hübschen Beine so weit wie möglich. Sie konnte fast den Spagat. Ich nahm Anlauf und rammte ihn ihr tief rein. Sie lag da und filmte meinen Penis, wie er wie eine Maschine rein und raus glitt. Immer wieder. Dann filmte sie mein Gesicht, dann ihr Gesicht, dann wieder meinen Penis in Action.

Stellungswechsel, Filmerwechsel. Sie gab mir das Teil in die Hand und übernahm in der Reiterstellung das Kommando. Elegant-sexy bewegte sie sich auf und ab, und ich filmte. Ich zoomte ihre blanke Muschi so nah heran, dass ich sie schon fast in der Linse hatte. Ich filmte ihre Brüste, das ganze Szenario im Weitformat und konzentrierte mich dann wieder auf unsere Becken.

Jetzt wollte sie es Doggy Style. Ich tastete ihren Arsch ab und knetete ihre Pobacken kräftig durch, dann spießte ich sie auf. Raliza stöhnte laut und ließ sich ordentlich durchficken. Sie filmte das Spektakel zuerst von der Seite, dann sich selbst durch die Beine. Ich hörte meine Glocken läuten, so heftig nagelte ich sie.

Nun wollten wir noch ein paar weitere Stellungen ausprobieren. Raliza stellte die Kamera auf den Stuhl zurück und wir machten es in der Löffelchenstellung, im Stehen, die Schubkarre und schließlich Rückwärts Reiten. Raliza kam schon in der Schubkarre, ich dann beim Rückwärts Reiten. Erschöpft und schweißgebadet brachen wir zusammen und ruhten uns ein paar Minuten aus. „Mann, war das geil!", hechelte sie glücklich und blickte mich überaus befriedigt an. Ich konnte nur noch nicken.

Diese Aufnahme gehört bis heute zu meinen Lieblings-Pornos. Raliza habe ich viel zu verdanken. Ihre sexuelle Erfahrung kam mir sehr zu Gute und schenkte mir enormes Selbstvertrauen, um als Playboy die Mädchen- und später die Damenwelt zu erobern. Danke, Rali!

Kapitel 34:
The End

Das war's, Freunde der Sonne. Hier bin ich nun, Vater zweier gesunder und glücklicher Kinder, Ehemann und Hausbesitzer, Gutverdiener und Playboy. Ich lebe mein Leben, das, wovon andere nur träumen. Ich lebe meine Träume, die, die andere nie erleben. Die Welt gehört mir!

Und gleichzeitig bin ich demütig und weiß um den goldenen Schatz, den ich zu Hause habe. Und trotzdem brauche ich meine Abenteuer in anderen Betten. Ich hoffe, dass Andrea das alles nicht herausfinden wird und mir niemals auf meine Schliche kommt, denn sonst wäre alles aus. Ich liebe sie über alles, ohne sie und die Kinder bin ich nichts …

… außer dem Womanizer, der ich halt nun einmal bin. Meine Triebe müssen befriedigt werden, so ist meine Natur einfach ausgelegt. Dafür kann ich nichts.

Ich danke allen Frauen, die ich haben durfte über all die Jahre, die mich glücklich machten und mich sexuell erfüllten, mit denen ich meine Fantasien ausleben konnte und die mir die Abwechslung schenkten, die ein menschliches Leben erst vollkommen machen. Und ich danke allen Frauen, die ich noch haben werde, die mich weiterhin glücklich machen und mich sexuell erfüllen werden, mit denen ich alle meine Fantasien weiter ausleben kann und die mir die Abwechslung schenken werden, die ich brauche.

Wer weiß, wo ich nächstes Jahr stehe, wo in 5 und wo in 10 Jahren? Mit diesem dritten Buch schließt sich die Akte des Womanizers – möge die Kraft und der Saft für alle Zeiten bis zu meinem letzten Atemzug mit mir und in mir sein!

Hochachtungsvoll, Der Womanizer